追忆那些年的
绝代芳华

黄紫彤◎著

北京航空航天大学出版社
BEIHANG UNIVERSITY PRESS

图书在版编目（CIP）数据

追忆那些年的绝代芳华 / 黄紫彤著 . —北京：北京航空航天大学出版社，2019.3

ISBN 978-7-5124-2901-7

Ⅰ. ①追… Ⅱ. ①黄… Ⅲ. ①随笔–作品集–中国–当代 Ⅳ. ① I267.1

中国版本图书馆 CIP 数据核字（2018）第 295157 号

追忆那些年的绝代芳华

出版统筹：邓永标
责任编辑：曲建文　舒　心
责任印制：马文敏
出版发行：北京航空航天大学出版社
地　　址：北京市海淀区学院路 37 号（100191）
电　　话：010-82317023（编辑部）010-82317024（发行部）010-82316936（邮购部）
网　　址：http://www.buaapress.com.cn
读者信箱：bhxszx@163.com
印　　刷：天津旭丰源印刷有限公司
开　　本：880mm × 1230mm　1/32
印　　张：9.5
字　　数：222 千字
版　　次：2019 年 3 月第 1 版
印　　次：2019 年 3 月第 1 次印刷
定　　价：48.00 元

如有印刷质量问题，请与本社发行部联系调换
联系电话：010-82317024

前　言

Preface

没有亲身经历过，大部分人对20世纪20—40年代的认知只能停留在课本的介绍里。提起那个时期，人们就会不自觉地脑补战火纷飞的情景。军阀混战、列强入侵、丧失主权，以及清王朝覆灭，统治了中国两千多年的封建社会顷刻瓦解，这些都是属于那个时代的标签。但是，从另一方面来说，这种说法未免有些以偏概全，事物都是有其两面性的，那个时代经历了很多磨难，但也不乏闪光点，不乏文明进步的一面。

在那个时代，涌现出一批具有新时代特质的女性，她们拥护进步的新思想，追求自由浪漫的恋爱，积极参加各种各样的社会活动：歌舞会、文化沙龙、慈善拍卖、书画比赛……

社会的大转型，让从前只知道在香闺恍惚度日的女人们，有了大展拳脚的机会。再也不用围着家中的男人打转，不必恪守三从四德的规矩，终于有了受教育、追求理想的机会，她们就像是终于破茧而出的蝴蝶，尽情绽放属于她们的光辉。

这个神奇的时代，封建礼教的思想束缚还未完全挣脱，新时代的文明进步已经全面上线。处于这个时期的女子，紧紧的抓住自己来之不易的自由生活，读女学、写文章、学跳舞、办沙龙、着男装，等等，大胆尝试她们以前想都不敢想的事情。

在这个时代背景下，这些形态、性格各异的女子们开始大放异彩，经商、教书或是在交际场上的周旋，她们做得不比男人差，她们的才华终于可以完整的呈现在世人眼前。为了自己想要的生活，她们可以自己努力争取。

她们，谋生亦谋爱。

每个女人都会有对爱情的憧憬和渴望，没有了封建礼教的束缚，没有了“父母之命，媒妁之言”的约束，她们可以自由大胆的去追求两情相悦的爱情。穿一身妖娆或优雅的旗袍，梳着流行的短发，谈一场轰轰烈烈的世纪之恋，这样的人生也算是圆满。

哪怕爱情受了伤，变成扑火的飞蛾，也绝不回头。那年代的女子们在这乱世之中，成为一道不可磨灭的风景，黑白的旧照片和文章日记拼凑出她们风靡一时的时代故事。

美丽如林徽因，一代才女，也曾深陷三个男人的情感纠葛：徐志摩的灼热追求，金岳霖的痴痴等待，梁思成的无私包容，成就了最美好的林徽因；坚忍如张幼仪，用她的严肃认真支撑起一个家，离开了她最爱的徐志摩，终于找到了她人生的另一片天地；率性如陆小曼，得到了徐志摩的爱情，走出婚姻的阴霾，重新找到了人生的激情，最终却在华丽的物质世界迷失了自我；独立如吕碧城，良好的家境、傲人的才华加上出众的容貌，让她的身边从来不乏男人的追求，谁料到她不愿将就的性格，注定她将成为一个风华绝代的剩女。

她们的经历丰富多彩，每个人都有其独特的魅力，一个个鲜活的人生拼凑成了最好的她们。这些谜一般的乱世佳人的故事，值得人们细细品读。

目　录

Contents

陆小曼　万千别恨向谁言

她这样一位美人，也怪不得徐志摩当年为之疯狂，翁瑞午为她抛弃家产，值得庆幸的是陆小曼为爱情折腾了一生，最终爱情也并不负她；以美貌名世，美貌也给她带来了很多，但终究没有逃脱悲惨的命运，一个可怜的弱女子，没有力量和命运做抗争。“万千别恨向谁言，”诉说了她心中所有的爱与痛。

孟小冬　用一生去寻爱

没有人的人生可以不经历磨难，上天如此眷顾她的艺术成

庐 隐 原谅我一生放荡不羁爱自由

她对待爱情洒脱的态度，让她终于收获了真正属于她的爱情，不去在乎世俗的眼光，勇敢地去追求。虽然最终仍旧难逃英年早逝的命运，这样的庐隐让人心疼、令人惋惜。

吕碧城 做一个风华绝代的剩女

她虽然是女儿之身，但丝毫没有小女人的扭捏之态，她大方地出入男人们的社交场所，与他们一起谈诗论词，完全一副自由自在、无拘无束的侠女风范，成为了清朝末年社会上一道亮丽的风景线。

凌淑华　用细腻的心刻画一个传奇

她娴静、温婉的气质，就像是从高宅大户里走出来的古典女子。她的文字没有矫揉造作也没有无病呻吟，她以女性的视角，用女性特有的细腻刻画出一个又一个或新或旧的女子形象。

林徽因

你是人间四月天

自古江浙多才子。据史料记载，明清两朝，百分之七十的进士都来自江苏和浙江。许多人对此表示不解，何以才子都生在了这个地方，而不是别处?

其实稍加琢磨，原因极其简单。因为此处乃鱼米之乡、富庶之地，人们衣食无忧，在酒足饭饱之余，自然就能“六经勤向窗前读”了。倘在别处，饭都吃不饱，哪有工夫读书? 而且这里山水明丽，钟灵毓秀，天地自然就孕育一些人杰出来。读书之余，寄情山水，闻花落泪，见月伤心，诗词就此落成，才子就此诞生。

有才子的地方，就有士族。一般来说，士族都是钟鸣鼎食、诗礼簪缨之家，对于后代的教育极其重视，因此不仅产才子，往往也会出一两个才女。

东晋的谢安，下雪天无事，就把众子侄召集一起，为他们讲解文学。不一会儿，雪花变大，纷纷扬扬。谢安就指着门外的大雪，笑着问:“白雪纷纷何所似?”

谢安的侄子谢朗答道:“撒盐空中差可拟。”

谢朗的妹妹谢道韫当时也在场，就回应道:“未若柳絮因风起。”

谢安大笑，夸谢道韫的比喻更好，比其兄的境界高出许多。

于是谢道韫作为一代才女的形象便流传至今。

千年以后，又一位才女在江南出世。她虽然没有在雪天咏雪，但她的一生所为，足可供后人咏叹，与谢氏媲美。

她就是众所周知的林徽因。

林家有女初长成

1904年6月10日，林徽因出生于浙江杭州。她的祖父林孝恂，是清末的进士，授翰林院编修，一直在浙江做官。得知儿媳妇生的是一个千金，林孝恂欢喜不已，就从《诗经·大雅》里“大姒嗣徽音，则百斯男”一句中摘出“徽音”二字，为孙女命名为林徽音。

之所以后来改为林徽因，是因为在20世纪30年代的时候，有一位叫林徽音的诗人，是个男的，经常在报纸杂志上发表诗作。而林徽因当时也经常在报纸杂志上发表诗作，两人的名字经常被搞混淆。为此《诗刊》还专门发过声明。

林徽因性格高傲，看到这种情况，就说，我不怕别人把我的作品当成他的，我只怕人们把他的作品当成我的。

然后就改名为林徽因。

林家原本是福建闽县的，因为林孝恂做官而迁徙到杭州，所以在当地不算望族。但是林家三代人，却出了不少人才。林孝恂是翰林，膝下有两男五女。长子林长民，就是林徽因的父亲，在林徽因两岁的时候赴日本早稻田大学学习法律政治，后来一度任南京政府参议院秘书长、段祺瑞执政府的司法总长，成为政界风云人物。次子林觉民，就是黄花岗起义中那个写下《与妻书》的革命烈士，他“侃侃而谈，畅论世界大势，以笔立言，立尽两纸，书至激烈处，解衣磅礴，以手捶胸”，还表示如果能够革除暴政，虽死也瞑目。连清廷的官员都称赞他“面貌如玉、心肠如铁、心地光明如雪，称得上奇男子”。林徽因就更不用说，生前众星拱月，身后众人追捧。一代才女的桂冠，一直牢牢地戴在她的头上。

而这一切，都与他们家族的教育是分不开的。

林孝恂对于家族子弟的教育特别重视。作为一个晚清的进士，他是孔孟之道培养出来的传统文人。但是晚清的动乱局势使他认识到，仅仅学习传统的东西是不够用的。西洋的先进文化也要学习吸收。为此，他设立私塾，延请名师，并将私塾分为国学和新学两斋，国学请林纾做讲师，新学请林白水做讲师。在这两位名师的教导下，林徽因的父亲、叔叔和姑姑们从小就中西兼通，两门学问相得益彰，使他们拥有了高远的见识和深厚的国学基础。

林徽因 2 岁的时候，父亲林长民远赴日本。林徽因就和母亲一起，跟着祖父母生活。4 岁的时候，祖父让她跟着几个表姐一起，由大姑姑授课，开始启蒙读书。大姑姑在教课的时候，发现在这几个姐妹中间，林徽因的年龄最小，也最爱玩，对课业不上心，但是每次背诵，她都能轻易背出。而她的表姐们却都吞吞吐吐答不上来。因此大姑姑经常对家人赞叹林徽因的聪慧。

1910 年，林长民从早稻田大学毕业，回到家乡福建后和同学刘崇佑一起，依照自己所学专业，创办福州法政学堂，自任校长。辛亥革命爆发后，他把学堂交给别人，自己奔走于南京、上海、北京等地，宣传革命。南京临时政府成立后，林长民因为宣传革命有功，且懂法政，被孙中山委任为南京临时政府参议院秘书长。林长民就此踏上政坛。

由于林长民的政治主张是立宪，因此跟梁启超属于一派。梁启超当时流亡海外，林长民就督促他赶快回来，运用他的影响力促进共和。张勋复辟时，林长民时任国务院参事，他极力反对张勋复辟，支持段祺瑞讨伐张勋，因此在段祺瑞执政之后，被任命为司法总长。仕途上一路通顺，可谓是青云直上。

看着父亲一步步变成大官，慢慢长大的林徽因并不是很开心。因为她多次发现母亲在偷偷哭泣。起初她不知道是为什么，待懂事以后，她才明白。母亲是商人的女儿，不会高雅的琴棋书画，也不会操持家务，又因母亲是二房因此父亲不喜欢母亲。但林长民对于二夫人生下的两个女儿很是疼爱，但对于这位不解风情的夫人很是冷淡。在他发达以后，他又娶了一房小妾，是一位年轻的上海小姐。从此，林徽因的母亲就更加被冷落了。那时候，林母才 30 岁，林长民让她们母女住在后面的小院里，而让新媳妇住在前院。新媳妇生下几个孩子，林长民每次回家都给她们带新奇的玩具，和她们一起玩闹。林徽因就忍不住跑到前院跟她们一起玩儿，每次回来，就看见母亲在后院哭泣。

这个场景，给林徽因留下了难以磨灭的痛苦记忆。多年后，她曾以此为原型写了一篇短篇小说，发表在《大公报》文艺副刊上。借小说主人公之口，她表达出自己内心的纠结：她爱父亲，却又怨他的冷淡；爱母亲，却又怨她的无知和懦弱；爱三夫人生下的弟弟妹妹，却又怕母亲为此伤心……

年少的林徽因，心里有太多不能承受的世态人情。

1917年，由于北洋政府的官场斗争，林长民被迫辞去司法总长。1920年，林长民被政府派往欧洲考察访问，预计时间为一年半。林长民决定把女儿带上，让她也开开眼界，长长见识。于是就给林徽因写了一封信。林徽因看完信之后，高兴得差点要蹦起来。十五六岁的年纪，正是爱玩的花季，能够出国游历，当然求之不得。

次年夏天，林徽因跟着父亲到了欧洲。在父亲的指引下，两人依次游历了法国、意大利、瑞士、比利时等国家的文化名城。看着那些博物馆、名人故地，林徽因很兴奋。但是对工业革命的新兴工厂和报馆等提不起兴趣。父亲就告诉她，这些是资本主义国家的生产方式，正是我们要学习的重要内容，不可不看。

林长民是一名政治家，他的着眼点和十五六岁的小姑娘肯定是不一样的。天真烂漫的林徽因对于冷冰冰的工厂自然感到乏味。再加上父亲经常要出去会客，还要做演讲，因此林徽因经常独自一人待在家里。异国风情对她来说只是一股新鲜劲儿，看多了就厌烦了。远在他乡的林徽因，不由得感到孤独起来。为了排遣寂寞，她就坐在壁炉旁边，阅读英文书刊。由于她曾经在北京培华女子中学学习过英语，当时学校治学严谨，老师要求严格，因此她的英语水平很不错，刚来欧洲不久就能跟洋人交流自如。读这些书刊，能更进一步锻炼她的英语水平。

最开始，林徽因只是以学习英语的目的去看这些书籍，但是她很快就发现，自己爱上了西洋文学。她读维多利亚时代的小说，读勃朗宁、普希金的诗，莎士比亚、萧伯纳的剧本。这些欧洲名著，很快就带她进入了一个丰富多彩的精神世界，让她之前的孤独感一扫而空。在阅读书籍的同时，她又萌生了进修的念头。于是就报考了伦敦的圣玛丽学院。当年9月，她以优异的成绩被圣玛丽学院录取。

虽然考上了学校，但林徽因还是有点不愉快。她最想要的是父亲的陪伴。从她2岁起，父亲就出去，直到她16岁，父亲从来没有好好地陪过她。现在在异国他乡，他仍旧只是忙他的事。

她多么希望能有人常常陪在她身边，跟她聊天，跟她谈心啊。

无巧不成书，两个月后，一个年轻人敲开林家的门，来到了林徽因的面前。

他就是徐志摩。

康桥河边的漫步

徐志摩，1897 年 1 月 15 日出生于浙江海宁县。他的父亲徐申如是清末的实业家，家里开着酱园、钱庄和绸布号，是当地有名的富商。徐志摩本名徐章垿，志摩这个名字是他来欧洲游学之前他父亲给他取的。因为在他小时候，有一个叫志恢的和尚摩过他的头，称赞他“将来必成大器”。他父亲便为他更名为“志摩”。

徐志摩是家里的独苗，从小就过着锦衣玉食的生活。徐申如很重视对他的教育，很早就送他去私塾读书。徐志摩聪明好学，成绩总是班里第一名，小小年纪就显露出不一般的才气。当然，徐家的亲戚也都不是一般人。徐志摩的表叔沈钧儒，是早期同盟会成员，后来的民国政府高官。他还有一个姑家表弟，叫金庸。有一个表外甥女，叫琼瑶。这俩亲戚，一个会写武侠，一个会写言情，霸占了几十年后的中国通俗小说界。

徐志摩 14 岁进入杭州府中学堂念书，跟郁达夫同班。上中学期间爱好文学，曾发表论文论证小说与社会的关系。中学毕业后由家人包办，跟上海宝山县富家女张幼仪结婚。婚后不久，徐志摩就来到北方求学。先是进了天津大学预科班学法学，后来天津大学并入北京大学，他就跟着进入北大。在北大，他经过内弟张君劢的介绍，拜入梁启超门下，成为梁启超的弟子。

由于当时的中国军阀混战，社会动荡不安，徐志摩目睹了他们的无耻和暴力，感受到时局的黑暗，就想寻找光明。于是就来到美国学习。在美国待了两年，受国内新文化运动的影响，他的兴趣从政治转向文学，因此又去欧洲找罗素。结果到了欧洲，罗素不在，他经英国作家狄更生的帮助进入剑桥大学学习。一次偶然的机会，他认识了林长民。

林长民相貌清奇，谈吐不凡，且志向远大，进而求政事有成，退而求文章千古。徐志摩对他十分仰慕，两人很快成为知己。徐志摩比林长民小了 21 岁，但是两人在通信的时候，却扮成夫妻，玩起“写情书”的游戏来。林长民曾有一句诗“万种风情无地着”，最为徐志摩所称赏。多年后林长民故去，徐志摩还曾把他们的通信公开了其中一封，以示怀念。

随着两人的交谊渐深，徐志摩就经常登门拜访。徐志摩到林家做客的时候，林徽因作为东家的女儿，就会上来倒杯茶，或者沏杯咖啡。徐志摩注意到这个姑娘，她扎着双辫，模样清秀可爱，灵气四溢。徐志摩试着跟她交谈，结果吃了一惊，十六七岁的林徽因对于文艺作品的理解远远超过她的年龄，几乎与他不相上下。且林徽因口才极好，逻辑思维能力也很强，一旦两人聊到一处，她便滔滔不绝，英语和母语夹杂一起，说上一天都不会停。她的发音非常好听，徐志摩很快就被她迷住了。不知从何时起，徐志摩竟然发现，自己再来林家，不是为林长民，而是为了林徽因。

圣诞节很快来临。林长民继续频繁地出门跟各国政要会面，而徐志摩和林徽因则拥有了一个漫长的寒假。在林家客厅的壁炉旁，两人聊文学，聊艺术，愉快地度过了一个个冬日。天若不很冷，徐志摩还会带着林徽因在剑桥漫步。他们顺着河岸走，看着河里柔柔的水草在水面上招摇，波光在夕阳下荡漾。远处的教堂里，不时传来钟声，打破了宁静，却也使人倍感温馨。

在这浪漫的环境下，本来就富有浪漫气质的徐志摩一下子被挑逗起来了，他感觉自己爱上了身边这个小他 8 岁的姑娘。所谓爱情，不就是这样的么？那么的无话不谈，那么的心意相通，她又是那么的活泼可爱。徐志摩感觉到自己的性灵被激活了，他要不惜一切去追求她，追求这份爱情，因为这不仅仅是爱情，更是美，是自由，是世间所有美好字眼的最高体现。

五年后，徐志摩在回忆那段难忘岁月时，曾如此写道："我这一辈子就只那一春，说也可怜，算是不曾虚度。就只那一春，我的生活是自然的，是真愉快的！（虽则碰巧也是我最感受人生痛苦的时期）……我辨认了星月的光明，草的青，花的香，流水的殷勤……"

但是当时有一个很大问题摆在他面前，他已经结婚了，他的妻子张幼仪和幼子阿欢此时也在欧洲和他住在一起。新时代的年轻人，是不可能一妻一妾享受齐人之福的。所以为了爱情，他只有一条路可以走，跟张幼仪离婚。

离婚是不道德的。因为张幼仪和他虽是包办婚姻，受父母之命在一起的，但是两人的夫妻感情尚可，张幼仪也无过错。只为自己的私欲而猝然将妻子弃之道旁，非大男子所为。何况当时张幼仪还怀有身孕。

事实上，即便是在古代，在男权至上的社会里，休妻也不是随随便便的事。所谓"七出三不去"，男子想要休妻，也需诸多条件。“七出”是指不顺父母、无子、淫、妒、有恶疾、口多言、窃盗等七大恶行，妇女凡是有这七种行为之一，男人就可以休掉。此外还有“三不去”，“三不去”第一条是“有所娶无所归”，指妻子无娘家可归，就不能逐出；二是“与更三丧”，指妻子曾为家翁姑服丧三年的，不可逐出；三是“前贫贱后富贵”，指嫁给丈夫时贫贱，后来丈夫富贵了，也不能将其逐出。也就是通常所说的“糟糠之妻不下堂”。

由此可见，古代婚姻制度，对待男人和女人都有规范，并不是一味地偏向男人。而且古人讲究门当户对，也是自有其道理的。现代社会自由恋爱，但是婚姻并不比以前稳定，婚后的生活也不见得比古人幸福。所谓门当户对，其实就是两人匹配度、适合度的问题。徐志摩跟张幼仪，都是富商家庭，且所受教育程度也都相差不大，如果不是徐志摩萌生异心，他们的生活应该是过得很不错的。

但是，被激情冲昏的徐志摩顾不得这许多了，他立即写信给张幼仪，要求离婚。

在信中，徐志摩是这样说的：“真生命必自奋斗自求得来……彼此有改良社会之心，彼此有造福人类之心，其先自做榜样，勇决智断，彼此尊重人格，自由离婚，止绝苦痛，始兆幸福，皆在此矣。”

可谓冠冕堂皇。

张幼仪接到信后，自然是痛苦不堪。虽然时代风气已开，离婚后可以再找一家，但是自己毫无过错，却被离婚，这跟古代的女人被丈夫肆意休掉有何区别？她想找徐志摩理论，但徐志摩根本不见她。而且她自己大着肚子，也不方便出行。父母兄弟又远在故国，无可依靠的张幼仪像是离群的一只孤雁，每日在房内哭泣。

徐志摩在逼迫张幼仪离婚之后，就迫不及待地向林徽因表白了。

此时的林徽因，是一个年仅 16 岁的姑娘。虽然她心理成熟，见识不凡，与成年人交流无代沟。但是面对着比她大 8 岁的徐志摩，她还是小了些。在她眼里，徐志摩性情坦荡、率真，学识也极为渊博，有孩子一般的天真内心，跟他交流这么些天，自己的内心世界丰富了许多，心灵和精神也得到了升华。但是她始终是把他当成一个哥哥来看待。徐志摩第一次来她家的时候，她差点喊成叔叔。因此，她跟徐志摩是亦师亦友的关系，这其中，可能的确暗含一些少女的懵懂情怀，但绝不是爱情。出身名门，从小就受到传统教育的林徽因在 16 岁的年纪绝对不会爱上一个有家室的人，而且以她高傲的性情，也不会做出有损家庭名望的事。

所以她拒绝了徐志摩的追求。但徐志摩依然故我。这事传到了国内，林徽因的几个姑姑听说之后，都给林长民写信，言辞十分激烈，要求林长民看管好自己的女儿。她们决不能容忍自己家族的姑娘嫁给一个有妇之夫，玷辱门庭。

而反观徐志摩这一面，掀起的风波更甚。他的一意孤行引起了几乎所有亲友的反对，其中包括他的老师梁启超。梁启超赶紧给他写信，规劝他不要离婚。信的内容言辞恳切，用心良苦：

“其一,万不容以他人之苦痛，易自己之快乐。弟之此举，其与弟将来之快乐能得与否，殆荡如捕风，然先已予多数人以无量之苦痛。其二，恋爱神圣为今之少年所乐道，兹事亦可遇而不可求。况多情多感之人，其幻想起落鹘突，而得满足得宁帖也极难，所想之神圣境界恐终不可得，徒以烦恼终生而已耳。

呜呼志摩！天下岂有圆满之宇宙……吾侪当以不求圆满为

生活态度，斯可以领略生活之妙味矣……若沉迷于不可得之梦境，挫折数次，生意尽矣，忧悒僇以死，死为无名。死犹可矣，最可畏者，不死不生而堕落至不能自拔，呜呼志摩，无可惧耶！无可惧耶！”

然而徐志摩已经被林徽因冲昏了头，或者说被自己臆想出来的爱情冲昏了头。在他给梁启超的回信里，他直言相告自己就是要不惧世俗眼光，大胆追求爱情：

我之甘冒世之不韪，竭全力以斗者，非特求免凶惨之苦痛，实求良心之安顿，求人格之确立，求灵魂之救度耳。

人谁不求庸德？人谁不安现成？人谁不畏艰险？然且有突围而出此，夫岂得至而然哉？

我将于茫茫人海中访我唯一灵魂之伴侣，得之，我幸；不得，我命，如此而已。

可见徐志摩已经知道了林徽因的态度，但他还是决定放手一搏，管他结局如何。

但这结局其实是显而易见的。最开始的时候，林徽因也被徐志摩的激情冲击得不知所措，但是很快她就冷静了下来。她没有接受徐志摩的爱，而是不辞而别，随着父亲回国，继续到培华女子学校读书。徐志摩竹篮打水一场空，但还是坚决同张幼仪离了婚，以他人之痛苦，作为自己追求灵魂伴侣的证明。

有人说，在徐志摩同张幼仪离婚的前夕，林徽因曾给徐志摩写信，要他在二者之间做出选择，这才造成了徐志摩彻底跟张幼仪离婚。这是不符合事实的。16岁的林徽因没有这么重的心机，而且当时的人们都很注重保存书信，当事人却并没有书信留存。因此这只能当作是好事者对林徽因恶意的猜测。

若干年后，林徽因回忆起当年和徐志摩的关系，她说：“徐志摩当时爱的并不是真正的我，而是他用诗人的浪漫情绪想象出来的林徽因，可我其实并不是他心目中所想的那样一个人。”

徐志摩后来归国，又喜欢上了一个有夫之妇、交际花陆小曼。他父亲坚决不同意，最后请胡适当媒人，梁启超当证婚人，这才勉强答应他们俩成婚。结婚当天，本是证婚人的梁启超，对于徐志摩、陆小曼这一对新人没一句祝福的话，反而把徐志摩骂了个狗血淋头，说他俩一个抛弃发妻，一个背弃丈夫，都不是良善之辈，不配得到幸福。此事轰动一时，成为人们茶余饭后的谈资。

由于陆小曼花钱大手大脚，不会经营家庭。徐志摩虽然工资很高，也不得不在外省找了一份兼职，来往奔波两地，以补贴家用。1931 年 11 月 19 日，徐志摩从南京搭乘一辆邮政的飞机前往北平参加林徽因举办的中国建筑艺术演讲会。飞机飞到济南上空，突遇大雾天气，撞上一座山峰，而后坠入山谷。机上一共 3 人，包括徐志摩和两位机师，全部遇难。

徐志摩遇难之后，各位亲朋故旧都对他进行了各种方式的怀念，林徽因当时曾如此说道：“我的教育是旧的，我变不出什么新的人来，我只要‘对得起’人——爹娘、丈夫（一个爱我的人，待我极好的人）、儿子、家族，等等，后来更要对得起另一个爱我的人，我自己有时的心，我的性情便弄得十分为难……”

“这几天思念他得很，但是他如果活着，恐怕我待他仍不能改的。事实上太不可能。也许那就是我不够爱他的缘故，也就是我爱我现在的家在一切之上的确证。志摩也承认过这话。”

由此可见，徐志摩当年的确是单相思。他以超乎常人的激情闯入了林徽因的生活，但并没有引起林徽因对等的反应。因为那时的林徽因，还没有做好迎接爱情的准备。她的爱情，将会在不久的未来慢慢来临。

精神充军

民国初年的新式学校都是寄宿制的，培华女子学校也不例外，只有到了周末才允许学生回家。林徽因和每一个上学的孩子一样，每天都盼望着周末。不过她不仅仅是为了玩，更重要的是在周末就可以见到梁思成。

梁思成，梁启超长子，比林徽因大 3 岁，当时正在清华学堂留美预科班读书。清华学堂就是如今清华大学的前身。八国联军侵华之后，清政府和列强签订了《辛丑条约》，按照入侵者的军队数量进行了赔偿，美国也有一份。由于这一年是庚子年，因此这笔赔款称为“庚子款”。美国在拿到这笔钱之后，又把钱退了回来，用以建设中国的文化教育事业。于是就有了后来的清华学堂。

清华学堂留美预科班的学制是八年，梁思成即将毕业，跟他的同学梁实秋、吴文藻等人前往美国留学。梁思成的父亲梁启超是维新派首领，在社会上赫赫有名；林徽因的父亲林长民是立宪派人士，又是司法总长。两人同是社会贤达，儒雅名流，关系也非常要好。在两家交往的过程中，彼此都看到了对方的儿女，也都很中意。于是就安排了梁思成和林徽因这门亲事。论名望、门第、出身，两人都很般配。且从小儿就认识，因此很快就相爱了。

林徽因的家在北京景山后街雪池，这里离北海很近，站在院子里，就可以看到北海公园里那座著名的白塔。梁思成经常来这里找林徽因，两人在一起叽叽咕咕聊个没完。

林徽因很喜欢梁思成，他们俩的教养、兴趣点等有太多的相似之处。两人在聊天的时候，经常能极其敏锐地察觉到对方的心意。彼此之间心心相印，十分默契。很多时候，林徽因都会惊讶，这不是自己心里所想的吗？怎么从梁思成嘴里说出来了？

梁思成学业成绩优异，且课外有非常广泛的兴趣爱好。他是清华学堂校美术社的骨干成员，校美术刊物的编辑。他的钢笔画简洁清新，一目了然。他音乐天赋了得，会小提琴和钢琴，是校管乐队队长。他还是清华学堂有名的足球健将，曾在运动会上取得跳高冠军。可谓是“德智体美劳”全面发展的好学生。

清华学堂由于是美国出资建造的，再加上当时的风气使然，学校里所传授的知识多是以西学为主。梁启超担心梁思成只学习西方文化会丢掉传统东方文化，就在假期对子女进行了国学教育。他给梁思成兄妹们讲授“国学源流”，讲解《论语》《孟子》等。在父亲的影响下，梁思成养成了严谨的治学态度，为后来做学问打下了坚实的基础。

梁思成是青年才俊，林徽因是知性女子，两人简直是天造地设。双方的家人看他们如此恩爱，也非常高兴，就等着梁思成从清华学堂毕业，安排他俩一起去美国深造。梁思成和林徽因就会经常聊到未来的专业选择和发展方向。

有一天，林徽因告诉梁思成，她打算学建筑学。

梁思成大感意外，他无法把毫无生气高大冰凉的建筑物跟眼前这个活泼可爱清秀美丽的女孩子联系在一起。

林徽因看出梁思成的不理解，就向他解释什么是建筑学。她眉飞色舞地跟梁思成讲了半天欧洲大陆那些"凝固的音乐""石头的史诗"。

梁思成当时听得云里雾里，但是他看着林徽因那兴奋的表情，就不假思索地决定了，自己也要学建筑学，哪怕对它一无所知也要学。只是为了心爱的姑娘。

他不知道，他的这个看似冲动的决定，却决定了自己几十年后学术的成就和地位。让自己把一生都奉献给了这个从未听过的专业，并且做出了具有里程碑意义的贡献。

而这一切，都是因为爱情。

日子慢慢进入夏季。梁思成满怀憧憬地等待着清华学堂举办毕业典礼，然后自己就可以和林徽因一起去美国了。一向稳重的他，心里也不由得有点按捺不住。临近毕业的这段日子里，他多次对几个月之后的美国生活产生遐想。

林徽因也一样。一见到梁思成，就跟他谈起去美国后的种种打算。两人想到要离开家庭去外面的世界生活，心情的激动和兴奋难以言表。

不料，乐极生悲。一场突如其来的变故打破了他们的美梦。

1923 年 5 月 7 日，是袁世凯签订"二十一条"的国耻纪念日。这一天，梁思成和弟弟梁思永骑着摩托车从家里前往长安街参加北京学生的游行示威活动。谁知刚出门不久，就被一辆汽车撞倒。梁思成被压在摩托车下，不省人事。弟弟梁思永赶紧跑回家去，喊家人把梁思成送到了医院。

当时的西医还不够发达，医院给梁思成做了全面检查，说是没事，不需要动手术，休养一段时间就好了。但梁思成本人却感觉自己下身不听使唤。后来找到了好的医生，又做了检查，这才确认，梁思成腰部是没问题的，但是左腿骨折，需要动手术。

此时，梁思成已经错过了最佳治疗时间。动手术之后，他的左腿就比右腿短了一厘米，由此落下了脊柱与脚踝的终生残疾。

梁思成遭遇车祸，对于林徽因来说，无异于晴天霹雳。她赶到医院，在梁思成的病床前，潸然泪下。

梁思成忍着痛笑道，差点就见不到你了。

林徽因便依偎在他胸前，两人十指相扣。

自那天起，林徽因每天都来医院看望梁思成。来的时候，通常会带上当天的报纸，还有梁思成爱吃的零食。梁思成背疼腿痛，林徽因就给他擦汗，给他讲弟妹间的趣闻，给他读唐诗宋词。

有了林徽因的陪伴，梁思成觉得卧病在床的日子也没那么难熬，反倒有几丝甜蜜在心头。林徽因也没有因为梁思成的残疾而弃之而去，反而庆幸梁思成与死神擦肩而过，给了他们相爱终生的机会。

在梁思成能够拄拐下地行走的时候，林徽因从培华女子学校毕业了。她考取了半公费留美的资格。她剪掉长辫子，留了齐耳短发，少了几分天真，多了几许成熟。她欢快地跑到梁思成的病房里，给梁思成展示她的新发型。只等梁思成的腿痊愈后，两人就去美国。

当时的北京文艺界，有一些资产阶级知识分子为了聚会方便，在北京西单石虎胡同七号租了一个院子，成立了一个社，叫“新月社”，并且创办了《新月》杂志。成员主要是胡适、徐志摩、闻一多、梁实秋等人。“新月”这个名字是来源于印度诗人泰戈尔的一本诗集——《新月集》。泰戈尔，印度“诗哲”，1924 年 4 月受梁启超和蔡元培的邀请来华访问演讲。他是印度百科全书式的哲人，在印度很受尊敬，来到中国也受到很高的礼遇。前去车站迎接他的就有梁启超、蔡元培、胡适、辜鸿铭、梁漱溟、蒋梦麟、熊希龄等一大批名流。泰戈尔在北京的所有公开活动，都有林徽因和徐志摩陪同。林徽因一时名声大噪，报纸上到处都是对她的赞扬之辞。

林徽因从此踏入文艺界，开始频繁从事文艺活动。并且与新月社诸人交好。

这一年 6 月，林徽因和梁思成办妥了赴美手续，做好了一切准备，启程来到了美国康奈尔大学。之所以来这么早，是想利用暑假的这几个月时间，适应新的环境，预习新的课程。等到新学期开始的时候，就前往宾夕法尼亚大学建筑系注册。但是等开学后，他们前去建筑系报到时，却得到消息：建筑系不招收女生。因为建筑系的学生经常要在深夜里画图纸，而一个女生深夜待在画室里是很不合适的。林徽因就和梁思成商量了一下，两人都改报美术系，而把建筑系的课程当成选修课。

梁思成以前在清华学堂就是美术编辑，有深厚的底子，因此很快就适应了学习环境。而他对建筑学的课程也产生了浓厚的兴趣，整日钻进图书馆里不出来，分析研究西方的建筑。他记录下这些建筑的数据参数和相关评论，并用自己擅长的钢笔画绘制出来，看着既美观，又分明。在治学这方面，梁思成很好地继承了他父亲梁启超的衣钵，严谨、一丝不苟、忘我。经常泡在图书馆就忘了吃饭。

而林徽因却不是这样。学习生活是枯燥的，尤其像这种学科的基本功，打造的过程犹如打铁，一次一次的重复，很是乏味。林徽因就有点坐不住，每当周末，她看到美国的同学回各自的家的时候，她就忍不住想念大洋彼岸的家乡。她只有不停地给父亲和胡适、徐志摩这些新月社同人写信，以解忧思。

在这些信里，她称自己在美国的生活是“精神充军”。

梁思成是一头扎进了知识的海洋里。他虽然照常关心林徽因，也体察到了林徽因的寂寞，但是并不打算抽出时间来陪她玩耍。班里同学邀请林徽因一同去野餐，林徽因就来找梁思成，结果劝了半天，梁思成坐在绘画板前面岿然不动，只顾专心绘制建筑图纸。林徽因便只好自己去玩了。

梁思成刚来美国不久，就接到父亲的信，说是母亲患了乳腺癌晚期，已然不治。梁启超原本打算让梁思成回来尽孝道，但没想到李慧仙很快病逝，梁思成自美国回北京至少需要一个月时间，根本来不及。因此就拍了个电报，让他不必回来奔丧，在外好好进修便是尽了孝心。梁思成只好大哭一场作罢。

常言道，福无双至，祸不单行。就在林徽因和梁思成为梁母的逝世而感到悲痛的时候，噩耗再次传来，林徽因的父亲林长民也去世了。林长民时任东北军第三军副军长郭松龄的幕僚。郭松龄是老革命了，早年就参加过同盟会，投身过辛亥革命，后来在东北军里面很有威望。1925 年 5 月，郭松龄率十万东北军倒戈，反对张作霖专权，以求结束军阀混战的局面，实现民主政治。结果队伍在巨流河遭到了张学良所率部队的伏击。林长民当时正随军，中流弹身亡。

消息第一次传出的时候，大家都希望这是误传。梁启超多方打听，得到确信之后，给林徽因发电报。林徽因得到消息，本来执意要回国，被梁启超一封接着一封的电报给阻挡住了。想到父亲就这样永远地离开了这个世界，林徽因就痛苦万分。她茶不思饭不想，闭上眼就是父亲旧时的音容笑貌。她想起父亲曾经写信告诉她，他已厌倦了政治上的尔虞我诈，准备从明年起就不再涉足政坛，从此关起门来教育子弟，闲来侍弄花草，练习书法。可怜一生儒雅风流的父亲，如今弃尸荒野，撒手人寰，扔下这么大一个家庭，十几口人。母亲和姨娘都不会谋生计，如何安身？年幼的弟妹能依靠谁？每想到这里，林徽因的心就像被撕裂一样的痛。她一下子从幸福的云端跌到了尘埃里。二十多年来，她第一次认识到现实的残酷。经此巨变，一向活泼的林徽因也变得沉默了。命运的不可捉摸和人生的变幻莫测使她对人生、对生命、对爱情都产生了新的看法。她深刻意识到，所有美好的东西，都可能转瞬即逝，要想长久地拥有它们，就要让自己变强大，去守护它们。

此后，林徽因也全身心地投入学习当中，其刻苦程度甚至不亚于梁思成。在这一段时间里，梁思成尽一切努力去陪伴她，减轻她的痛苦。但是他知道，心结是需要她自己去解的。任何人的帮助也只是起到安慰作用，哪怕亲密如他。如今看到林徽因的蜕变，梁思成总算松了一口气。

似水的流年

经过四年的留学生活，两人终于学成归国。按照计划，他们俩决定先旅行结婚，绕道欧洲，顺便考察欧洲的建筑，然后再回国。他们去了巴黎、罗马，看了巴黎圣母院、圣彼得教堂、罗马神庙……林徽因和梁思成一边观赏这些奇伟壮丽的建筑，一边称赞着，探究它们的意义。在这期间，梁思成收到父亲的来信，说是已经在东北大学为他谋到了一份教师工作，月薪 285 元，是初任教员的最高薪金。新学期开学就要前去任职。于是在离开学还有一个月的时间，梁思成带着林徽因回到了北京。

阔别四年，他们总算回到了日夜思念的地方。走在北京城的街道上，听着熟悉的北京话，看着金色皇城，遥望北海白塔，一种说不出的亲切感油然而生。林徽因和梁思成拜见了亲友之后，来到西山墓地，祭奠了思成的母亲李夫人。

一个月的时间匆匆而过。新学期到来了，梁思成必须动身前往东北大学就任。当时的东北大学，设立了文学院、法学院、工学院、理学院，但是还没有建筑系。全国所有大学里面，只有南京的中央大学机械系里有建筑专业。梁思成去了之后，首开建筑系。他既担任系主任，又是所有课程的讲师。在早年刚刚投身这门学科的时候，他就已经下定决心，此生要为中国建筑史做出贡献。如今，作为这门新兴学科的带头人，有了用武之地，下面又有一批求学的年轻人，他急切地希望能够赶快把他们培养起来。但是工作实在太过繁忙，他一人根本忙不过来，于是就写信催促林徽因尽快去东北帮他。

林徽因本来就想陪在丈夫身边，现在一听到有工作需要她分担，就赶紧去了。到了东北大学，林徽因也进了建筑学当教师。因为她英语和美术水平很高，因此就担任建筑系的专业英语课和美术装饰史课的老师。梁思成则给学生们讲述《建筑学概论》和《建筑设计原理》等建筑学基础课程。

由于建筑学在中国是一门新兴学科，中国古代的建筑虽好，种类也多，但是古人没有整理成具有理论体系的书籍，因为古代的工匠地位低下，就算技艺高超，也不被重视。所以梁思成找不到合适的教材。而他又不想照搬外国的教材，因此只好依据自己的美学、历史、绘画学等相关学科跟建筑学结合起来对学生进行教育。这样一来，备课的工作量就变得很大。

在课堂上，为了督促他的学生，梁思成这样跟学生讲：“想要成为一个优秀的建筑师，就要有哲学家的头脑，社会学家的眼光，工程师的精确与实践，心理学家的敏感，文学家的洞察力，总之，要以广博的知识为铺垫，成为一个具有较全面修养的综合艺术家。”

为了鼓舞他的学生，他说：“一切工程离不开建筑，任何一项建设，建筑必须先行，建筑是一切工程之王。”

梁思成深厚的学养和超于常人的魅力令学生叹服不已，他们感到很惊奇，梁老师也才二十几岁，不比他们大几岁，但他的学问之深，让他们高山仰止。同样让他们钦佩的还有梁思成的夫人林徽因。

就在林徽因协助梁思成将东北大学建筑系搞得有声有色的时候，这对新婚小夫妻遭遇了他们人生中最大的一次事件——梁启超去世了。梁启超肾脏有病，已经多年，近来在协和医院动手术，割去一个肾脏。由于医院误诊导致病情急转直下，猝然离世。作为家中的长子，梁思成不得不强抑悲痛，为父亲操办丧事。林徽因当时已有身孕，也不得不强打起精神，安慰丈夫，迎来送往。

梁启超的离世使中国思想文化界失去了一位大师，他的家族也因此遭到严重打击。社会各界人士纷纷发文追忆先生。按照他生前遗愿，梁思成把父亲和母亲合葬，并给他们设计了一座高大的墓碑。这是梁思成和林徽因自美国回来以后设计的第一件作品。

丧事办完以后，梁思成和林徽因返回东北大学。正好他们以前在宾夕法尼亚大学的同学陈植、蔡方荫也来到了东北大学建筑系，大家就在一起组建了一个“梁、林、陈、蔡营造事务所”，开始对外承接建筑任务。事务所刚成立，就接到了大单子。吉林大学来找他们设计校舍。几年后，工程如期竣工。大家看到自己手里的图纸变成了实物，多年理论终于出了成果，顿时欢呼雀跃起来。

1929 年 8 月，林徽因诞下她和梁思成的第一个孩子。这是个漂亮的女儿，为纪念孩子已经去世的祖父饮冰室老人，夫妻俩给孩子取名为“再冰”。

孩子的出生给夫妻俩带来了无尽欢乐，但是因为照料孩子，林徽因旧病复发，整日咳嗽不止。东北气候干冷，不适宜养病，梁思成就把林徽因母女送回北京，让丈母娘来照顾。后来东北的时局越发不稳，日本人随时都可能入侵，再加上张学良军阀式的管理，梁思成就辞去了东北大学的职务，回到北京照顾家人。

如夏花般灿烂

1931 年夏天，梁思成把林徽因送到香山养病，住在双清别墅里。这里环境静谧，空气清新，林徽因的身体很快就好转了。她的朋友金岳霖、沈从文、徐志摩等人经常上山来看她。等搬到北总布胡同四合院之后，来的人就更多了。金岳霖单身，住在梁家后院的小院子里。两家都是单门独户。朋友们来了以后，一般都会到梁家的大院里。

当时常来参加聚会的有清华大学政治学教授张奚若、经济学教授陈岱孙、哲学教授邓叔存、社会研究所所长陶孟和、北大教授沈从文，等等。徐志摩若是回北京，也会经常来这里。这些优秀的知识分子，大多出自名门，既有旧学根源，又饱受西学的影响，因此一个个都是学贯中西，但又各有所长。他们坐在一起，谈论时政、文艺、诗歌、美术、哲学等。作为东道主，梁思成不爱说话，但一出口，必能引人发笑，因为他是一个极具幽默感的人。而林徽因则思维敏捷，口才极好，对待任何问题都有很高明的看法，因此每一次聚会，她的发言都很多，她都是聚会的焦点。

这大概是当时中国级别最高的文化沙龙，而随着众位名流的口口相传，林徽因的名气自然就更大了。俗话说，人怕出名猪怕壮，人红是非多。名气大的林徽因就招致许多人的妒忌，其中也包括后来大名鼎鼎的冰心女士。冰心专门写了一篇《我们太太的客厅》来讽刺林徽因。当时林徽因正在山西考察古建筑，听说了这个事后，也没发怒，直接买了一坛子山西老醋带回北京，让人送到了冰心的家里。

如此看来，林徽因也倒有几分黑色幽默。

1932 年 8 月，林徽因生下了一个可爱的男孩。这个孩子是梁家的长孙，他的出生给梁家带来了更大的喜悦。为纪念宋朝的建筑学家、《营造法式》的作者李诫，梁思成和林徽因给儿子取名为梁从诫。希望他将来能成为出色的建筑学家。

林徽因抱着儿子的时候，她看着怀里这个活跃的新生命，心里充满了爱意。一次在庭院中漫步，她忽然诗兴大发，写下了著名的诗篇《你是人间四月天——一句爱的赞颂》：

我说你是人间的四月天；
笑响点亮了四面风；
轻灵在春的光艳中交舞着变。

你是四月早天里的云烟；
黄昏吹着风的软，
星子在无意中闪，
细雨点洒在花前。

那轻，那娉婷你是，
鲜妍的冠冕你戴着，
你是天真，庄严，你是夜夜的月圆。

雪化后那片鹅黄，你像；
新鲜初放芽的绿，你是；
柔嫩喜悦水光浮动着你梦中期待的白莲。

你是一树一树的花开，
是燕在梁间呢喃，——你是爱，是暖，
是希望，你是人间的四月天！

这一段时光，是林徽因人生中最美好、最安逸的时光。由于生活富足平静，她也有较多的时间进行文艺创作，因此在这些日子里，她写出了不少诗歌和散文，甚至还创作了戏剧和小说。她的文字感性、优美，读来如沐春风。

林徽因是众人眼里的才女，有独特的精神气质，她既有诗一样的飘逸空灵，又有科学家的专注。这是两个原本相冲突的特质，却在她身上得到了完美的融合。这种特质，深深吸引了金岳霖。金岳霖是搞哲学的，一直单身。他很爱慕林徽因，也因林徽因而终身不娶，并且始终住在林徽因隔壁，跟她做了一辈子的邻居。

据梁思成回忆，有一次他从山西考察回来，林徽因突然告诉他说，自己爱上了两个男人。当时梁思成愣在那里，但立即就明白那另外一个人是金岳霖。梁思成心里涌起一阵绞痛，但他理性地分析了一下，觉得自己尽管在文学艺术等各方面有一定的修养，但是没有老金那样的哲学家脑袋，认为自己不如金岳霖。于是就让林徽因去选。林徽因得到这个回答后，与梁思成抱头痛哭。她并不是放荡，或者故意为难梁思成，而是从内心里觉得真的爱上了这两个男人，所以才向梁思成坦白。

林徽因把梁思成的话告诉了金岳霖。金岳霖说，看来思成是爱你的，我不能伤害一个真正爱你的人，我退出。

此后他们三人就再也没提过这件事。金岳霖成了夫妻两人的好朋友，每当两人吵架时，都会找金岳霖评理，或者金岳霖主动来给他们调解。林徽因是个诚实的女人，金岳霖和梁思成也都是绅士。

懂得进退和取舍的人，才会幸福。

万古人间四月天

1932年，林徽因完成了建筑学论文《平郊建筑杂录》，帮助燕京大学设计了地质馆，并且和梁思成一起设计了燕京大学的女大学生宿舍。在完成这些工作的同时，他们的儿子梁从诫也过了一周岁。林徽因看到孩子已经可以断奶，就执意要陪丈夫一起去山西野外考察。他们花时间跑图书馆，查阅当地的地方志，了解那里的风土人情和历史地理，为考察做了详尽的计划。

在那个动乱的年代，去野外考察不是件容易事。因为古建筑一般都位于穷乡僻壤，道路不通，难以通行。他们又不会说方言，而每一地都有各自的方言，交流也十分辛苦。最可怕的是当时兵荒马乱的，稍不留神就可能被土匪抢劫，或者被无知的村民驱逐。因此每次前去考察之前，营造社的社长都会动用自己的关系，找到当地驻军或者政府，请求他们关照，然后才动身。

在野外考察的那些日子里，他们经常处于极其困难的境地，每天的主食也就是几个土豆或者一碗玉米糊，偶尔吃到一点咸菜就算是美味佳肴了。但是就在这种艰苦的条件下，他们跋山涉水，爬高下低，风餐露宿，行走在林里山间，只为寻找一处可能早已焚毁于战火之中的古代建筑。有时候，他们住在没有屋顶的房子里，床单刚一铺下，便爬满了成千上万的跳蚤……

但是就在这样的条件下，他们踩着烂泥路，住破烂肮脏的小旅店，用几年的时间，走遍中国15个省200多个县，拍摄和测绘了2000多座唐、宋、辽、金、元、明、清的古建筑，包括天津的辽代建筑观音阁、宝坻辽代建筑广济寺、山西应县辽代木塔，还有大名鼎鼎的赵州桥，等等。这些重要发现，证明了中国建筑的独特性，引起了国际学术界的重视，也给梁思成后来撰写《中国建筑史》奠定了基础。

而这一路艰辛，林徽因都亲身经历过。她不仅仅是一个只会在文化沙龙上侃侃而谈的女人，也不只是一个被众多名流众星捧月般关照的名人，更是一个身体力行，有着极强实践能力的学科带头人。

就在林徽因跟着梁思成穿梭在这些古建筑群里面的时候，抗日战争爆发了，北平很快就被攻陷。他们急忙停下手里的工作，返回北平。然后带上老人小孩，往大后方转移。一路上，说不尽的艰难险阻，光是车船，都换了十几次。到了长沙后草草地安下家来。教育部将清华北大的学生集合一起，组了一个临时大学。但是不久之后，长沙也遭到日军的轰炸，林徽因一家差点被炸死。劫后犹如重生，惊魂未定的梁思成和林徽因决定离开长沙，到更后方的昆明去。

去昆明的汽车票极其难买，好不容易买到之后，路又极其难行，汽车经常到半路就抛锚了，于是大家只得步行。林徽因在路上就得了肺病，发高烧，但是连个住的地方都没有，荒凉偏僻的村庄都住满了避难的难民。经过 39 天的长途跋涉，林徽因一家才到了昆明。刚到昆明，梁思成又病倒了。因为年轻时的那场车祸，他的脊椎受了伤，这些日子的奔波使得旧伤复发，疼痛难忍。医生认为是扁桃腺的问题，就给他切除了扁桃腺。然而之后又牙疼，疼得连水都不能喝，于是又把他的满嘴牙给拔光了。一身病症使他几乎成了一个废人，整日半躺在一张帆布椅子上，什么都做不了。医生害怕他依赖药物，而且久坐容易导致肌肉萎缩，让他做点工作分心。林徽因就把家人的破袜子拿出来，让他缝补。

战时物资紧缺，大后方的物价飞涨，生活变得很是艰难。梁家仅剩下的 300 多元很快就花光了。梁思成身体好了之后，三天两头拿家里的衣服去典当铺换钱用。林徽因为了维持生计，去给云南大学的学生补习英语。每天爬四个山坡，云南海拔高，来回八个山坡让林徽因胸闷气短，疲惫至极。一个月后，林徽因拿到了 40 元薪水。她走进杂货店，想买一些日用品。她想给娘买顶帽子，想给儿子买双球鞋，又想买点肉，还要留一点做房租。但是看来看去，她花掉 23 元买了一把皮尺，因为这种尺子是外出考察建筑时必不可少的工具。思成看到了一定会很开心。

在如此艰难的情况下，还节衣缩食地为建筑学着想，实在不是一般人可以做到的。林徽因绝不仅仅是一个客厅太太，这就是最好的证明。

在流亡的日子里，许多昔日的学者教授都只剩下一身衣衫，没有多余的钱买衣服。林徽因的女儿和儿子平日里都是穿着草鞋，只有到过年的时候才会有一双布鞋穿。大家的生活都非常窘迫，连国民党中央委员，堂堂清华大学校长梅贻琦的妻子都不得不打扮成当地人的模样，挎着一个小篮子，盛着自己做出来的米糕到昆明冠生园里去卖。

所谓国破家亡，就是这个模样。

然而，即便是生活困苦到这种地步，这些学者们还坚持自己的学术研究，笔耕不辍，他们点着菜油灯，在豆大的火光下，在半饥饿营养不良的状态中，写出了高水平的优秀著作，为文化的发展和繁荣做出了贡献。他们的所作所为、所思所想，理应受到后人的尊重。

后来，反法西斯战争开始了重大转折。德国的军队在远征俄国时遭到重创，日军在太平洋战场上节节败退。美军的飞机开始轰炸日本本土。这一时期，梁思成被任命为战区文物保护委员会副主任。他在军事地图上标注出古城、古镇和古建筑的区域，还附上英文对照和图片，发给了奉命轰炸日本的美国飞行员。值得一提的是，连日本的京都、奈良也被他做了批注。后来，美国盟军大规模地轰炸日本，全日本的所有重要城市都遭到了毁灭性打击，唯有京都和奈良毫发未损。这全是梁思成的功劳。四十年后，在奈良召开的保护古都建筑国际学术会议上，梁思成超越国界保护人类文化财富的行为受到了人民的称颂。他被日本人称为“古都的恩人”。

1945 年抗战胜利后，林徽因和梁思成一家人回到北平。不久之后，内战爆发。国民党节节败退，在准备南撤的时候，“抢救”了一大批的教授学者，梁思成林徽因也在其列。但是梁思成和林徽因都不愿离开生活了多年的北京，因此拒绝南下。而且梁思成认为，“共产党也得盖房子”，也需要技术人员。所以梅贻琦夫妇走了，胡适夫妇走了，蒋梦麟走了，陈寅恪走了，他们俩留了下来。

1949 年 3 月，林徽因被清华大学聘为建筑学一级教授。

当年 5 月，梁思成受命为北京市都市计划委员会副主任，林徽因被任命为委员。

9 月，林徽因为中华人民共和国设计国徽，并且和梁思成一起设计了人民英雄纪念碑。

为了跟上时代，林徽因剪短头发，别了两枚发卡，穿着一身白色的列宁装，像极了一个干练的女干部。准备积极投身新中国的建设中去。

但是，令她没想到的是，大建设之前是大破坏。

有一次，国家在天安门城楼上举行了一个大型的庆典活动。北京市的领导对梁思成说，中央一位大领导说过，将来从这里望出去，要看到处处都是烟囱。

梁思成听了大吃一惊，原本在他的构想中，北京就应该像罗马、雅典和巴黎那样成为全世界仰慕的文化名城。要是处处是烟囱，那不是成了一个工业城市了吗?

他回去告诉了林徽因，林徽因也表示不可思议。

于是梁思成就给周恩来写信，陈述自己的担忧。周恩来抽出时间见了他，听他说了两个小时之后，意味深长地念了一句李商隐的诗：夕阳无限好，只是近黄昏。

北京城的旧城格局看来是保不住了，梁思成、林徽因于是退了一步，想要保住北京的旧城墙。北京的旧城墙平均宽 10 米，全长 40 公里，外面是砖块，里面是混凝土，约有 1100 万吨，差不多 12 个景山那么大。这些城墙若是拆除，由 28 节 18 吨的车皮组成的列车每日运送一次，要 83 年才能运完废弃物。这是多么劳民伤财又不得好处的工程啊。完全可以把它留住，在城墙上面种上花草，摆上公园的长椅子，夏季可供十万人纳凉。

但是梁思成和林徽因却因此被打成“城墙派”。主张拆墙的人说，城墙是古代的军事防御工事，是皇帝用来镇压农民起义的，是封建社会的遗迹，是套在社会主义首都脖子上的“锁链”，必须拆除。

于是，城墙最终也没有保住。北京从此少了一道亮丽的风景。若是城墙还在，按照梁思成的建议，上面种上花木，放着长凳，那么，今天我们就可以看到一座“城墙上的公园”。

看到城墙倒塌的瞬间，梁思成和林徽因不由得落下泪来，梁思成颤声道，五十年后，有人会后悔的！

这之后，林徽因和梁思成就病了，两人双双入院。梁思成是肺结核复发，林徽因也是肺病，整日咳的停不下来。两人的病房挨着，只需两分钟就可走过来，但是都躺在上面起不来。梁思成稍好一些，就过来看林徽因，但是林徽因气力不支，根本说不了几句话。大多数时候都是梁思成说以前的往事，林徽因在那儿听。

与此同时，全国建筑界开始了对梁思成的大批判运动，说他代表了资产阶级唯美主义的复古主义思想。人们指责他的“大屋顶”风格建筑是铺张浪费，走形式主义。

梁思成知道后，毫无辩驳的能力。

1955 年 3 月 31 日夜里，林徽因躺在北京同仁医院的病床上，她忽然用尽力气喊：“思成！思成！”闻声而来的护士问她有什么需要。

林徽因知道自己将不久于人世，就表示想见一见梁思成。

护士说，今天太晚了，明天再说吧。

林徽因没有再坚持，也没有等到这个“明天”。在 4 月 1 日凌晨的时候，她永远地离开了这个世界，年仅 51 岁。

在不算长的 51 年生命历程里，她释放出了最美的光芒。

她的生命，就如她的诗一样，飘逸空灵，真挚热情。

4 月 2 日，《北京日报》刊发了林徽因逝世的消息。治丧委员会由她的生前好友张奚若、周培源、金岳霖、钱伟长、钱端升等 13 人组成。4 月 3 日，追悼会在北京金鱼胡同贤良寺举行。北京市市长彭真送了花圈，社会各界人士送去挽联。

在诸多挽联中，金岳霖和邓以蛰的挽联流传甚广：

一身诗意千寻瀑

万古人间四月天

王映霞

一生传奇只因情

王映霞，在今人听来，是一个很陌生的名字。然而在几十年前，她曾经名动杭州，是当时公认的“杭州第一美人”。但是，美人何其多也，能够留名的却是少之又少。倘若不是她与大才子郁达夫的恋情，王映霞这个名字，就会随着时光的流逝、世事的轮转而隐没在某个富贵人家的族谱里了。

人生缥缈何所似，当如飞鸿踏雪泥。王映霞这一“踏”，给她带来了名，也带来了伤痛。她的幸与不幸，似乎都来源于郁达夫。他们的恋情曾是一段民国的传奇佳话，被誉为“现代文学史中最著名的情事”。谁曾想，这段轰轰烈烈的爱情却以悲剧匆匆落幕。

经历了伤痛，终会有一人为她拭泪。在重庆，王映霞与时任重庆华中航运局的经理钟贤道结成连理，因婚礼举办得盛大而轰动。王映霞终于找到愿与她执手余生的那个人，也许，这样的她才是幸福的吧！

王映霞在晚年回忆道：“如果没有前一个他，也许没有人知道我的名字，没有人会对我的生活感兴趣；如果没有后一个他，我的后半生也许仍漂泊不定。”

当往事如烟，经历都变成回忆时，时间会抚平所有的爱和恨。

人生是一篇小说

王映霞，生于1908年，卒于2000年。本不姓王，而姓金，小名金锁。这个“锁”字由金、小、贝组成，寓意是“金家的小宝贝”。但是在她总角（八九岁至十三四岁）之年，金家却把这个“小宝贝”过继给了她的外祖父王二南先生做孙女。虽然身份是由外孙女变成孙女，人还是这个人，但是姓名却必须变一变了。因此金锁的外祖父就给她取名为王旭，还给她取了个号，叫映霞。

王二南先生是南社社员。南社是民国初期由柳亚子、陈去病等人成立的一个资产阶级革命文化团体，鼓吹排满，提倡民族气节。能够加入南社的，都是传统的士子读书人，满腹学问。有这样一个祖父，王映霞的教育自然就不成问题了。

经过祖父的私塾教育之后，王映霞考入教会学校弘道女校读中学，随后于1923年考入浙江女子师范学校。当时，她的班主任老师是刚从北大毕业的文科生，北大是新文化运动的主要阵营，也是五四运动的发源地，因此，从那里出来的学生，不免就带着新文学的气息。这位年轻的班主任经常在课堂上向学生介绍文坛上的新人新事新作品，从他的口中，王映霞知道了鲁迅、胡适、徐志摩、林语堂等人的大名，也对现代文学产生了极其浓厚的兴趣。课余时间，就和同学们一起去书铺买他们的作品看。

那时候，创造社一个叫郁达夫的人，引起了她们的注意。他所写的《沉沦》在当时颇流行。王映霞也看过这本书，由于书中对于性的细节刻画很露骨，所以王映霞在读的时候觉得很“有些难为情”，但是也很为作者的才华所折服。不过，那时候，她万万不会想到，自己几年后就会认识这个作者，并且跟他来一段长达十几年的婚姻。

郁达夫，原名郁文，浙江人。生于平民家庭，自幼聪敏好学，9 岁即能作诗。性格桀骜，上学期间屡屡参加学潮运动，中学时因为学潮被学校开除，后来到了大学，同样是因为参加学潮被浙江大学开除。1913 年，跟着哥哥一起去日本留学。留学期间开始尝试小说创作。1921 年回国后，和郭沫若、成仿吾等人成立了创造社，出版了我国现代文学史上第一部白话短篇小说集《沉沦》，由此声名大噪，广交社会名流。与鲁迅、梁实秋、徐志摩等人都是好友。

郁达夫情窦初开的时间要比一般人早得多，他天性恣意，心思早慧，情怀丰盈。早在他上小学期间，他就有过一段恋情，对象是领居家的赵姓姑娘。在赴日留学之前，他还有两段类似的恋情，不可谓不丰富。而赴日本之后，在更加开放的环境里，他更是止不住自己内心的热情，在留学的 6 年里，分别与三位女性产生感情，分别是邻居女儿后藤隆了、旅店的服务生田梅野和玉儿三人。不仅如此，郁达夫受当时风气影响，也有接触风月场所的经历。毫无疑问，郁达夫是一个多情且风流的男人。

1917 年，郁达夫回国省亲，受父母之命、媒妁之言，与同乡女子孙荃订婚。孙荃是个颇有才气的乡间女子，在郁达夫的指导下写了很多有水平的旧体诗。

1927 年 1 月 14 日，郁达夫前往马浪路尚贤坊看望在日本留学时的同学及同乡孙百刚，在那里，他第一次见到王映霞。当时王映霞年仅 19 岁，刚从浙江省立女子师范学校毕业，尚未找到工作，暂住在孙家。结果郁达夫见到她之后，好似看到了仙女一般，魂儿都被摄去了。一整天的表现极为反常。原本不算大方的他，居然瞬间变得出手阔绰了。不但提出要请孙百刚去大饭店吃饭，而且还打电话叫汽车来院子里接他们，搞得排场十足。据孙百刚的回忆："在我的记忆中，我和达夫无论在东京还是在杭州，和他一道白相、吃馆子，也不知有多少次，但达夫似乎未曾有过那天那样的兴奋、豪爽、起劲、周到。譬如说：他向来是见陌生女人，常会露出局促不安的腼腆的样子，可是今天掌华（孙百刚妻子）和映霞都是他第一次会面的女人，他似乎很是熟络。再譬如：达夫向来用钱，虽不是吝啬，但处处地方不肯做'洋盘'，特意要表示出他是非常精明的。如对黄包车夫还价，在未坐上车之前，一两个铜子他也要青筋鬈起和车夫争论，宁愿拉到后再加给他，也不乐意在事先吃亏的。然则今天先是坐汽车到南京路'新雅'吃中饭，下午出来坐黄包车到'卡尔登'看电影，无一次不是他抢着付钱。坐上黄包车，不讲价钱。种种情形，在我看来，似乎都有点异常。"

看完电影后，天已快黑了，孙百刚感觉郁达夫意犹未尽，还兴冲冲地，就提出去南京路逛街，然后由他做东，请大家吃晚餐。吃完晚餐之后，大家坐着汽车回家。郁达夫和孙百刚坐在后座上，郁达夫带着醉意，用日语对孙百刚说：“老孙，近来我寂寞得像一个人在沙漠中行路一样，满目黄沙，风尘蔽日，前无去路，后无归程，只希望有一个奇迹来临，有一片绿洲出现。老孙，你看这奇迹会来临吗？绿洲会出现吗？请你告诉我！”

孙百刚一听，就全明白了，这哥们是爱上了王映霞这个小姑娘啊。

孙百刚的第一反应肯定是觉得此事不妥，因为他知道得很清楚，郁达夫是有家室，有妻子儿女。所以他就巧妙地回应道：“你这是在写小说吗？”

郁达夫虽然喝了不少酒，但还是听出了孙百刚的意思，他直截了当地说：“人生不就是一篇小说吗？”

孙百刚笑了笑，没接话。

车子到了尚贤坊，因为不顺路，郁达夫就下了车。临分别时，郁达夫醉醺醺地说：“今天痛快极了，明天我再来看你们，再会再会！”

我看他可怜

当天晚上回家之后，郁达夫醒了醒酒，激动地在日记里写道："是日到尚贤坊孙君家去，在那里遇见了杭州的王映霞女士，我的心又被她搅乱了，此事当竭力的进行，求得和她做一个永久的朋友。"

果然，第二天，郁达夫在参加完邵洵美与盛佩玉的婚礼之后，于傍晚时分，再次来到孙家。当然，为了掩饰自己的目的，他找了一个借口，说是送还孙百刚放在他那里的稿子。这次，他不仅又见到了王映霞，而且还把她约到了外面的酒馆里吃饭。他在日记中写道："王女士已经了解我的意思，席间颇殷勤，以后当每日去看她。"还说："王映霞女士，为我斟酒斟茶，我今晚真是快乐极了。我只希望这一回的事情能够成功"。从他的日记内容来看，王映霞似乎对他也颇有好感，甚至还有主动的成分。

但是按照王映霞的回忆，事实并不是如此，王映霞的端茶倒酒，只是正常的礼仪而已。在王映霞的《我与郁达夫》一书中，王映霞如此记述当日的情形："彼此坐定后，我就和平时一样去后面倒了一杯茶出来，先递给了孙先生，然后再由孙先生递给了这一位来客。刹那间想起刚才孙先生给我介绍的，是一位好熟悉的名字啊。这样一转念，我倒自然而然地注意起他们谈话的内容来了。从什么稿子，什么书店这些词句里，我又忽然回忆到学生时代曾看过一本小说叫《沉沦》的，这一本书的作者，似乎就是刚才孙先生给我介绍的郁达夫。”

因为郁达夫的名气，王映霞才不把他当成一般的客人看待，这才稍微用心地打量他：“便又留心着他们的谈话，才听出他是孙先生在日本读书时的浙江同学，新从广州来上海的……过了一会，我到隔壁房间里去了。不几分钟，听见孙先生在招呼我，说郁先生邀我们一同出去吃午饭。我就很习惯地和他们同去了。”

所以，郁达夫日记里面所谓的王映霞“献殷勤”“斟酒斟茶”之类，都是他兴奋过度后大脑产生的猜想。但这单方面的猜想，也给了他极大的动力。自那天之后，他便天天到孙家去看王映霞，并且一封接一封地写情书，展开了热烈而又密集的爱情攻势。

对于郁达夫疯狂的举动，周围的人大都不赞成。首先表明态度的便是孙百刚。孙百刚对自己的妻子孙掌华说，郁达夫是有妻子的，名孙荃，是富阳一个大户人家的小姐，受过旧式教育，通情达理，跟郁达夫感情很好，两人已经育有儿女了。孙掌华当时便吃惊道：“照这样说来，郁先生不应该再在外面寻人。”她哪里会知道郁达夫的光辉“寻人史”呢？

但这种事，最终还是要看当事人的态度。因此孙掌华便用委婉的方式问了王映霞对待郁达夫的看法。王映霞起初不肯评价，良久才说：“我看他可怜。”

这个并不决绝的回答，让孙百刚夫妇二人有些担心。毕竟说起来郁达夫也是文坛有名的才子，有作品传世的，且收入也不菲，而王映霞年方十九，正是爱玩虚荣的年龄，有些小姑娘心性，被郁达夫吸引也是极有可能的。但是考虑到郁达夫已有家室，孙百刚觉得，自己作为朋友，这个时候一定要给出一些忠告。

于是，他在一天清晨，到郁达夫的住处，找到郁达夫，对他说："达夫，你倘若要和映霞结合，必定会毁了你现在安宁平静、快乐完满的家庭，这于你是大大的损失。感情是感情，理智是理智，写小说可以不顾一切，热情奔放，遇到现实的切身大事，应当用理智衡量一番。同时，你也得替映霞设身处地想一想。你倘若爱她，就应该顾全到她的幸福。再说你和她年龄相差过大，贸然结合，日久终有影响。我作为清醒的旁观者向你忠告，希望你郑重考虑，千万不要孟浪从事！"

但是郁达夫已经被王映霞的美色冲昏了头，根本听不进孙百刚任何一句话。两人争执了一番，不欢而散。

孙百刚回去后，觉得这事要跟王映霞也谈一谈。因为毕竟王映霞太小，许多人情世故她还不能很好把握。因此他开门见山地对王映霞说，要她拒绝郁达夫的追求，这样既可以免去郁达夫的烦恼，也不会影响自己的前程。

但是王姑娘仍旧回答得不那么利索。她似是而非地说，我怎么会答应他呢？但是倘若我断然拒绝的话，只怕不仅不能解除他的苦恼，说不定还会闹出什么意外。

孙百刚见她这样回答，也不好再往下说了。朋友的义务已经尽到，如果以后出了什么事，那也是"周瑜打黄盖——一个愿打，一个愿挨"。因此他就撂开手，不再管这个事，不过最后他还是给了王映霞建议，让她回杭州和家人商量一下。

偕隐名山誓白头

王映霞接受这个建议，坐车回到了杭州。

当时，郁达夫正陷入爱的狂热之中。他的日记里全是梦话一般："啊啊！我真快乐，我真希望这一回的恋爱能够成功"，"老天爷呀老天爷，我情愿牺牲一切，但我不愿就此而失掉了我的王女士，失掉了我这可爱的王女士。努力努力，奋斗奋斗！我还是有希望的呀！"犹如回到了学生时代的恋爱当中。因而，当他得知王映霞回了杭州之后，就疯狂地坐了火车追到杭州。结果找了几次没找到人，他就借酒浇愁，整天喝得烂醉，以图麻痹自己的神经，结束自己的痛苦。

王映霞得知郁达夫追了过来，并且在四处寻她，就写信给他，批评他不该来找她。郁达夫则回之以情书。他写了一封又一封缠绵的情书向王映霞示爱。王映霞开始对他不理，后来才写信给他，说自己已经受过几次骗，所以现在意志很坚强。郁达夫揣测这话的意思是王映霞在上学时就受过情伤，对于男人不再那么相信，因此要考验他的诚意。有了这个启示，郁达夫在情书里就开始许承诺，表衷心。终于，打动了王映霞。王映霞约他出来在尚贤坊相见。郁达夫在日记里记道：“马上跑去，和她对坐到午后五点，一句话也说不出来。她约我于下星期一再去，并且给了我一个地址，叫我以后和她通信。无论如何，我总承认她是接受了我的爱了……”

本来，这对于郁达夫来讲，是天大的好事，是一个转机。但是人的感情都是很复杂的，他在此时，却又想起自己的妻子儿女了。想到自己的妻子孙荃带着儿女生活在北京，正孤独地怀念着他，他就满怀愧疚。这种罪恶感，也被他带入到与王映霞的交往中去，因此，两人感情刚刚升温，又降了下来。王映霞一赌气，从尚贤坊搬了出来，住到同学那里。郁达夫也曾写信给她，说要断绝关系。但是当两人又见面的时候，那种“和她绝交的心，不知消失到哪里去了”。他们“从早上九点谈起，谈到晚上，将晚的时候，和她上屋顶乐园散了一回步……我怀抱着她，看了半天上海的夜景……大约我们两人的命运，就在今天决定了。她已誓说爱我，至死靡他，我也把我爱她的全意，向她表白了”。

这之后，两人的恋爱算是正式开始。在卿卿我我中，两人免不了一通山盟海誓，王映霞劝郁达夫要敢于闯荡，做出一番事业来，甚至鼓励他去干革命。而郁达夫则想着怎么带王映霞去欧洲举行浪漫的婚礼，两人抱着谈心，接吻。郁达夫快活极了，因为这是他第一次亲到王映霞，他觉得，这甜蜜都快把“两人的灵魂融化在一处了”。

郁达夫欢快的心情，可用他当时的一首诗来表达：“朝来风色暗高楼，偕隐名山誓白头。好事只愁天妒我，为君先买五湖舟。”

正当两个人你侬我侬的时候，郁达夫创办的创造社出版部遭到当局的搜查，郁达夫连忙躲到杭州，住进王映霞的家里。于是，王映霞的家人也同意了两人的结合。周围的亲友们看他们俩如此恩爱，也就不再反对了。随后，两人在杭州聚丰园菜馆举行订婚仪式。郁达夫开始答应王映霞在东京上野举行婚礼，后来没能成行，就在上海南京路上一家饭店里请了两桌客，就算是新婚喜宴了。闹得满城风雨的郁、王之恋，到此尘埃落定。之前执意反对的孙百刚，看见事已至此，也只好表示祝贺了。

婚后，夫妇俩先是跟着王映霞的母亲一起住在上海赫德路嘉禾里1442号，不久之后搬到隔壁1476号的一间老式房子里，开始了二人生活。新婚燕尔，郁达夫心情大好，就把自己以前追求王映霞时写的日记编成《日记九种》，在北新书局出版。这本书开创了新文学作家出版日记的先例，在当时引起很大的轰动，短短几年内就再版八九次，卖到三万多册。很多年轻人借此知道了他两的情事，并且模仿郁达夫的方式去追女孩子。

两人起初的生活并不宽裕，王映霞在《半生杂忆》里写到这段往事：“从此，我和郁达夫总算正式组成了家庭，但家庭里的一切用具等，全是向木器店里租来的，因为这时我们的经济能力，无法购买这些东西。我们没有装电灯。三餐吃的，都在我母亲家里，好在住处相距只有几步路较为方便。”但是，毋庸置疑的是，这种生活很惬意，很温馨。由于政治因素，郁达夫没有将自己的地址向朋友们公开，所有信件之类都是由北新书局转收。因此两人几乎没有社交活动。当时王映霞已经怀孕，她写道：“既无亲友的来扰，我们又很少出外去看亲友。在屋子里坐得气闷时，也就踱到附近的几条人行道上闲步，谈着过去，谈到未来，再谈及这尚未出生的小生命。饱尝了欢乐的两颗心，觉得已经再也说不出什么别的愿望了。在散步散得有点疲倦的时候，我们便又很自然地回到了小楼上。太阳成了我们的时钟，气候算作我们的寒暑表。在这十里洋场的一角，是很少能够有人体会得出我们当时的满足的。”

后来，当局放松了对郁达夫的管制，北新书局就把他的作品组成集子出版，给了他不少版税。再加上他平时写的作品所得到的稿费，郁达夫的经济收入一下子提高了很多。很快，王映霞又给他生下郁云、郁飞两子，有了两个小孩子，两人的日子就更好过了。家里天天欢声笑语。王映霞对郁达夫非常满意，她后来曾在自传里写道：“每月开支为银洋 200 元，折合白米二十多石，可说是中等以上家庭了。其中 100 元用之于吃。物价便宜，银洋一元可以买一只大甲鱼，也可以买 60 个鸡蛋，我家比鲁迅家吃得好。”幸福之情溢于言表。

斑鸠占了凤凰巢

然而，世上没有任何一件事是永远一帆风顺的。不久之后，两人的甜蜜生活就出现了波折。1933 年 4 月 25 日，郁达夫携带王映霞迁居杭州。本来，郁达夫是不想迁居的。因为上海是他的大本营，也是他第一次与王映霞相见的地方。在这里，他有创造社的一帮朋友，尤其是有鲁迅的存在，他可以时常前去拜访。但是王映霞却一心想要回杭州住。她说："1931 年以来，我心理上幻灭得厉害，似乎人未老而精神先衰，对于许多事物，也都没兴趣。有时想到树高千丈，总要落叶归根，很希望有一个开支节省的安定去处。达夫他亦流露出这个意思。"又说："我们都认为唯一符合我们生活上经济上愿望上的去处是坐四小时火车即能到达的杭州。在从不关心政治的我的胸怀里，还认为杭州是我想象中的最好去处，可以做我的终老之乡。"

这次的迁徙，就为两人的感情破裂，埋下了伏笔。

人总是这样，一边在寻找安全感，一边在寻找刺激感。迁居到杭州之后，生活更加稳定安逸了。于是，在饱食之后，无聊之余，王映霞便开始多想起来。毕竟，作为一个20出头的姑娘，有着“杭州第一美人”的称号，却嫁给了一个30多岁的有家室的男人，虽说他有才华，但年龄毕竟不相称。当时，靠着郁达夫的名声，两人在杭州也属上流社会人物了，因此社交往来的也都是杭州的政商界文化界名流。在这样的场合里，一个心怀不轨的人，自然有很多出轨的时机。果然，在一个公开场合上，浙江省的教育厅厅长许绍棣被王映霞的美艳所倾倒，就开始秘密地追求王映霞，当然，王映霞也热络地回应了。两人就开始了书信来往。

有一天，郁达夫在家里，忽然翻到了许绍棣写给王映霞的情书，当时就勃然大怒，跟王映霞吵起来。王映霞也毫不相让，把郁达夫已经有一个老婆的事情扯出来，两人在屋里骂了个天翻地覆。事情传出之后，杭州市市长周企虞也知道了，因为他与郁达夫、许绍棣都是朋友，所以就居中调停，最终风波被平息下去。但是郁达夫心怨难平，他虽然自己去风月场所，但绝不容许自己的女人跟别的男人有染，这是极伤颜面的。于是在爱恨交织中，他就开始琢磨着创作《毁家诗纪》，准备把王映霞的丑事给写成诗，发表出来。

1936年初，郁达夫应福建省主席陈仪的邀请，到福建游玩，随后被任命为省政府参议。本来，陈仪是打算聘请他为教育厅厅长的，但是考虑到他书生气太足，莽撞任性，不适合做官僚，所以就暂时让他做了省政府参议，熟悉一下官场规矩。郁达夫在福州上任之后，彻夜担心王映霞在家中发生情变，因此经常去庙里抽签。结果抽到的一个签诗是：“寒风阵阵雨潇潇，千里行人去路遥。不是有家归未得，鸣鸠已占凤凰巢。”有家不得归，斑鸠占了凤凰巢，寓意非常明显，就是指王映霞在外面有了情人。这寓意让郁达夫更加寝食难安。

1940 年，郁达夫与王映霞在新加坡再次翻脸，郁达夫便将三年来编写的《毁家诗纪》发表在香港《大风》创刊一周年特大号上，组诗的内容是以他跟王映霞自相识到结婚以来的生活为主，诗里面毫无保留地道出了自己的家丑，即王映霞红杏出墙的事，以及他对此事的怀恨之意。王映霞当然不会只由他说，她也在报上发表了两篇文章《一封长信的开始》和《请看事实》作为回应。在媒体的炒作下，两人越闹越僵，最终只能以协议离婚收场。12 年前曾闹得轰轰烈烈的郁王之恋，神仙情侣，就此分道扬镳。

1940 年 5 月，王映霞独自一人离开新加坡，把三个儿子留给了郁达夫，自己前往香港谋生。王映霞走后，郁达夫面对着三个儿子，常常想起王映霞，心里一时难以割舍那段感情，就接连写了几篇旧体诗，寄给王映霞。其中一首写的甚为感人："大堤杨柳记依依，此去离多会自稀；秋雨茂陵人独宿，凯风棘野雉双飞。纵无七子为衷社，尚有三春各恋晖；愁听灯前儿辈语，阿娘真个几时归。"想以母子之情打动王映霞，让她再回到自己身边。但是王映霞因为之前的事被伤得太深，也就不会给他机会了。

王映霞到香港后的第二年，就进入外交部担任文书科科员。之后又转入重庆工作。作为一个从来没有在政府部门工作过的女性，能够如此轻松地进入政府的机要部门外交部工作，不禁让人生疑。据可信史料记载，这一切都是戴笠的安排。

那么，作为国民党特务机构的头目戴笠先生，怎么又跟王映霞扯在一起了呢？

原来，戴笠跟郁达夫同是浙江老乡。当年在杭州的时候，因为这层关系，在交际场合上，戴笠认识了王映霞。对于王映霞的美色，戴笠是垂涎已久。因此，在郁达夫外出的时候，戴笠就跟王映霞勾搭在一起。王映霞还怀了戴笠的孩子，因为怕事情败露，就匆匆打掉了。

这段秘事，一直不被人所知。郁达夫本人，到死都不知道。还是郁达夫的好友、著名诗人汪静之把这事给揭露出来的。汪静之作为事实的见证人，因为畏惧戴笠的权势和手段，迟迟不敢公开，直到20世纪90年代，一切都烟消云散的时候，他在报纸上看到了王映霞指责郁达夫的两篇回忆文章，这才撰文回顾了当年往事。现摘录原文如下：

王映霞是我的妻子的同学。我于1922年七八月间参加《女神》出版一周年纪念会，会上初次和郁达夫、郭沫若一见如故，郭、郁二人当即邀我同到他俩的住处，从此成为朋友。

1938年春夏间我全家避难到武昌，住在察院坡亲戚家。当时达夫家住在横街头，两家是近邻，常相往来。

后来台儿庄打了一场对日抗战的大胜仗，政府派了前线慰问团，郁达夫参加慰问团去了。有一天王映霞来说："我肚里有了，抗战逃难时期走动不便，我到医院里请医生打掉。医生说：'要你男人一起来，才能把他打掉。男人不同意，我们不能打。'达夫参加慰问团去了，要很多天才会回来，太大了打起来难些，不如小的时候早打。某某姐（汪静之的妻子竹因）！我要请某某（汪静之）陪我到医院去，装作我的男人，医生就会替我打掉。请你把男人借我一借，某某（汪静之）是最忠诚老实的，达夫最信任他；如果请别的男人陪我去，达夫会起疑心的。"我的妻子马上说："没有问题，让他陪你去好了。"

我就陪映霞过江到汉口，坐了黄包车沿江向下游走了半里多路，到一个私人开的小医院里。映霞对医生说："我男人同来了。"医生就带映霞进里面病房里去了。我等在那里，等到映霞出来，我陪她回武昌。我和我妻子都认为逃难时怀孕不方便，应该打掉。

一天我到达夫家去看他回来没有，王映霞的母亲说："没有回来。"我看见阳春（达夫的长子郁飞的乳名）满脸愁容，我问他："为什么不高兴?"他说："昨夜姆妈没有回来！"我问："她到哪里去了?"他说："不知道。"我就问王映霞的母亲："映霞到哪里去了?"她说："不知道。是一部小汽车来接去的。"第二天我再到达夫家去，想问问映霞头一天到哪里去了。见了王映霞，她倒了茶请我坐下，我还没有开口，她就谈起戴笠家里花园洋房，家里陈设富丽堂皇，非常漂亮。谈话时露出羡慕向往的神情，又有得意兴奋的表情。我马上悟到她昨夜没有回家的原因了，原因是戴笠派小汽车接她去了。所以王映霞满脸是兴奋、幸福、得意的表情。又想到难怪她要打胎，而且要在达夫外出时去打。

回家时我告诉了妻子，她很惊奇，表示不再和这位同学来往。我当时考虑要不要告诉达夫：照道理不应隐瞒，应把真相告诉朋友，但又怕达夫一气之下，声张出去。戴笠是国民党的特务头子，人称杀人魔王。如果达夫声张出去，戴笠决不饶他的命。太危险了！这样考虑之后，我就决定不告诉达夫，也不告诉别人。后来达夫从前线慰问团回武昌了，我见他的时候，一句不泄露。不久，我要到广州去了，去向达夫告别。一进去看见达夫和映霞正在争吵。达夫一见我，就指着映霞，一边哭一边向我说："这个不要脸的女人，她居然和人家睡觉！"我一听，心里就很着急，怕达夫声张出去，杀人魔王马上会置他于死地。为了免得他闯祸，我就帮映霞掩饰。我说："不会的，你不要信谣言。"达夫马上说："哪里是谣言！她的姘头许绍棣的亲笔信在我手里！"我听了马上就放心了。达夫一边告诉我："万万想不到她会这样不要脸！"一边说一边痛哭，满脸流泪，我从来没有见过一个男人这样号啕大哭，万分伤心痛苦的样子。王映霞也一边哭一边辩解。我就对达夫说："你太爱她了，哭得这样伤心。冷静一点，夫妻商量解决好了，不要哭了。我是来向你告别的，我到广州去，票已买好，马上要去上车了，不能帮助你们商量解决了。再见！"

说着就回住处了。我离武汉后，不久，武汉也要撤退了。后来达夫往南洋去了。我和达夫没有再见过面。

1946年夏我回到上海，我妻子的一位同学钱青（也是王映霞的同学）说："王映霞从南洋回到重庆和某人（我忘了姓名）结了婚，就要戴笠帮忙，戴笠给她丈夫安排了运输汽车队队长一职，在滇缅路直到重庆做运输工作，汽车运私货，大发财。抗战胜利后，1945年戴笠给王映霞的丈夫安排运输方面的宜昌站站长一职，也是发财的职务。上海接收时戴笠给了王映霞一座接收下来的洋房，成了王映霞名下的房产。"这位同学又说："戴笠一直是王映霞的姘头，我有可靠证据。"

我和妻子听了她的同学说过之后，回家就两人做出决定，永远不能说出这些秘密，以免闯祸，杀人魔王太可怕了！后来戴笠在飞机上炸死了，本来不用怕了，可是又想到王映霞本人本不用怕，但她做过杀人魔王的姘头，可能也会受魔王的影响，说不定她可能也有可怕之处，因此，决定仍旧不敢说起。

前些时香港理工大学中文及双语学系助理教授曾焯文先生来信，我仍旧不敢说，今天曾先生又来信。我想，我的妻子已去世，妻子的三位同学也已去世，如果那三位同学没有告诉别人，恐怕就仅存我一人知此秘密了。为了不愿我的老朋友、“五四”文坛的一位杰出作家郁达夫所遭受的莫大的耻辱悲惨的命运，永远沉冤不白，今天我下决心，一气写完这个秘密。

这篇文章，如今保存在上海鲁迅博物馆里。

当年，郁达夫跟王映霞离婚后，在原配还在的情况下又有过两次婚姻。最后一任妻子是印尼华侨何丽有，为他生下二子一女。1945 年 8 月 29 日，日本宣布无条件投降后的一天晚上八点多，郁达夫正在家中跟朋友谈天，忽然来了一个当地土著把他喊了出去。郁达夫随即回到客厅里，跟朋友们说了几句话之后就出去了，结果壮士一去不复返，被日本宪兵给杀害了。终年 49 岁。直到 1985 年 9 月 27 日，中国官方新华社的报道里才证实了这件事。

往事已越，当人们来审视郁达夫跟王映霞的婚姻时，会发现，作为夫妻双方，他们中的任何一个人都有很大的责任。郁达夫已有家室，却要享齐人之福。而王映霞给郁达夫戴上几顶绿帽子。因此，两人对待婚姻的态度都不算是恭敬，最终离异，也是理所应当的事了。

另一种人生

1942年4月，由国民政府外交元老王正廷做媒，王映霞嫁给了王正廷的得意门生钟贤道。钟贤道当时就职于重庆华中航业局，有着一定地位与权力。两人的婚礼甚为排场，宾客不绝，大宴三日。钟贤道很爱王映霞，他曾对王映霞许诺说："我懂得怎样把你已经失去的年华找回来，请你相信我。"经历了上一段不幸的婚姻之后，王映霞的择偶标准也发生了变化，她不再想嫁给名士、达官贵人了，而是想找"一个老老实实，没有家室，身体健康，能以正式原配夫人之礼待她的男子""对于婚姻，那中间的辛酸，我尝够了。我的一生，是绝不发生那第二次痛苦了"。因此，钟贤道很合她的意。两人结婚后，钟贤道也遵守诺言，一心一意对待王映霞。他让王映霞把工作辞了，回来做全职太太。王映霞三日入厨房，洗手做羹汤，给他生了一儿一女：嘉陵、嘉利。自此，王映霞又有了一个家。

在钟贤道的庇护下，王映霞安稳地过了几个春秋。1948年新中国成立前夕，国民党达官显贵纷纷逃往台湾。钟贤道本来也拿到了机票，但是临时改变了主意，留了下来。被人民政府任命为上海航联保险公司副处长，每月薪水几百元，颇为富足。虽然后来多次减薪，但是生活一直都是很安定的。“三反”运动里，他被怀疑贪污，受到组织的审查，后来被查实是冤案，就给他恢复了名誉。

但是到了 1952 年，王映霞也突然被抓了起来。钟贤道急忙去询问，这才知道是因为王映霞曾经在重庆外交部工作时参加过国民党，不过当时只是口头参加，并没有正式入党，也没有上交党费，因此在调查清楚之后，就被放了出来。前后关押仅有 20 天。在她被关押期间，钟贤道心急如焚，表现出了一个合格丈夫的所有品质。他一有时间就去探视，给王映霞送衣物吃食。王映霞回家后，为了给她压惊，钟贤道特地在“锦江饭店”开了个房间，让她住在里面休养，一日三餐，变着花样让服务生端上来。

等她心境平定之后，钟贤道还带着她到常州、无锡、苏州等风景名胜之地游玩，陪她散心。王映霞日后曾回忆那段日子，说：“真像是一次蜜月旅行。”

钟贤道对王映霞很慷慨，舍得花钱，但对自己很克简。他不抽烟，也不喝酒，穿戴的衣物也很旧。20 世纪 70 年代的时候，他给自己买了一顶帽子，才花了五毛钱。王映霞晚年对钟贤道有如此评价：“他是个厚道人，正派人。我们共同生活了 38 年，他给了我许多温暖安慰和幸福。对家庭来说，他实在是一位好丈夫、好父亲、好祖父、好外公。”

1956 年，周恩来发表了《关于知识分子》问题的报告，要对知识分子进行改造。王映霞心想，闲着也是闲着，不如投入到建设中来，为社会主义建设添砖加瓦。她想到自己曾和周恩来有过一面之缘，那是在 1938 年，郁达夫和她曾经请周恩来和邓颖超吃过饭。于是，王映霞就给周恩来写了一封长信，信里面真诚流露出想要参加工作的意愿，希望组织上能安排一下。几个月之后，她接到通知，参加上海市的师资培训班。第二年，培训课结束，50 岁的王映霞被安排在一所小学里，当了一名小学教师。

“文革”爆发之后，王映霞也不可避免地受到了冲击，家被抄，人被隔离审查，交代历史问题。王映霞一边接受红卫兵的批斗，一边劳动改造，当油漆工，漆门窗和乒乓球台，当清洁工打扫厕所，为大串联的红卫兵洗衣服和被子。当时，王映霞的儿子嘉陵和女儿嘉利，一个是北大学生，一个是复旦学生，他俩担心自己的父母也会寻短见，就经常写信回家，恳请他们想开点，坚持下去。“文革”后期，嘉陵和嘉利也被下放到农场接受贫下中农再教育，后来就分配到了农村工作，王映霞也 60 多岁了，就告老退休。

退休后的王映霞，生活极为平淡。她不爱交际，不抽烟、不喝酒、不看戏、不打牌、不跳舞，连茶也不爱喝，唯一的爱好就是读书看报。钟贤道去世后，她一人独居在上海，她的女儿嘉利曾经想从农村调回来照顾她，被她拒绝了。

80 年代初，思想解放，在老朋友们的劝说下，王映霞开始写一些与鲁迅、许广平、陆小曼、丁玲等人交往的回忆性文字，并且为报刊纠正关于郁达夫往事的一些错误回忆。1986 年，王映霞被聘为上海市文史馆馆员，她利用文史馆里的资料，搜罗了郁达夫的书信，出版了一系列关于郁达夫的书籍，并根据自己亲身经历，写下了《半生自述》《王映霞自传》等回忆录自传体的文字，在大陆和台湾出版。

晚年的王映霞，在子女的照顾下，一步步地走完了人生之路。美人迟暮的她，在回忆起人生中最重要的那两个男人时，说了如下一番温情的话：“如果没有前一个他（郁达夫），也许没有人知道我的名字，没有人会对我的生活感兴趣；如果没有后一个他（钟贤道），我的后半生也许仍漂泊不定。历史长河的流逝，淌平了我心头的爱和恨，留下的只是深深的怀念。”

2000 年 2 月，王映霞在西子湖畔病逝，享年 93 岁。

张幼仪

我大概爱他吧

提起张幼仪，人们会自然而然的想起徐志摩。没错，她是徐志摩的结发之妻，走到哪里都会被贴上这样的标签：她是被徐志摩抛弃的女人。

有人说，是张幼仪高攀了徐志摩，张幼仪本就配不上才华横溢的徐志摩。抛开这句话的对错，有一点是可以肯定的，张幼仪绝没有高攀徐志摩，或许他们真的不相配，但张幼仪却是个令人肃然起敬的女子。

张幼仪大概是在徐志摩身边的女人中，最爱他的那一个人。但这不代表她会是个纠缠的人，她拿得起放得下，反而是最“拎得清”的那一个。徐志摩提出离婚，她不哭不闹，即使怀了身孕，也爽快的签下离婚协议。

她自己一个人生产的时候，她没有恨过徐志摩；当儿子患病夭折时，她没有怨过徐志摩的不陪伴；即使在徐志摩娶了陆小曼之后，她也依然孝顺徐家二老如自己的亲生父母。

徐志摩第一次见到张幼仪的照片时，说了一句：“乡下土包子。”而事实上，她并不是一无是处的旧式女子。离开了徐志摩，她开始闪光、开始发亮。做德文老师、成为银行副总裁、打理服装公司，每一样，她都做得很精彩。

她的人生不温不火，却精彩得无与伦比。没有锋芒毕露的利刺，却也不要逆来顺受的将就，这样的女子，值得被珍惜。

“乡下土包子”

张幼仪，1900 年出生于江苏宝山一个富商家里，因为与民国大才子、现代诗人徐志摩的婚事而扬名于世。依照现在的人们来看，她无疑是沾了徐志摩很大的光，但在当时，其实是徐志摩“高攀”了张幼仪。

1915 年的一天，15 岁的张幼仪正在苏州一所女子师范学校读书，突然家里来人把她接了回去。原来，她的四哥张嘉璈，当时担任浙江都督的秘书，他在巡视杭州一中的时候，发现了一个叫徐志摩的学生，文章写得非常好，极有才华。当下便生了爱才之心，想把自己的妹子嫁给他，结秦晋之好。张嘉璈调查了一下徐志摩的家底，发现他是浙江海宁县首富徐申如的公子。于是就将妹子的照片送到了徐家，请求联姻。

徐申如接过帖子一看，大喜。因为自家虽然也是富翁，但是跟张家比起来，还是差了不少。张家家世显赫，人丁兴旺。张幼仪的祖父是晚清的知县，父亲是宝山县巨富，她有兄弟姐妹 12 人，二哥张君劢是大名鼎鼎的梁启超的同学，《时事新报》

总编，还是段祺瑞内阁国际政务评议会书记长和冯国璋总统府秘书长，四哥张公权也是上海金融界大亨，28 岁就出任中国银行上海分行副经理。其他兄弟，也都是事业有成。

相比之下，徐家只是一个土财主而已。

与这样的大家族联姻，对于徐家，自然是求之不得的事。因此徐申如慌忙答应下来，并且派人把照片送给了还在学校读书的宝贝儿子。然而据说徐志摩当时看到张幼仪的照片时，却把嘴角往下一撇，轻蔑地说了句:“乡下土包子!”

不过，看不起归看不起，婚还是要结的。因为徐志摩是家中长孙独子，担负着延续香火的任务。从小就受到传统文化影响的他，此时还想不到去抗拒父母之命、媒妁之言。只是对于新娘子，实在是爱不起来罢了。

而这份勉强，正是日后两人离婚的主要原因。本就无心开花，如何能结出果实?

命运被婚姻绑架

大婚当天，两人的婚礼甚是热闹。张家为了让张幼仪嫁得风光体面，也为了她在夫家能获得足够高的地位，还特地去欧洲采办了很丰厚的嫁妆，陪嫁了许多贵重物品，光是家具就多得一节火车厢都装不下，还是张幼仪的六哥动用庞大的关系安排驳船把家具从上海运到了海宁硖石镇。之后，徐志摩还通过张君劢的引荐，拜在梁启超门下，成了梁启超的弟子。

然而，张家做出再多努力，都换不来徐志摩对张幼仪的一丝爱。他对她，是从骨子里的嫌弃、鄙夷，倘若是别人，他会置之不理，但是这个“土包子”，偏偏是他妻子。那份讨厌也因为这层关系而加重了，使他忍不住要去伤害她。

徐志摩坐在院子里读书时，时而朗诵，时而沉思，张幼仪就坐在他旁边，听他读书，偷偷观察他的一切，想要跟他说上几句话。然而他宁愿跟仆人说话，也不愿跟她交流半个字。15岁的她，对着18岁的他，一个满腹委屈，一个满脸不屑。而那个受伤的，也不敢有任何怨言，只会将绝望咽下，自己舔平伤口。

她从没有麻烦过他。

饶是如此，徐志摩还嫌厌烦。他经常找借口不回家，在外面逗留。两人结婚四年，在一起的日子却不足四月。还都是因为徐志摩放假，不得不跟她一起。

1918 年，18 岁的张幼仪生下了第一个儿子徐积锴。徐志摩独自一人前往欧洲留学。张幼仪想要陪他去，但是遭到徐志摩的拒绝。后来还是张君劢给徐志摩写信，徐志摩才不耐烦地把张幼仪接了过去。据张幼仪回忆，她到欧洲那天，徐志摩去码头接她，她一眼便从人群中认出他来："他穿着一件瘦长的黑色毛大衣，脖子上围了条白丝巾。虽然我从没看过他穿西装的样子。可是我晓得那是他。他的态度我一眼就看得出来，不会搞错的，因为他是那堆接船的人当中唯一露出不想到那儿表情的人。"

受伤的心，总是敏感的。

张幼仪跟着极不情愿的徐志摩一起到了徐志摩的住处。这一路上，也没有常人应有的嘘寒问暖，回去也没有什么接风洗尘的宴席。她本来是想来跟徐志摩夫唱妇随，然后学些西方学问的，但是到了这里之后，才发现自己的角色是保姆，是佣人。整天坐着公共汽车去菜市场买菜，回去后煮饭、打扫卫生、洗衣服，一天尽忙这些事儿。徐志摩给她的钱还经常不够家用，她就只好仰仗一个把货车停在家门前的菜贩子，从他那里买到新鲜廉价的蔬菜。

日常生活中，徐志摩依旧不跟张幼仪交流。张幼仪最开始以为是徐志摩嫌她没有学问，但是她发现，自己的兄弟们都是饱学之士，跟她都是无话不谈，但是一到丈夫那里，他就只会说“你懂什么”？“你能说什么”？张幼仪这才知道，爱一个人不需要理由，但讨厌一个人，处处都是理由。

张幼仪跟徐志摩一起坐飞机，由于眩晕而呕吐起来，徐志摩便破口大骂：“你真是个乡下土包子。”

两人的生活是靠徐志摩的家人寄支票维持的。因此，在支票寄来之前，他们总是穷困潦倒。但是徐志摩花钱很浪费，每天早上都要去理发店剪发，张幼仪完全不能理解他为什么要浪费这笔钱。她以为，在家里简单地收拾下就可以了。

事实上，徐志摩之所以这么在意自己的仪容，是因为他有了心上人。女为悦己者容，男为悦己者穷，为了给心上人留下好印象，徐志摩虽穷，也还要“容”一番。既当男人，又当女人，实在是不容易。

他的这个心上人，就是众所周知的林徽因。

爱与不爱

林徽因当时才16岁，还是个少女。徐志摩是先认识了她父亲林长民，然后才认识的她，之后，便发疯般地迷上了她。他每天早上收拾头发，就是为了给这个少女看的。他平时起得早，也是为了给这个少女寄信。当时，徐志摩住在沙士顿，林徽因住在伦敦。徐志摩用理发店对面的杂货铺当自己的地址，跟林徽因鱼雁往返。

为了不让张幼仪发现，徐志摩的信都是用英文写的。

当时张幼仪并不知道这些事。但是突然有一天，徐志摩对她说，今晚家里要来一个客人，他要带她去康桥逛逛，然后回家里吃晚饭。张幼仪很惊讶，因为她家从没有来过客人。

她隐隐地有一种不好的感觉，她觉得自己要跟徐志摩准备娶的二太太见面了。

这一整天，她一直在打扫房间，买菜，准备晚餐，一边忙活一边胡思乱想。其实，从她到欧洲的第一天起，直觉就告诉她，自己的丈夫心里藏着秘密。后来她看到丈夫每天早上都出门理发，就猜到他在外面又有了女朋友。

不过，张幼仪并没有多大的心理包袱。因为中国男人那一套，她都知道。就算是她给他生了儿子，他也可以再找别的女人。不管是像老爷那样玩玩了事，还是娶回来做姨太太都行。她都不在意。就算是在意，也毫无办法。

但是，徐志摩把这女人领回家让张幼仪她们见面这个举动，让张幼仪认为，这个女的肯定不是玩玩了事，而是要娶回来做二太太。梁启超的小太太就是当年他在日本上学的时候弄回家的，异国他乡，三人同在屋檐下，毫无疑问，徐志摩也会像他老师一样如法炮制。

想到这里，张幼仪有些发急。听说这个女人是在英国留学，那她肯定很有学问，也会讲流利的英文，说不定也雅好文学，跟她比起来，我岂不是更像“乡下土包子”了？张幼仪顿时感到一阵寒气逼来——她感到了来自这个女人的威胁。

她忽然又想，徐志摩这个女朋友会不会是个洋女人？他认识那么多洋妞，说不定迷上了她们的豪放，大笑时把头往后一甩，穿着裙子还露着脚踝。这异域风情，也很能撩动他的心弦。但她即刻又否定了这个想法，因为洋女人地位高，是不可能给人家做姨太太的。

就这样胡乱猜想了一天，到傍晚的时候，张幼仪终于鼓起勇气暗示自己，不要紧的。因为自己给他生了儿子，也伺候过公婆，自己永远都是原配正房。不管来的女人是谁，自己在徐家的地位都不会变。因此，要表现得大度点，以高贵的姿态来接受这份侮辱，对这个女人要随和，不能生气，不能嫉妒。

果然，天色渐晚的时候，徐志摩带着那女人回来了。她头发短短的，擦着口红，穿着一套裙装，一身打扮，极力地想把自己表现得洋里洋气。但是当张幼仪顺着她那长袜往下看时，却几乎大笑了出来，因为这个洋气的中国女人，居然穿了一双绣花鞋，是小脚！

吃完饭以后，徐志摩便和客人开始讨论文学，他们的谈话中经常夹杂着英文，张幼仪根本听不懂。她也无心去听，她把心思全放到了那个女人的脚上。她百思不得其解，这就是徐志摩两年多以来一直约会的女人吗？他老是喊我是乡下土包子，但是这个女人，光看她的脚，就比自己落伍多了。她真的是新式女人吗？徐志摩连这种女人都接受，为什么不喜欢自己？自己没有小脚，年轻时也上过学，也完全可以成为一个饱读诗书的女人啊。

她蓦地想到，在她知道自己怀孕之后，曾经告诉了徐志摩。徐志摩当时就不耐烦道："赶快打掉！"她说："可是我听说有人因为打胎死掉的。"徐志摩的回答十分冷酷无情："还有人因为坐火车死掉的呢，难道人家都不坐火车了？"

这个回答虽然符合他的一贯风格，但是现在想来，肯定是因为要把这女人带到家里，才这样说的。张幼仪想到这里，都伤心得要哭了。这女人，她能给家里做什么贡献吗？无非是多了一张嘴要喂。她不三不四的，不洋不土的，长着个小脚，只能给自己制造更多的家务事，不仅什么都干不了，还得自己像服侍老太太一样服侍她。

张幼仪越想越气。

晚上，徐志摩把那女人送走之后，回来就问张幼仪对这个小姐有什么意见。

张幼仪当时对他失望和厌恶到了极点，虽然心里想着要随和，要大度，不能嫉妒，但是嘴上还是忍不住说了句稍显刻薄的话：呃，她看起来很好，虽然小脚和西服不搭调。

徐志摩听了之后，立马尖叫道："我就知道，所以我才想离婚。"

张幼仪听了徐志摩的叫声，顿时感觉屋里的空气都膨胀开来，仿佛要爆炸似的。她慌忙从后门逃出去，站在阳台上大口喘气。徐志摩赶紧一路追了过来。他怕她自杀。

不过她并没有这意思。于是，他安心了。

我是一把秋天的扇子

一周之后，徐志摩突然离开，再也没有回来，抛下怀孕的张幼仪孤零零地一个人待在空屋子里。她在这屋子里又等了一个星期，徐志摩还是不见人影。张幼仪感到非常恐惧，接连几天看不到一个人，说不上一句话。她感觉自己像是一把秋天的扇子，被人遗弃了。

在孤立无助的情况下，她也曾想过一死了之。一头撞死在阳台上，或者栽进池塘里淹死，带着自己的孩子，结束这场悲剧。但是，她忽然记起了小时候学的《孝经》里有这么一句话："身体发肤，受诸父母，不敢毁伤，孝之始也。"于是她就打消了自杀的念头。

临产时，她住进了柏林的医院，身边没有一个人照顾。徐志摩听说后，坐车冲到医院，却不是为了看望她，而是要求她签订离婚协议书。张幼仪提出要争取父母意见之后再做决定，但是他却急不可耐地说："不行，不行，你晓得，我没时间等了，你一定要现在签字，林徽因要回国了，我非现在离婚不可！"

她听后，果断地在徐志摩写好的协议书上签字。时至今日，她才知道徐志摩爱的是林徽因，而不是那个她以为的“小脚”女人（指的是袁昌英，只是与徐志摩意气相投的朋友）。她也终于在内心里确定，丈夫根本一点儿都不爱她。

她神态自若地把离婚协议书递给他，并送上了祝福：“你去给自己找个更好的太太吧。”

这是民国历史上第一桩“文明离婚案”。签好协议，徐志摩想要看看刚生下来的儿子彼得。他把脸贴在育婴室的玻璃窗上，看得神魂颠倒、赞叹不已，却丝毫不去想张幼仪如何把这个孩子抚养长大。

在徐志摩眼里，那个孩子已经不是他的骨肉了。他的残酷，让人无法想象这是个能写出“你是天空里的一片云，偶尔投影在我的波心”这样浪漫唯美诗句的诗人。

关于徐志摩的性情，他的亲密朋友梁实秋曾经如此描述：“他饮酒，酒量不洪适可而止；他划拳，出手敏捷而不咄咄逼人；他偶尔打麻将，出牌不假思索，挥洒自如，谈笑自若；他喜欢戏谑，从不出口伤人；他饮宴应酬，从不冷落任谁一个。”

可是这样一个绅士，一个人畜无害的才子，一个连陌生人都不忍伤害的人，为何会如此残忍无情地对待自己的发妻？

你可以不爱，但你何必刻意伤害？

或许，在夫妻的二人世界里，不爱，就是最大的伤害吧。

人生竟别有洞天

张幼仪曾说过一句话：“在去德国前，我什么都怕；在德国之后，我无所畏惧！”这样悲怆地把自己的人生一分为二，这个羸弱的女子到底经历了怎样的苦楚，才会得出这样的人生感悟？

1925年，张幼仪的次子彼得（小名）去世，这一年，彼得才3岁，也刚好是徐志摩和张幼仪离婚三年的时候。那时的徐志摩正与有夫之妇的陆小曼闹绯闻，或者可以说这不是绯闻，而是事实。

张幼仪该有多痛苦，在最艰难的时候，身边却没有人安慰她，含辛茹苦抚养长大了幼子保罗，却依旧逃不开别离的命运。

有一种人，在困境中，会越挫越勇，张幼仪就是这样的。

为了追随徐志摩的脚步，她来到了这个陌生的国家，然而徐志摩却为了追随他所爱的人丢下了挺着大肚的她。

无措、绝望，甚至也想过自杀。在那段最难熬的日子里，张幼仪挺过来了。在她终于明白徐志摩的真心后，彻底醒悟，她决定不再做一个追随者，不再傻傻的只是追随徐志摩的脚步，她要为自己活着。

离婚后的张幼仪，到巴黎投靠了她的二哥张君劢，然后又跟着二哥到了德国。她化悲痛为力量，开始充实自己的生活。她请了一个保姆，一边照料幼子，一边学习德文，还攻读了裴斯塔洛齐学院的幼儿教育。

她一直在努力让自己变得坚强，即使在异国他乡，即使丈夫离开了她，她都没有放弃，学德语也好，修学也罢，这又何尝不是在证明自己?

在德国这个国风严谨的国家，曾被徐志摩嫌弃的呆板严肃的性格，如今成了张幼仪自信的资本。离婚后的张幼仪第一次找到了她人生的支点。

直到幼子彼得去世，张幼仪才再次见到了徐志摩，徐志摩抱着彼得的骨灰坛流下了眼泪，不知道这些眼泪里是否带着反省的意味?

他在写给陆小曼的情书中这样评价张幼仪：“C可是一个有志气有胆量的女子，她这两年来进步不少，独立的步子已经站得稳，思想确有通道……她现在真是什么都不怕，将来准备丢几个炸弹，惊惊中国鼠胆的社会，你们看着吧!”(C指的就是张幼仪）这是他第一次点头肯定张幼仪。

离婚后两人的关系似乎好了很多，徐志摩也不再处处挑刺，看她不顺眼了。也许之前是把张幼仪当作了阻挡自己追求爱情的绊脚石，才会觉得她是遮挡他阳光的那片黑暗，现在他终于对她改观。

但徐志摩的觉悟似乎来得有点迟，他对张幼仪的伤害大概是抹不去了。失去爱子，徐志摩只是掉了几滴泪，这样的程度远远不及张幼仪的痛楚。

陷入丧子之痛的张幼仪被八弟张禹九接回，时隔六年，她终于回到祖国的怀抱。也许，祖国会给她慢慢疗伤的机会。这个选择是对的，至少这里有亲人、有朋友，还有徐家二老。

按理来说，张幼仪和徐志摩已经离婚了，所以她是可以跟徐家二老断绝关系的，毕竟是徐志摩负她在先，但是她没有这么做。

回国后，她依然孝顺公公婆婆，待他们如旧，这就是张幼仪的伟大之处。张幼仪是很喜欢徐家二老的，但是这种喜欢是建立在她与徐志摩的婚姻基础之上的，现在这层婚姻关系不存在了，但她对公婆的喜欢并没有停止。

徐家二老尤其是徐父也是极喜欢这个曾经的儿媳妇的，所以他们提出收张幼仪为养女的要求。张幼仪欣然应允，不是她还对徐志摩心存念想，而是因为她是个有情有义的人。

离开了徐志摩，张幼仪好像马上变得聪明起来，所以才会有人说“恋爱中的女人是傻瓜”。以前的张幼仪太傻，只想着要和徐志摩夫唱妇随，完全迷失了自我，甚至失去了女人的自信，变得自卑起来。

在德国经历了许多事，让她很快成长起来，她本就是个聪明的女子。她读过书，又受到过良好的家教，不是徐志摩口中的“乡下土包子”，她不自信，完全是因为她身上的闪光点还没有被发现。

重新振作的张幼仪开始绽放，她要开始走自己的人生。

其实张幼仪的家族基因是很强大的，大哥张嘉保，是上海知名棉花油厂的老板；二哥张君劢是国学大师，又是中国民主社会党的领袖；四哥张嘉璈是实业家，又是中国银行总裁；八弟张禹九是新月派诗人，又是新月书店的老板；小妹张嘉蕊是著名的服装设计师。

有这么一个强大的家庭后援团，她没有理由不强大。

凭着在德国学习的经验，开始在东吴大学担任德文老师。东吴大学是现在苏州大学的前身，是当时著名的基督教大学。她能胜任这份工作，说明她的德文水平不得了，而且她在工作中是一个十分严谨的人，做起事来有条不紊。

她身上的闪光点终于被发掘。在四哥张嘉璈的支持下，张幼仪担任了上海女子商业银行的副总裁。虽然有张嘉璈的帮忙，但是没有人可以否认张幼仪的能力，事实上，在张幼仪还是徐家媳妇的时候，在打理财务方面就十分出色，只是那时候的徐志摩沉浸在对张幼仪的厌烦之中，根本看不到她的这些优点。再想当初徐志摩对张幼仪的评价，就显得有些讽刺了，徐志摩口中的“乡下土包子”，成为了“中国第一个女银行家”。

张幼仪变得不一样了，不再是那个缩在徐志摩身后的小女人，成为一夜绽放的铿锵玫瑰。她在证明自己的同时，也在向徐志摩证明。

在担任银行业务的同时，她也担任了云裳服装公司的总经理，极大发挥了她的经营能力，另外有一点，这家公司徐志摩也有入股。

这样看来，张幼仪也不是一无是处，只要给她机会，就会发现其实她是一个很强大的女人，能教德文，能当银行家，又会经营服装公司。一人身兼多职，要是搁在常人身上早就手忙脚乱了，偏偏她就能把一切协调得有条不紊。

每天九点钟，她准时到达办公室开始办公。下午五点钟是她一个小时的学习时间，专门有教师来教。六点钟她会去云裳服装公司视察工作，顺便打理财务事宜。

这个井然有序、分秒不差的习惯是在德国养成的。就像她说的那样，她的人生分为“去德国前”和“去德国后”两部分，德国就像是一个大熔炉，塑造出了一个全新的张幼仪。

毫无疑问，张幼仪的才华正在一点一点绽放。1934 年，二哥张君劢成立中国民主社会党，张幼仪应邀管理党务财政，一时间风光无限。

抗战爆发后，她又因为眼光长远，囤积了一批军用染料，发了一笔财。这样的张幼仪可以真正称得上是女强人了。

离开了徐志摩，张幼仪越发知性，不仅有了自己的事业，还让自己的才能大放异彩。不再是一味傻傻地付出和追随，不再是那个呆板无趣的家庭主妇，也不再是“乡下土包子”。

这更加证明张幼仪当初离开徐志摩是正确的，如果不是离婚，恐怕张幼仪仍然找不回真正的自己。张幼仪是聪慧的女子，当初离婚时的不闹不纠缠就是她的明智之处，放手让她变得坚强，困境使她快速成长。

学会放弃，为自己的人生开一扇窗，就会发现，人生竟别有洞天。

再次遇到爱情

张幼仪真的放下了吗？如果真的放下，为何和徐志摩离婚之后，没有立刻另结良缘呢？其实在德国，张幼仪一直都有追求者，但是她没有接受，只是淡淡地说了句:“我现在还不想结婚。”

不想结婚的可能性有很多种，也许是因为徐志摩，也许是为了阿欢（张幼仪和徐志摩的大儿子，小名阿欢)，还有一点很重要的原因就是她收到了四哥张嘉璈的来信。

张嘉璈在信中嘱托张幼仪不要丢了张家的颜面，在未来五年里不能让别人看到她和别的男人同进同出，免得别人以为张幼仪和徐志摩离婚的原因是她不守妇道。

四哥是为了张家也是为了张幼仪好，不想让别人误解了妹妹，其实张幼仪并没有错，当时张幼仪和徐志摩的离婚事件在社会上造成了很大的轰动，徐志摩甚至还在报纸上刊登了离婚通告:“我们已经自动挣脱了黑暗的地狱，已经解散烦恼的绳结……欢欢喜喜地同时解除婚约……现在含笑来报告你们这可喜的消息……”

这是中国历史上依据《民法》的第一桩西式文明离婚案，饶是在提倡民主自由的民国时期也很难让大部分人所接受。

古代男子有休妻的权利，却鲜少听说过有女子“休夫”的，女子在封建社会的地位低下，即使到了民国时期，封建王朝已经瓦解，但是这种根深蒂固的封建思想已经深入人心，不是一时半会就能改观的。

在一定程度上，张幼仪是背负了很大的包袱的，她虽然没有做错什么，但是不知情的人会怎么想就不可控制了。这对她是很不公平的，明明被抛弃的是她，一个离婚的女人带着孩子，本来就很艰难了，还要承受舆论的压力。

换作任何一个女人都会受不了吧，但是张幼仪没有，足以说明她是个坚强的女子。

可是再坚强的女子也不能一辈子一个人生活，总要有个依靠。上帝会为她安排的吧！她这样好的女子，不该被命运抛弃。

1931 年 11 月 19 日，徐志摩飞机失事遇难，这个消息震惊了所有人，他才 30 多岁，突然离世的消息引起了一片惊慌，尤其是陆小曼，身为徐志摩的现任妻子，她甚至不知道该如何处理后事。

最后还是张幼仪出面，冷静理智的主持安排了徐志摩的葬礼。这大概是她能为徐志摩做的最后一件事了吧！她对他真的算是仁至义尽。

徐志摩的离开，或许可以让她心中完全释怀了吧！她不必再考虑那么多，她也可以开始追求自己的幸福，开始一段没有徐志摩的新的人生。

新中国成立前夕，张幼仪移居香港，也是在那里，她遇到了她人生中的第二段爱情。她在香港的邻居苏纪之是一名中医，曾经留学日本，回国后就在上海行医，与张幼仪一样离异有子女。

张幼仪其实一直都是个有魅力的女子，即使这时的她已经50多岁了，早已不复年轻时的模样了。但是苏纪之还是被她深深地吸引了，开始了对张幼仪的追求。

没有年轻人恋爱时的激情澎湃，多了一份相濡以沫的平淡，到了这个年纪看，他们需要的不是轰轰烈烈，而是一段细水长流的陪伴。

两个人交往了一段时间，终于到了谈婚论嫁的地步，张幼仪没有立刻答应苏纪之的求婚。她虽然早已有了自主权，但这毕竟是她的人生大事，她希望能得到家人的认可。

所以张幼仪想了想，还是忍不住给二哥和四哥拍了份电报，不知道为什么，四哥张嘉璈一直没有回复。倒是一直最疼爱她的二哥张君劢很快就回复了。

张君劢似乎立场不太坚定，先是发电报表示同意，没多久又发电报说觉得这样不好，他是推崇儒学的国学大师，骨子里到底还是保守的，所以就这样犹豫再三仍拿不定主意，张君劢终于决定不再纠结了，所以他郑重其事地又给张幼仪发了一份电报：“此名教事，兄安敢妄赞一词？妹慧人，希自决。”

张幼仪郁闷了，连一向有主见的二哥也给不出明确的意见，这种情况下，她能问的，只有阿欢了。张幼仪只好给远在国外的大儿子阿欢写信，信中寥寥八个字“母拟出嫁，儿意云何”，但足以说明情况。

相对于张君劢的犹豫不决，阿欢的回信就显得温暖极了，他是接受过新思想的人，所以在母亲的再嫁问题上，他是毫不犹豫的开明。

阿欢的回信是这样的："母孀居守节，逾三十年，生我抚我，鞠我育我……综母生平，殊少欢愉，母职已尽，母心宜慰，谁慰母氏？谁伴母氏？母如得人，儿请父事。"

看到这封信的张幼仪该有多欣慰，儿子阿欢是土木工程师，但是他这封信却颇有父亲徐志摩的风范，果然是基因强大。

1953年，张幼仪在香港与苏纪之结婚，至此，她颠沛流离的半生，终于有了依靠。早该如此的，和徐志摩离婚后，她单身20多年，她操劳了太多。为徐家的事业操劳；为儿子阿欢操劳；徐志摩离世，为他的葬礼操劳。

她太累了，已经做得够多了，现在是该找个人照顾她，拥有属于她自己的幸福了。看得出，她和苏纪之过得很好，能在50多岁的时候再次遇到爱情，是一件很珍贵的事情。

婚后的生活，张幼仪有大把的时间和丈夫到处旅游。在张幼仪67岁的时候，他们一起去了英国的康桥，对了，徐志摩那首著名的《再别康桥》写的正是这里："悄悄是别离的笙箫……沉默是今晚的康桥。"张幼仪走过这里，大概也会在心中默默想起徐志摩吧！没有怨恨，没有爱恋，只有像老朋友一样的怀念。

他们还去了德国柏林，去了张幼仪曾和徐志摩生活过的地方，故地重游。站在曾经和徐志摩住过的小屋外，张幼仪感慨万千，时间过得真快，转眼她已经老去，她简直不敢相信自己曾经那么年轻过。

而现在，有另一个人执她的手，她是幸福的。

1972年，在张幼仪结婚19年后，这个曾经说要与她携手走一辈子的人，先她一步离去，幸福总是来得突然，走得也太突然。

张幼仪又成了一个人，回想她的一生，也算是一部传奇了，虽坎坷却活得精彩。

人们记住张幼仪是因为她是徐志摩的第一任妻子，人人都说她是被徐志摩抛弃，命运很悲惨。但她不这么认为，她曾经感谢徐志摩和她离婚，离婚让她成长，让她惊艳了自己的人生。

曾经她是那么喜欢徐志摩，紧紧追随着他的脚步，为他付出，为他欢喜，为他忧愁。可是离婚的时候却不闹不纠缠，痛痛快快的放手。

张幼仪真的爱过徐志摩吗？晚年的张幼仪，对爱的定义，有着自己独特的理解。她说："你总是问我，我爱不爱徐志摩。你晓得，我没办法回答这个问题。我对这个问题很迷惑，因为每个人总告诉我，我为徐志摩做了这么多事，我一定是爱他的。可是，我没办法说什么叫爱，我这辈子从没跟什么人说过'我爱你'。如果照顾徐志摩和他家人叫作爱的话，那我大概是爱他的吧。在他一生当中遇到的几个人里面，说不定我最爱他。"

这样的回答，是她倾尽了一生时光的感悟，堪称经典。张幼仪爱徐志摩，徐志摩却伤害了她。爱不是相互伤害，但人们却总是忘记，常常伤害到那个最爱你的人。

愿世间所有的爱都不再有伤害，这大概也是张幼仪所希望的。带着这样的希冀，她安详地走完了她的一生，1988 年，张幼仪在美国纽约逝世，享年 88 岁，她也是徐志摩身边的女人中活得最久的。

张爱玲

你也在这里吗?

这是真的。

有个村庄的小康之家的女孩子，生得美，有许多人来做媒，但都没有说成。那年她不过十五六岁吧，是春天的晚上，她立在后门口，手扶着桃树。她记得她穿的是一件月白的衫子。对门住的年轻人，同她见过面，可是从来没有打过招呼，他走了过来，离得不远，站定了，轻轻地说了一声："噢，你也在这里吗?"她没有说什么，他也没有再说什么，站了一会，各自走开了。

就这样就完了。

后来这女人被亲眷拐了，卖到他乡外县去做妾，又几次三番地被转卖，经过无数的惊险的风波，老了的时候她还记得从前那些事，常常说起，在那春天的晚上，在后门口的桃树下，那个青年。

于千万人之中遇见你所要遇见的人，于千万年之中，时间的无涯的荒野里，没有早一步，也没有晚一步，刚巧赶上了，那也没有别的话可说，唯有轻轻地问一声："噢，你也在这里吗?"

上面这个短篇散文，名字叫《爱》，作者就是大名鼎鼎的张爱玲。张爱玲不愧是擅写感情的大作家，寥寥几笔，短短三百多字，便将一份孤独的人世挚爱写得沁人心脾，使人顿生无限惆怅与不甘。那个春风吹拂的夜晚，那个少女站在门前，那棵桃树下有个青年。青年一句轻轻的问候，就让她回味了好多年。

出身豪门亦可哀

张爱玲，原名张瑛，1920 年 9 月 30 日出生在上海麦根路。她出身名门，祖父张佩纶，是清末“清流派”名臣，祖母是李鸿章的长女，都属于清朝贵族，家势甚为显赫。但是也正因为如此，树倒猢狲散，随着清王朝的衰败，张家的家道就很快没落了。到张爱玲的父亲这一辈的时候，虽然还没过几年，却已经大不如前。她的父亲连个一官半职都没混上，只是在铁路局做了一个小小的英文秘书。

士大夫的黄金时代在时代巨变中一去不复返了。但所谓百足之虫死而不僵，大家庭的空架子还在，表面富丽堂皇的生活和排场都还保留着以前的格局。虽然潜伏着许多危机，但并不是小小的张爱玲所能察觉到的。她只管一天天的长大，找零食吃，找玩具玩儿，偶尔会闯到爷爷的卧室里，立在这个清朝遗老的面前，看着他满眼老泪地吟唱“商女不知亡国恨，隔江犹唱后庭花”。呆呆地看了他几秒，再跑出去。

那时候，张爱玲是体会不到什么是亡国之痛的。她所感到的都是舒服，整天有一大堆仆人抱着她，哄她玩，跟着大人一起去走亲访友，被不认识的人们恭维着，夸赞着。不幸的是，这样的惬意时光没持续太久。4 岁的时候，张爱玲的烦恼就来了。家里人请来先生，让她和弟弟进入私塾读书。教书先生没有别的方法，唯一办法就是让张爱玲死劲背书。从此张爱玲饱受背书的折磨。她经常站在窗前摇头晃脑地朗诵，甚至连除夕夜都在熬夜读书。第二天是新年，一大早，保姆怕她熬夜辛苦没睡好，就没喊她起床。结果等她起床的时候，新年的鞭炮都已经放过了。顿时，一种失落感涌上心头，好像错过了天大的好事一样。长大后，她曾如此回忆那件事:“我觉得一切的繁华都已经成了过去，我没有份了，躺在床上哭了又哭，不肯起来，最后被拉了起来，坐在小藤椅上，人家替我穿上新鞋的时候，还是哭——即使穿上新鞋也赶不上了。”

好在童年的生活并不是全部都在背书，还有很多其他的乐趣，可以抵消这份不快。她可以在院子里看丫环荡秋千，听人讲《三国演义》，夏天的时候，穿着白短衫红裤子坐在天井里唱谜语，这些事都让她感到愉快。每天早上，女佣就把她抱到母亲床上去，然后她就趴在方格子青锦被上，咿咿呀呀不知所云地跟着母亲背唐诗……

后来，张爱玲的母亲和姑姑去欧洲游学，就把她交给姨奶奶看管。少女张爱玲就开始学习英文、绘画、钢琴，并且大量阅读《三国演义》《西游记》等古典名著，无意间为后来走上文学道路，打下了基础。

张爱玲的父亲，是个标准的旧式纨绔子弟、没落贵族。他有很深的传统文化修养，吟诗作对都不成问题。张爱玲中学的时候，写过一篇戏剧小说，名字叫《摩登红楼梦》。对于张爱玲流露出的写作才能，她父亲也很得意，还帮张爱玲拟过几个回目。如：“沧桑变幻宝黛住层楼，鸡犬升仙贾琏膺景命”“弭讼端覆雨翻云，赛时装嗔莺叱燕”“收放心浪子别闺闱，假虔诚情郎参教典”“萍梗天涯有情成眷属，凄凉泉路同命作鸳鸯”“音问浮沉良朋空洒泪，波光骀荡情侣共嬉春”“陷阱设康衢娇娃蹈险，骊歌惊别梦游子伤怀”，等等古典章回体小说的回目，从中可见他的文学水平。

但是，这是传统文人都会的功夫，不见得有多出奇。经过四书五经培训的古代文人，作诗是很平常的事。作为一个贵族破落户，张爱玲的父亲别的特长没有，臭毛病倒是学了一身。他吸食鸦片、嫖妓、娶姨太太、坐吃山空挥霍家产。他对于子女根本不经心，张爱玲和弟弟的待遇完全取决于她父亲的心情。她经常受到父亲封建家长式的粗暴虐待和呵斥。

8岁的时候，张家搬往上海。此时，张爱玲的父亲由于吸食鸦片上瘾，注射了大量的吗啡，命悬一线，眼看就朝不保夕了。他整日坐在阳台上，脖子上搭着一条毛巾，眼睛盯着外面的雨，嘴里喃喃自语，也不知道说些什么。张爱玲看见父亲这副模样，非常害怕，从不敢靠近他。正好，这个时候，张爱玲的母亲从欧洲回来了。她的出现，拯救了父亲的性命。张爱玲的父亲听从劝解，住进医院接受治疗。母亲就开始打理家里的一切。她把家搬到一座花园洋房里，模仿欧洲的居室风格，养宠物狗，种花，给小孩子买儿童书。而且还经常带着要好的姐妹来家里玩，模仿电影里的恋爱表演。

说起来，张爱玲的母亲，也是一朵奇葩。张爱玲与她母亲之间的母女亲情，比后来跟胡兰成的爱情，更让她纠结。

张爱玲的母亲名叫黄素琼，也是出身于门庭显赫的家族里。

祖父黄翼升，是清末第一任长江七省水师提督，是一员封疆大吏。黄家跟张家，可谓是门当户对。黄素琼虽然是小妾所生，也裹过脚，但从小就受到很好的教育，她性格开朗，渴慕新潮，拒绝陈腐，一直想到欧洲学习西方文化。后来在留洋的时候，觉得自己的名字不够浪漫，就改名为黄逸梵。

黄逸梵本来长得就有点像西方人，头发是黄色的，皮肤也不是东方人固有的那种细腻白皙。从欧洲回来之后，更加洋气漂亮了。幼时的张爱玲，在看自己母亲的时候，一直是仰着头的。这种姿态，并非只是因为身高的差距，而是她母亲身上显露出女性所有的漂亮和气质，深深地让她折服。她站在梳妆台边，看母亲对着镜子浓妆淡抹，在绿短袄上别上翡翠胸针，羡慕得两眼放光。她对自己许下愿望:“8 岁我要梳爱司头，10 岁我要穿高跟鞋，16 岁我可以吃粽子汤团，吃一切难以消化的东西。”她母亲身上有让她难以企及的美丽，让小小的张爱玲产生了一种极大的野心。

后来，由于张爱玲的父亲整天和母亲吵架，两人实在过不到一起，就离婚了。父母离婚后，张爱玲跟着父亲过。但她还是很愿意去母亲那里。因为他父亲再婚了，娶的是清末维新派重臣孙宝琦的女儿孙用蕃。于是她父亲一下子又有了钱，就把家迁回了麦根路别墅。这是她出生的地方，但张爱玲根本不喜欢这个老式的洋房，总觉得阴沉沉的，很怪异，好像一座古墓。她看不起里面的一切，“鸦片、教我弟弟作《汉高祖论》的老先生、章回小说，懒洋洋、灰扑扑地活下去……父亲的房间里永远是下午，在那里坐久了便觉得沉下去、沉下去”。

但这一切都不是最让她讨厌的。最让她反感的是她的后母。这位后母虽然年轻漂亮，但是也吸鸦片，而且还很变态，歹毒阴险。那个时期，张爱玲入读上海圣玛利亚女校。在学校里，她初步尝试写作，并且于1932年，也就是12岁的时候，在校刊上首次发表短篇小说《不幸的她》，次年又发表了一篇散文《迟暮》。此后，又陆陆续续写了很多短篇，虽然有的发表了，有的未发表。但一代才女的气象，已经在她身上渐渐凸现。由于不常回家，因此后母对她倒没怎么虐待。但是张爱玲每次回去，都能看到弟弟和自己小时候的保姆受到后母的虐待。

琐屑的难堪

张爱玲中学毕业后，不想在家里待，就提出要留学。那时候她经常去她母亲家住，她父亲便认为这留学的主意是她母亲调唆的，于是父亲就对她很恼怒，觉得一直养活她、教育她，她反而把心向着母亲。她后母更是像泼妇一样骂她："你母亲离了婚还要干涉你们家的事。既然放不下这里，为什么不回来？可惜迟了一步，回来也只好做姨太太！"

张爱玲听了这话，内心对后母憎恨无比。几天后，日本人进攻上海，父亲的家在苏州河边，夜里炮声太响，难以入眠，张爱玲就去母亲家住了两周。结果回来后就遭到了后母的责怪。后母问她为什么外出不归不向自己报告？张爱玲说向父亲说过了。后母就说，哦，对父亲说了！你眼睛里哪儿还有我呢？然后就给了她一个巴掌。

张爱玲从小到大从未受过这等侮辱，再说本来就对后母有积怨，本能地就想还手，结果被两个老妈子拉住了。后母便飞奔上楼，大声疾呼道："她打我，她打我！"她父亲听到娇妻的呼声，便冲下楼，以迅雷不及掩耳之势揪住张爱玲，劈头盖脸地打。张爱玲只感觉头一下子偏向这边，一下子偏向那边，连耳朵都好像被打聋了。张爱玲支撑不住，被打倒在地。她父亲仍不罢手，又是一顿踢。直到最后被佣人拉开。

整个挨打过程中，张爱玲没有还一下手。因为母亲告诉过她，这个时候还手，日后说出去，都是做女儿的不对。但是挨完打之后，她却想到了学校里教的法律常识，准备到巡捕房报警。但是大门深锁，她对着大门又踢又吵，希望引起外面巡警的注意，但是被她父亲拉走，关在了一间小屋子里。父亲警告她安生些，否则拿手枪打死她。

在这间阴暗的小屋里，张爱玲得不到关照，仆人们在她父亲的严令下，不得与她接触。只有她的贴身保姆可以来看她。她患了痢疾，整日拉肚子，“差一点死去”。她父亲也不给她请医生，也不派人抓药。张爱玲一病半年，躺在床上，精神恍惚，一闭眼就好像着了梦魇。她几乎就要绝望了，觉得自己不久就会死去，但竟然也不害怕：“躺在床上看着秋冬的淡青的天，对面的门楼上挑起灰石的鹿角，底下累累两排小石菩萨——也不知道现在是哪一朝、哪一代……朦朦胧胧地生在这所房子里，也朦胧地死在这里么？死了就在园子里埋了。”

死了就在园子里埋了。这是张爱玲对父亲最为有力且无声的控诉。

但她忽然想到，自己的生命不该就此完结。否则不仅遂了后母那个恶毒女人的心愿，也辜负了自己的才华。她一直在做着“天才梦”的。

于是，她产生了一个念头，逃出去，离开这里。

把她从小带到大的保姆，得知她的这一念头之后，极力劝她不要逃出去：千万不要走出这扇门呀！出去了就回不来了。保姆自然是好心的，她担心张爱玲从此失去了衣食来源，但她不知道，在这样的家庭里，得不到父亲的庇护，反而得到了虐待，还不如走了更好。梁园虽好，不是我家！

于是张爱玲就整天琢磨着怎么逃出去。她所能想到的都是儿时跟弟弟一起玩游戏时想到的点子。那都是她看过的小说情节，如《基督山恩仇记》《三剑客》等。她想到《九尾龟》里一个人用被单子当绳索，从窗户里缒了下去。这样一想，自己也可以从花园的墙头上翻出去。墙边有个鹅棚，正好可以踩在上面，不过她顾虑那两只鹅会不会在半夜的时候惊叫起来，打乱她的计划，所以就罢了。

然后她换了一个思路。她开始用侦探小说里的情节，用她那缜密的心思，去计算大门开关的时间，从保姆口中套出巡警换班的时间，又用望远镜张望马路上有没有行人，然后挨着墙边，在暗影里一步步摸到了大门，拨出门闩，一个箭步冲了出去——成功地逃脱了。多年后，张爱玲在回想当年的经历时，还记得当时那种喜悦："我当真立在人行道上了！没有风，只是阴历年左近的寂寂的冷，街灯下只看见一片寒灰，但是多么可亲的世界呵！我在街沿急急走着，每一脚踏在地上都是一个响亮的吻。"

之后，她就逃到了母亲家里。她母亲接管了她的一切，支付她的生活和教育费用。然而，她的过度敏感使她对母亲也开始怀疑起来。她没有毫无顾忌地走进明亮、温暖的家，而是像《红楼梦》里"林黛玉进贾府"似的，小心翼翼的。因为她母亲本是大家闺秀，现在自己谋生，变成了职业女性，她的到来，无疑加重了母亲的负担。母亲又想把她培养成淑女，她只好三天两头地向母亲要钱。记得小时候问父亲要钱，站在父亲的烟榻前，久久地得不到一个回应。如今问母亲要钱，虽然会给，但是母亲也会露出不耐烦的神情。这种“琐屑的难堪”，让张爱玲心里多了一份难以启齿的委屈。她无法像其他富贵家小姐一样对母亲发脾气，只好把这委屈忍下，埋在心里。

而真正让她与母亲之间产生隔阂的，是她母亲要求她做一个淑女。做淑女的难处在于要学会察言观色，端正走姿，要会观察人的面部神态变化，这些琐碎的事情，看起来不起眼，却很费工夫。可惜的是，张爱玲注定只是个才女。在纸上挥毫的时候，她可以文不加点，一气呵成。但在梳妆打扮上面，实在是欠缺天分。她走路跌跌撞撞，丝毫没有曼妙风情；她笑的时候肆意开怀，一点儿也不会巧笑倩兮。她母亲很失望，经常冷言冷语嘲笑她。有一次甚至说，像她这样的，活着就是个祸害。

这种恨铁不成钢的话语，很多人在小时候都听父母讲过，之后都忘却了。但张爱玲却将它牢牢地记了下来。在经受母亲的责怪时，张爱玲意识到了自己的无能，感觉自己拖累了母亲和姑姑。她多年后回忆自己的心境：“在父亲家孤独惯了，骤然想学做人，而且是在窘境中做‘淑女’，感到非常困难……我一个人常常在公寓屋顶的阳台上转来转去，西班牙式的白墙在蓝天上割出断然的条与块。仰脸向着当头的烈日，我觉得我是赤裸裸地站在天底下了，被裁判着像一个惶惑的未成年人，困于过度的自夸与自鄙。”

年少的张爱玲，就是在这样的环境里慢慢长大，最终写出那些凄美绝艳的文字。

冷冷的旁观者

跟母亲和姑姑住在一起之后，张爱玲就没有再回到父亲那里去。她参加了伦敦大学远东区入学考试，获得了第一名。因为战乱，没能够去伦敦大学，就拿着伦敦大学的成绩单，去了香港大学。

在港大学习的课程并不是张爱玲喜欢和擅长的，而她除了在作文方面有极高的天赋以外，在其他学科上并无多少天赋，为了完成学业，她发奋用功。努力揣摩每一个教授的心思，结果每门功课都拿了第一名，并且连续两年都得到了奖学金。有一个教授甚至给了她从未给过的分数。

在香港大学里，有大把的空闲时间，张爱玲本来可以自由地游山玩水的，但她却是在图书馆和教室里度过的。经过三年的积累，她对西方历史、文化、文学的了解有了一个从量变到质变的转化，开始形成了自己稳定的人生观。这对于她后来刚出校门，就写出一堆成熟的作品有着莫大的帮助。

就在张爱玲两耳不闻窗外事的时候，日本人打了过来。

1942年12月，日军进攻香港。张爱玲不得不中断学业，回到上海。几年前，她因为欧洲战争未能去英国留学，几年后，她的留学计划再次因为战争而中断。不过这似乎不见得就是一件坏事，因为这让她提前就进入了创作状态。当时的香港是英国殖民地，因此守城工作主要是由英国驻军完成的。英军的一座军事要塞挨着香港大学，日军的飞机过来轰炸的时候，张爱玲和同学们就躲进宿舍最下层的箱子间里，听着外面突突的机关枪声，犹如骤雨打残荷：心里说不出的惊恐。好不容易等到警报解除，大家纷纷钻出来，你看看我，我看看你。

几天后，学校就停办了。同学们无处可去，就相约着去防空总部报名做志愿者，帮助守城。张爱玲领了证件，组织给她分了一些米和黄豆，但是没有油，也没有燃料，她也不知道怎么样才能做成食物。

其实，挨饿的经验都是次要的。真正让张爱玲刻骨铭心的，是她察觉到生命的脆弱。在大灾难来临之际，个人就如沧海上一叶孤舟，随时都可能被巨浪吞没。"……什么都是模糊，瑟缩，靠不住。回不了家，等回去了，家也许已经不存在了。房子可以毁掉，钱转眼间可以成废纸，人可以死，自己更是朝不保暮……无牵无挂的空虚与绝望……"这种不安全感，再加上她年少时在父亲和母亲那里受到的待遇，使她深刻认识到个体生命的渺小。她感觉历史、社会的运转是被一股不可捉摸的力量所控制的，在这股力量面前，个人是无从掌握自己的命运的，只有茫然，只有等着被打翻。这种悲凉的洞悉人世本质的世界观，在她以后的小说里都会作为一种底色存在。弄明白这点，我们就不会奇怪为何她的小说大部分都是悲剧。

抱着这样一个态度，张爱玲在香港战乱的氛围中，一直做着一个冷冷的旁观者。她用挑剔而冷静的眼光去审视所有的人，包括她自己，然后从众人的反应里观察人性。她发现人们在这种巨变之中，都好似一只乌龟，缩在自己的壳内，对于外界麻木不仁，得过且过。她的女同学，因为战时物资紧缺，买不到相应的时装而犯愁；日军的飞机在天上轰炸，人们躲在门洞子里得到了暂时的安全，却都在无谓地争闲气，谁都振振有词；一个年轻人受了轻伤，暂时成了众人的中心，他就洋洋得意起来；空袭警报刚刚解除，人们又“不顾命地轧电车，唯恐赶不上，牺牲了一张电车票”……所有这一切都让她觉得战争其实并不能带来真正的震荡，并不能改变人们小市民本质。他们一边本能地惶恐着、惊怕着、躲藏着，一边继续虚荣、贪小便宜，对战争形势的严重性毫无危机意识，这些丑态闹剧无时无刻不在上演，并且不会被战争所影响。

作为防空员，张爱玲和同学们驻扎在冯平山图书馆。她对于防空工作一无所知，只在里面看书。她找到一本冯梦龙的《醒世姻缘》，便津津有味地看了下去。图书馆的楼顶上有一架高射机枪，日军多次来轰炸，炸弹一颗颗落下，张爱玲心里就想，让我把这本书看完再炸死我吧。还有一部《官场现形记》，也是在废墟里找到的。此时她已经得了高度近视，但是她不担心自己的眼睛，反倒担心炮火会不会容她看完。此时，她也不曾思考读书有何意义，只管去读。换作他人，一定会想，要是被炸死了，读再多书又有何用呢?

18天后，日军攻陷香港，不再有炮火了。幸存下来的人们都欢呼雀跃，家园被强占，本来应该悲伤的事，人们却无暇顾及，而是四处找吃的。满大街都是小吃摊，连以前西装革履的体面人都改行卖饼了。人们立在小摊前面吃饼，旁边就是在空袭和巷战中死去的百姓的尸首。“香港重新发现了‘吃’的喜悦。真奇怪，一件最自然、最基本的功能，突然得到过分的注意，在情感的光强烈的照射下，竟变成下流的、反常的……宿舍里的男女学生整天谈讲的无非是吃。”

出名要趁早

在这劫后的狂欢中，张爱玲发现，如此重大的一件事，人们的意识里居然没有反省的成分，更多的是想到吃。本来，吃是生存的最基础条件，由于战乱时被剥夺，现在恢复了这种条件，人们就如同受到天赐一样，表现出巨大的满足。这种可怜的动物本能，让张爱玲直观地感到了人性的盲目和可笑。

这之后，张爱玲觉得在香港无事可做，就和好友炎樱一起乘船回到了上海。当时的上海虽然已经沦陷为敌占区，但是繁华依旧，是国际性大都市，被称为“东方巴黎”，与之相比，香港不过是弹丸之地，边陲小城。到了上海之后，张爱玲跟她姑姑住在了一起，在静安寺赫德路 192 号公寓 6 楼 65 室里。此后大概十年的时间，张爱玲一直和姑姑一起生活。自从她离开张家后，就基本上跟张家人断了联系。她弟弟曾经来看过她几次，但她都冷冷的，不甚热情。

张爱玲对她的姑姑非常赞赏，因为姑姑是一个独立女性，一直单身未嫁，在一家外国机构里做事，有一段时间还做过电台的播音。她比张爱玲的母亲要随和得多，人很有幽默感，可谓是乐天知命。张爱玲的散文里人物出现次数最多的就是她的姑姑。她非常认同姑姑的生活方式，自己挣钱自己花，清净自由。幼时问父亲要钱遭拒的痛苦经历使她产生了强烈的自力更生的渴望：用别人的钱，即使是父母的遗产，也不如用自己赚来的钱来得自由自在，良心上非常痛快。

于是，安顿之后，张爱玲就决意用自己的笔来谋生计。她要卖文为生了。

她写了一篇《中国人的生活和时装》，里面配有12幅自己绘制的发型、服饰插图，被《二十世纪》英文月刊的主编克劳斯·梅乃特看中了，选登在月刊上。克劳斯郑重地向读者推荐这篇文章，并且称赞张爱玲是个很有前途的青年天才。张爱玲的英文功底很好，因为中学是在教会学校里念的，而教会学校对英文自然很是重视。在港大上大学时，张爱玲苦练英文，三年内狠心不用中文写字，连通信也都是用英文，英文书拿起来就能看懂，不管是物理还是化学。而且她一向很崇拜林语堂，林语堂也是以用英文写作著称的中国人。所以她也选择了英文创作。此后，张爱玲便一发不可收，连续发表了多篇散文。用轻松风趣的行文，巧妙地讽刺了当时中国人的种种陋习。如《洋人看京戏及其他》中，从看戏的热闹说到中国的拥挤，批评中国人缺少私生活意识；在《更衣记》里，写中国古代服饰上无聊繁琐的点缀，来讽刺有闲阶级贵族生活的低级趣味；在《银宫就学记》里讽刺中国教育的荒唐……一系列好文章。

张爱玲的散文，用活泼轻松的语气将中国的世态向读者娓娓道来，极其风趣地对中国文化进行探幽入微式的分析，且在幽默中含有讽刺、挖苦。它更像是一篇篇杂文，挑出中国人的诸多毛病，裸露在文字里，使人触目惊心。几十年后，她曾与人谈起，说最推崇鲁迅对中国人性格阴暗面的揭露和对劣根性的鞭挞，因为没有这些热烈的“恨”，便没有真正的爱。那些在提高民族自信心的旗帜下一味夸奖自己民族的作家，其实是在“文过饰非”，没有什么价值的。

以上的这些文章，全用英文发表，因此读者也都是洋人。但张爱玲并不满足于此，她心中的中国情结还是最重的，她自小就钟情于古典小说，念念不忘的还是写小说。但对于洋人来说，她只能写一些介绍性质的文章，小说他们是看不懂的。思来想去，张爱玲决定回归传统，用中文写小说，给中国读者看。

几个月后，张爱玲带着她的新作《沉香屑：第一炉香》和《沉香屑：第二炉香》，找到鸳鸯蝴蝶派代表人物周瘦鹃。由于“鸳蝴派”小说主写风月情事，是游戏消遣文学，因此常被新文学阵营攻击。周瘦鹃笔名紫罗兰庵主人，是鸳蝴派的泰斗式人物，常常被新文学阵营列为攻击对象。当时的文人还颇为看重门第，听说张爱玲是名门之后，周瘦鹃就很高兴地和她见面了。张爱玲本来就对年纪大的人感到亲切，因而一老一少谈得非常融洽。周瘦鹃看张爱玲的作品，看到名字的第一眼就被吸引住了：沉香屑。这样传统的名字在当时的风气影响下已经不多了，“五四”之后的青年大多都把旧小说看成是落伍，而眼前的这个姑娘，居然逆着潮流坚持自我，实在是难能可贵，因此他当时内心里便有了采用的想法了。

等到看完了张爱玲带来的两篇小说后，周瘦鹃更是喜出望外，他不仅看出这两篇小说有《红楼梦》的影子，而且还有英国小说家毛姆的风格，于是就在《紫罗兰》出版了。但是由于《紫罗兰》杂志的知名度有限，张爱玲的两篇《沉香屑》并未引起轰动。为了尽快打响自己的名气，张爱玲就开始找名气更大的杂志。

当时有一个《万象》杂志。《万象》本来也是一个写风月的杂志，但是新主编柯灵来了之后，对编辑队伍做了调整，风格大变，变成了新文学杂志。柯灵性情温和，为人宽厚，没有那么强的攻击性，因此对于鸳蝴派作品并不排斥。有一次在看《紫罗兰》杂志时，无意间看到了《沉香屑》，当时眼前为之一亮，不仅感到惊喜也感到可惜。喜的是居然有此等好文章，可惜的是这种好文章居然登在了《紫罗兰》上。他踌躇再三，也不好意思去找周瘦鹃邀请张爱玲为《万象》写稿，毕竟张爱玲是人家才挖掘出来的新人。

也是因缘巧合，正在柯灵犯难的时候，张爱玲却带着稿子找上门来。柯灵当然是求之不得了。于是从那时起，几乎《万象》的每一期杂志上，都会刊登张爱玲的作品。《琉璃瓦》《金锁记》《连环套》等，引发了诸多评论家的注意，张爱玲的名气越来越大。

靠着自己的《倾城之恋》，张爱玲在文坛上一炮打响，才气之大震惊了当时的文艺界。1944 年 9 月，张爱玲的短篇小说结集出版，以《传奇》为名。四天后便脱销，迅速再版。散文集《流言》亦是如此。对于她的才华，有识之士既兴奋又忧虑。因为当时捧她的杂志有日伪背景，容易带来祸患。因此郑振铎要柯灵劝说张爱玲，不要急着发表作品，可以先把稿子给开明书店，由书店先付给她稿酬，替她保存。柯灵也劝说张爱玲不要急于一时，以她的才华，不愁不见于世。但是张爱玲觉得自己的作品很少谈到政治，应该不会有什么问题，再说了，“出名要趁早。来得太晚的话，快乐也不那么痛快”。

1945 年 7 月的一个夏日的黄昏，临近日军投降不到一个月的时间了，将张爱玲捧红的《杂志》出版社在上海咸阳路搞了一个纳凉晚会，座上嘉宾就只有两位。一位是当时沦陷区风头最劲的电影明星李香兰，另一位就是张爱玲。张爱玲在炎樱和她姑姑的陪同下去的。这个晚会，完全是一个社交应酬性质的，张爱玲本来性情孤傲，不善此道，所以在会上就冷冷地说了几句话。

当时在上海文坛，还有一位与张爱玲齐名的女作家，叫苏青。苏青原名冯和仪，是浙江宁波人，比张爱玲大四岁。苏青大学学业未完，就奉父母之命结了婚，婚姻生活颇不顺心，就开始反思婚姻制度、女子教育。她从自身经历探讨妇女的权利和义务，并写成文章，投给《论语》，结果一投即中，并且接连发表了《生儿育女》《我国的女子教育》《现代母性》《论离婚》等文风颇为大胆泼辣的文章。当即就引起了轰动。她的丈夫勃然大怒，不许她再写这类文章，于是她就跟丈夫离了婚。然后出了一本《结婚十年》，里面内容基本都是自己亲身经历，有夫妇之间的矛盾，姑嫂之间的嫌隙，婆媳之间的吵闹等。但最惊人的，是里面居然有大量的性描写，以诉说性生活的不和谐和苦闷。因而被冠以“性贩子”的帽子。然而正是这个噱头，给这本书造成了很轰动的影响，引起人们的争相购买，出版一年多，就再版了 18 次。按照张爱玲的话：“许多人，本来对文艺不感兴趣的，也要买一本《结婚十年》看看里面可有大段的性描写。”

苏青出名之后，受到一大帮人的追捧。她跟张爱玲不同，她能社交，会周旋，喜欢社会活动，交结各界人士。因此不久之后就在周佛海和陈公博的支持下办了自己的“散文小说月刊”——《天地》。苏青与陈公博过往甚密，当时陈公博是汪伪政府治下的上海市市长，苏青就做了陈公博的秘书。据说战时资源紧张，苏青要印书，陈公博就给她配了许多白报纸，她坐在满载报纸的卡车上，顾盼自喜，招摇过市，后来被传为笑谈。

苏青大胆敢言，一般女人对她都很忌惮，并不愿与她交往。她也不大看得起女人，反而喜欢跟男人搅在一起。但对于张爱玲，她却十分佩服。多次夸张爱玲是个“仙才”。而张爱玲对她，也算是惺惺相惜了。一般的女作家，她根本不放在眼里。只对苏青格外抬举。有人把张爱玲与冰心放在一起比较，张爱玲说：“如果必须把女作家特别分作一栏来评论的话，那么，把我同冰心、白薇她们来比较，我实在不能引以为荣，只有和苏青相提并论我是甘心情愿的。”而且对于苏青，她也会显出十分难得的好脾气。苏青讲话喜欢抢着说，要是别人，她肯定会热嘲冷讽地讥诮她，或者冷漠地走开，但对苏青，就会附和。她甚至直言不讳地说：“在日常生活中碰见他们，因为我的幼稚无能，我知道我同他们混在一起，得不到什么好处的，如果必须有接触，也是斤斤计较，没有一点容让，必要个恩怨分明。但是像苏青，即使她有什么地方得罪我，我也不会记恨的。”

由此可以看出张爱玲和苏青非常投合，她与苏青之间的亲密和与炎樱的亲密不同，炎樱是她闺中密友，两人形影不离。而苏青于她来说，是一种女性张力的表现。苏青说话做事，全凭常识，立足于俗世，给人一种安稳的感觉。她是含蓄的、细腻的，而苏青是直白的、奔放的。两人的性情正好互补。不过她们的共同点就是都以女性立场去看社会，关怀女性处境，这也正是她们彼此欣赏的地方。

正当张爱玲在文坛上肆意驰骋笑傲众生的时候，一个人闯入了她的生活，扰乱了她的心绪，褫夺了她的荣光，使她由高高在上的云端上一下子跌入尘埃，摔得灰头土脸，垂头丧气。

试问，何人有此能耐？何事有此威力？

答曰：是胡兰成，是爱情。

你也在这里吗?

胡兰成，浙江人，生于一个小县城的乡村里。家境贫寒，然而读书聪明，是个才子。中学时在杭州邮政局工作，因为跟局长作对被开除。21岁到北平谋生计，在燕京大学做文书。后来又回到家乡，辗转南下，在几个学校做过五年的教员。因为平常对时局政治感兴趣，常写一些时政论文，而被汪伪政府所办的《中华日报》看中，请去做了主编。之后就成了一个颇有名气的政论家。汪精卫读过他的文章，觉得很合胃口，就有意培养他当自己的笔杆子，于是在汪精卫的提拔下，胡兰成一步登天，进入了政府高层，成为汪伪政府的宣传部副部长，整日出入汪公馆，俨然一介要员。

胡兰成本身就是一个传统的旧文人，生平最大心愿就是做一名布衣卿相。被汪精卫赏识之后，胡兰成不禁有些得意，觉得自己的心愿即将达成了。岂料官场风云变化诡谲，很快就有其他形形色色的人物冒了出来，胡兰成便失意了。但他不甘寂寞，仗着自己在日本有些知名度，就通过日本使馆和日本军界的少壮派人物接触，并且单方面发表了很多文章，谈到一些事情的看法和汪精卫政府口径不统一，给汪精卫政府制造了一些麻烦。此时汪精卫跟日本人正有一些矛盾，看到胡兰成这样，就不由分说地把他抓了起来。后来日本军界向汪精卫施压，胡兰成才被释放。

胡兰成经历了这场风波，差点丧命，此后就灰心了，不再涉足政治，把注意力重转向文艺。他与苏青本就认识，有一次在家里看苏青主办的《天地》杂志，上面有一篇文章，叫《封锁》。作者署名是张爱玲，应该是个女子。他躺在藤椅上，漫不经心地翻了下去，不料刚看了一节，就不由得坐直了身子。而且看完一遍，赶紧细细地看了第二遍。这文章写得好！他看完第二遍之后还觉不满足，就让自己的朋友也看一看。

观其文而想见其为人，胡兰成便生了怜才之意。他写信给苏青，意思是想跟这个作者见一见。苏青给他寄了张爱玲的照片和其他几篇发表在《天地》上面的文章，胡兰成大为兴奋，接到信之后的感觉是：“世上但凡有一句话、一件事，是关于张爱玲的，便皆成为好。”

胡兰成把手头上张爱玲的文章都读了一遍，越读越觉得好。他听说这位大才女还是名门之后，是张佩纶的孙女，便更加浮想联翩起来。他想当然地把张爱玲当成了大家闺秀，期望与她来个才子佳人式的恋爱。于是他急匆匆地去找苏青，要苏青帮他引见给张爱玲。苏青说，张爱玲不轻易见人。但胡兰成坚持要见，苏青只好把地址写给他，让他自己去找。

胡兰成按着苏青给的地址，一路寻去，寻到了张爱玲的寓所。果然，张爱玲并没有见他，而是隔着门洞张望了一番。然后让胡兰成通报姓名，递进去一张纸条。胡兰成吃了闭门羹，怏怏不乐地回到住处，正在郁闷之时，张爱玲却打来电话，说要来拜访他。两人的寓所离得并不远，隔了一天，张爱玲真的来找胡兰成了。两人第一次见面，胡兰成即有些失望，因为张爱玲并不漂亮，连照片上的都不如，而且举手投足间，并无什么特别的气质，只觉得十分幼稚，还不及女学生的成熟。这大大超出了胡兰成的预料。原本胡兰成以为，以他多年走南闯北的经验、识人断事的能力，能写出那样成熟文字的张爱玲，必然是一个洞察世事目光如炬的女子。不料张爱玲其貌不扬，看起来并不是聪慧的类型。但是鉴于张爱玲的名气，胡兰成不敢怠慢，他从苏青那里知道张爱玲不爱说话，他怕冷场，就一直滔滔不绝地讲下去。讲自己的南京、上海的各种经历，讲时下流行的文学作品，讲张爱玲文章的诸多妙处。张爱玲坐在那儿，静静地听着。两人一个说，一个听，居然忘记了时间，一坐就是五个小时。

看到窗外夜幕降临，张爱玲这才起身告辞。胡兰成便送她出门。两人并肩走在弄堂的路上，胡兰成打量了一下张爱玲的身高，忽然来了句："你的身材这样高，这怎么可以？"这句话暗指性事，张爱玲一听，当时便红了脸。同时诧异地想，这人怎么这么没礼貌，刚认识不久，居然就说出这种话来。但她居然也并没有反感。只是不答话，然后就走了。

事后，胡兰成曾经回想起这件事，他对自己的挑逗颇为得意，因为张爱玲是个没有恋爱经历的姑娘，在她面前说这样的话会让她不时回味，并且也符合自己的名士气度。为此，胡兰成还称赞自己妙语如珠："这一声就把两人说得这样近。"

第二天，胡兰成又急匆匆地去敲张爱玲的门。这一次，两人聊的时间更长。通过聊天，胡兰成加深了对张爱玲的倾慕，甚至产生了攀附心理。因为他自己虽然也有了社会地位，但毕竟是农家出身，而张爱玲则不同，人家是地道的贵族小姐。胡兰成虽然一向自我标榜为名士，但内心里却一直很讲究门第出身，并未放下。因而那天回去之后，胡兰成便给张爱玲写了一封信，信上对张爱玲多有赞誉之词，夸她是一个“谦逊”的人。

在外人眼中，张爱玲素来孤傲，不把他人放进眼里，何来谦逊一说？胡兰成好像夸错了。但在张爱玲看来，这是懂她的人。因为张爱玲自认为自己对人生对社会是有虔敬之心的，这便是她的谦逊。因此在对胡兰成的回信中，张爱玲写下了很著名的一句话：因为懂得，所以慈悲。

这之后，每隔一天，胡兰成必定到张爱玲家里去。去了三四次之后，张爱玲忽然送了张条子给他，要他不要再过去了。因为张爱玲发现自己已经爱上胡兰成了，她无法掌控自己跟胡兰成之间的关系，也不知道该如何处理自己的感情。胡兰成当时已经是有家室的人了，虽然原配已死，但是早已续弦，男女之间的感情，也经历了很多。因此对于张爱玲的微妙变化，他立马就知道原因何在。他根本不理会张爱玲的话，依旧每隔一天去看她。张爱玲虽然故作矜持，或者脸上不起波澜，但是只要胡兰成去，她便很开心。胡兰成捕捉到她的心理变化，就去得更勤了。有一次跟张爱玲聊天，说到自己第一次看见张爱玲那张照片，就是发表在《天地》杂志上的那张，夸她打动了自己。第二天张爱玲便把那照片取出，送给胡兰成，并在照片的背后题词：见了他，她变得很低很低，低到尘埃里，但她心里是欢喜的，从尘埃里开出花来。

以张爱玲的矜持和孤傲，从未写过如此谦卑的字句。平生第一次表露心迹，唯有在最爱的人面前可以如此敞开心扉，因此这张照片，也算得上是张爱玲的定情之物了。此时的张爱玲，年不满 23，而她的恋爱对象胡兰成，却比她大了 15 岁。两人出身有云泥之别，性情迥异，经历相差亦不可以道里计，然而她全然不顾忌这些，奋不顾身地开始了这场倾城之恋。

最是难得真性情

张爱玲与胡兰成的恋爱方式极为简单，他们不去逛街，也不游山玩水，只是共处一室，相对而坐，大谈文艺。胡兰成当时还在南京办事，平时就住在那里，但每个月都要回上海住上八九天。张爱玲每见到他，便大欢喜，也就忘了自己的矜持，从少言寡语变得健谈起来。从人生感悟到艺术、戏文、生活琐事，无所不谈。张爱玲精通英文，对现代西洋文学颇有涉猎，对萧伯纳、劳伦斯等人的作品非常熟悉，经常讲给胡兰成听，还同他一起看西洋画册、听音乐，并且肆意评说。胡兰成以为张爱玲外国文艺比他精通，中国古典文学肯定要逊于他。但不料张爱玲心细如发，且记忆力极好，很多中国古典文学里面的传神字句，她都记得一清二楚，并且随口道出，如数家珍。她说《金瓶梅》里描写孟玉楼“行走时香风细细，坐下时淹然百媚”里，“淹然”写得极好；《水浒》里对九天玄女有“天然妙目，正大仙容”的描写……两人读古诗19首，张爱玲看见里面的句子“燕赵有佳人，美者颜如玉。被服罗裳衣，当户理清曲”，当即就惊讶道:“真是贞洁,这是妓女啊。”读《子夜歌》里“欢从何处来,端然有忧色”,张爱玲便感叹道:“这端然二字真好,而她亦真是爱他!”

种种评语,让胡兰成大为叹服,自己读了几十年古书,却不解其中妙处,真是枉读诗书了。张爱玲真天才也!

事实上,若论学识,胡兰成并不逊色于张爱玲。而之所以没有这等奇妙的发现,主要在于性情。张爱玲非天才也,乃真性情人也。

更让胡兰成吃惊的是张爱玲对于各类名家的评判,完全出于自己的喜好,不顾忌其名声成就。比如贝多芬的音乐,张爱玲不喜欢,便直言不好。而胡兰成就不敢这样说,他觉得既然贝多芬被尊为乐圣,肯定是好的,自己听不懂就是自己水平低。所以他就会坚持听下去,一定要听出个道道来,以证明自己是个文化人。张爱玲就比他洒脱得多。并且张爱玲不仅说贝多芬不好,连莎士比亚、歌德、雨果她都觉得不好,而且说的时候理直气壮的。新文化运动以后,西方的文学名著进入中国,托尔斯泰、莎士比亚、雨果等人的名头盖过了中国古典小说作家曹雪芹、施耐庵、吴承恩等人,而受到新时代文艺青年的追捧。胡兰成一向不敢对此表示异议,此时受了张爱玲的感染,也学了一点百无禁忌的精神,就大着胆子说,《西游记》《红楼梦》比《战争与和平》或《浮士德》要好,他自以为是冒了天下之大不韪,张爱玲看他那副夸张的神态,撇撇嘴,云淡风轻地说,何必大惊小怪?当然是《红楼梦》《西游记》好。

张爱玲的性情,甚至影响了胡兰成的文风。胡本来是以写政论文为长的,但是与张爱玲一起待久了,不自觉地竟模仿了张爱玲的风格。这还是小的地方。真正让他惊讶的是,张爱玲的百无禁忌居然改变了他的思维方式和人生信念。胡兰成后来写出了一本颇有名气的书，叫《山河岁月》，这本书的名字就是张爱玲取的。胡兰成在书中直言对张爱玲的感激，说没有张爱玲，他就写不出这本书，而且一向自负的他，甚至重新审视自己的人生，说“我在爱玲这里，是重新看见了我自己和天地万物”。

胡兰成对张爱玲的崇拜和赞美到了无以复加的地步，他说：“天下人要像我这样喜欢她，我亦没有见过。”一篇《论张爱玲》，把张爱玲捧成天仙，令外人大跌眼镜。如此笔法，还是那个政论名家吗？更何况张爱玲比胡兰成小很多，按照常理，该是胡兰成影响张爱玲才对，但事实却反了过来。胡兰成经常在发表一通议论之后对张爱玲说，你不要受我的影响，你照你的样子就好。张爱玲就会笑着说：“你放心，我不依的还是不依，虽然不依，还是爱听。”

因为张爱玲是个才女，她需要的不是一位导师，而是一名知音。她最需要的是懂她的男人。胡兰成虽然才情不及她，但是博学儒雅，风流倜傥，且阅历丰富，对于她的情绪起伏，能拿捏得很准。张爱玲只有在他面前，才会顺从，才会觉得自己是个女子。她的欢愉是发自内心的。胡兰成称赞张爱玲就是她嘴里说出的九天玄女：正大仙容。胡兰成看见她接茶的动作，便说她有教养，说她姿势美艳。长这么大，她何时被如此宠爱过？父母都不曾夸过她几句。因此，胡兰成对她的爱，就像是把小时在父母那里未曾得到的，一齐补了过来。那种包容、无所不在的夸赞，让张爱玲禁不住眩晕了：你的人是真的么？你和我这样在一起是真的么？甚至想要把胡兰成用“包包起，像个香袋儿，密密的针线缝缝好，放在衣箱里藏藏好”。张爱玲的表现，恰似一个儿童，得到了一直梦寐以求的玩具一般，想要躲在一边，细细把玩。少女心态在胡兰成面前尽显无遗。

低到尘埃里

在这段时间里，张爱玲一边尽情地享受着爱情的甜蜜，同时也才情大发，写出了一系列好文章。众所周知的《红玫瑰与白玫瑰》便是在此时出产的。自然，张爱玲的才华是不需要依赖别人的赞美而显现的，但胡兰成给她的赞誉无疑是锦上添花，使她变得更加绚丽。

然而，两人虽然男欢女爱，其乐融融，好似天上人间，但终究还是凡尘中人，要受俗世羁绊。有一个不争的事实：胡兰成是个有家室的人。虽然他自己放荡不羁，张爱玲也不甚在意，但是胡兰成的妻子肯定是要在意的。而张爱玲也不得不时时遭到他人的唾骂。这种尴尬的处境，让她有些不悦。但她没有勉强胡兰成给她什么名分，也不逼他离婚。胡兰成有许多女友，有时候还与妓女往来，张爱玲都压着自己的嫉妒心，说但愿全天下女子都喜欢胡兰成，还对胡兰成写信说："你将来就只是在我这里来来去去亦可以。"把自己的位置放得很低。胡兰成把她的大度都看成是她的超凡脱俗，当然他也懒得解释，也无需表达歉意。

就在胡兰成洋洋自得身边的女人都离不开自己的时候，胡兰成的妻子向他提出了离婚。这让他觉得很不可思议。不过惊讶过后，他就跟张爱玲结婚了。因为张爱玲虽然口上不言结婚的事，但内心是想的。她自幼就缺乏安全感，她想要一个真正属于自己的家。但胡兰成并不全心全意和她一起打造家庭，他害怕日后时局发生变化，这桩婚姻会给他带来不便，就没有举行仪式，只是简单地写了一个婚书，上面只有一句话：

胡兰成、张爱玲签订终身，结为夫妇，愿使岁月静好，现世安稳。

这句话前半句是张爱玲写的，后半句是胡兰成写的，旁边写有炎樱的名字，作为证婚人。这就算结婚了。

天真的处于热恋并且是初恋时期的张爱玲，并不清楚这个婚姻最终能给自己带来什么，她也不想弄清楚，她只需要在心理上有一种家的感觉就行了。因此她的婚后生活跟婚前并无区别，仍旧是独住在上海的公寓里，胡兰成依旧在南京或武汉奔走，偶尔来上海跟她相聚几天。张爱玲当时已是畅销书作家，收入颇丰，根本不需要胡兰成养活她，因此夫妻二人的钱也不放在一起，经济上各自独立，两人的交往，仍好像是恋爱一样。张爱玲因为小时候问父亲要钱没有被满足，因此下意识觉得能够花到爱自己的人给的钱是一种幸福。有一次胡兰成给了她一些钱，她就去做了一件大皮袄，满心欢喜地穿在身上。她有时候还会跟着胡兰成去参加时事座谈会，虽然她丝毫不懂时局，对政治也不感兴趣，但是与丈夫共同进出让她感觉这是做女人的权利和荣耀。

这年 11 月，胡兰成到了武汉一家报社上班，报社不能提供住宿，他和一干同事便住在就近的汉阳医院里。汉阳医院有几个女护士，大都比较土气，其中只有一个穿着打扮还算时髦的，引起了众人的兴趣。这位小姐叫周训德，年方十六七，是位见习护士。胡兰成看到她，便有心勾搭，每天下了班就到病房护士堆里跟她们调情，几天时间就把这个周护士给弄到了手。当初用来恭维张爱玲的甜言蜜语如今献给了小周。这女护士经常到胡兰成的房中，胡兰成得空便教她读唐诗和乐府诗。张爱玲曾经撰文讽刺以前的读书人喜欢教姨太太读诗，满足他们“红袖添香夜读书”的癖好，不想胡兰成正背着她做这种风流韵事。这位小周姑娘，因为年幼，性情天真，跟张爱玲那种凌绝众人的才华气场绝然不同。胡兰成要她送照片给他，又让她题字，她便在照片背后写了胡兰成教给她的隋朝乐府诗：春江水沈沈，上有双竹林。竹林坏水色，郎亦坏人心。这份娇嗔之心，惹得胡兰成喜不自胜。

胡兰成在跟周训德交往的时候，也曾想过张爱玲，并象征性地反思了一下自己：我这么做究竟应不应该？但是，他很快就宽恕了自己。并且向周训德求婚。周的家境一般，又无才学，胡兰成在她面前有许多优越感，所谓的求婚，其实是把她放在了妾的位置上。周小姐的母亲听说胡兰成对女儿多有照顾，便嘱咐她要感恩。于是，周训德虽然知道胡兰成已婚，也答应了他。

次年三月份，胡兰成回到上海，跟张爱玲住了一个多月。一般人对于自己的婚外情，都是采取隐匿的方法，但胡兰成却偏偏堂而皇之地告诉张爱玲，言语中不无得意之色。张爱玲对于胡兰成的沾沾自喜，感到十分惆怅，却也无奈。胡兰成以为张爱玲是“糊涂得不知道妒忌”，但事实上，张爱玲很在意这个事。不过，在男女关系上，她极其理性地赞成多妻主义，因而再三忍住了。

爱就是责任

8月15日，日军宣布投降，胡兰成在街上听到广播，吓得出了一身汗。但他拒绝重庆方面接手武汉，反而和一个军长一起宣布武汉独立，成立武汉军政府。不过几天后就分崩离析了，他看见大事不妙，就跟周小姐依依不舍地告了别，然后扮成一个日本伤兵，坐日本船离开了武汉，在日本人的安排下东躲西藏。辗转去了南京、上海。到上海后，他曾经到张爱玲那里住了一宿，但是竟然没几句好话说。后来又如丧家犬一般逃到杭州，在一个姓斯的大户人家里躲避了一段时间。

这家男主人已死，有个姨太太，叫范秀美，18岁便守了寡。胡兰成在这里寄居了几天，又要逃到温州去，这名姨太太便自告奋勇送他。结果在路上，胡兰成便使出他一贯伎俩，将这寡妇撩拨得跟他做了夫妻。范秀美带着胡兰成逃到了自己的娘家，伺候他、服侍他。范会打理家务，胡兰成过得甚是舒心，全然忘记了自己远在上海还有个老婆张爱玲。

张爱玲自胡兰成逃走之后，便不断地打听，后来终于从友人那里得知了胡兰成的下落，便一路寻来。胡兰成看到张爱玲的一瞬间，大惊，同时又很不悦，想要把张爱玲骂回去，他给出的表面理由是不愿拖累妻子。但事实上，无非是想有齐人之福罢了。他对张爱玲掩饰自己和范秀美的身份，只说是朋友。张爱玲虽然有猜忌，也不好说什么的。她住在温州城中公园的旅馆里，胡兰成便每日来陪她。两人一起逛街，谈论文艺，仿佛又回到了热恋时期，但是胡兰成始终心猿意马，两人所谈不欢。

但张爱玲矜持的性格逼迫自己发现范秀美的好处，她不仅不埋怨，反倒夸范秀美长得好，还要给范秀美画像。有一次，胡兰成和张爱玲在旅馆里聊天，胡兰成肚子疼，却一声不吭，范秀美来了，他便立即对范秀美说肚子疼，当时张爱玲便觉满心酸楚，因为胡兰成此举无疑是把她当外人看了，还不及跟范秀美亲密。

而更让张爱玲担忧的是小周，因为范秀美比胡兰成还大一岁，胡不过是把她当避难所用，而小周年纪小，颇得胡兰成欢心。胡兰成从报纸上得知小周因为跟他的关系而被武汉当局逮捕之后，一度激动得想要出去自首，以开脱小周。他若果真这样做了，那将置张爱玲于何地？这让张爱玲忍无可忍，她丢掉了自己的矜持态度，直接诘问胡兰成：“你说最好的东西是不可选择的，我完全懂得。但这件事还是要请你选择，说我无理也罢。你与我结婚时，婚帖上说现世安稳，你不给我安稳？”

胡兰成面对她的指责，含糊不清地说，世事混乱，未必能再与小周相见，你还是别说了吧。

胡兰成的态度让张爱玲的心一下子如刀割一般，“仿佛一连向后猛跌了十来丈远，人有点眩晕”。她知道自己与胡兰成之间，将不会再有以前那样的爱了，自己此生也不会再有那样的爱了，当下就极为悲伤地对胡兰成说：“你到底是不肯。我想过，我倘使不得不离开你，亦不致寻短见，亦不能再爱别人，我将只是萎谢了。”

既然得到了明确的答案，张爱玲便觉得再无停留的必要，于是就心事重重地离开了温州。此后她虽然跟胡兰成依旧有书信来往，并且经常给他寄钱接济他，但她知道，自己在内心里依旧选择决断了。

到了1947年，国共酣战，无暇顾及胡兰成的文化汉奸问题，胡兰成的日子便安稳下来，经过温州耆老刘景晨的介绍，在一所中学里任教，处境比以前大大好转了。他给张爱玲写的信便多了起来。信中经常得意地提到邻家妇人来他处灯下闲坐，自以为是韵事，以炫耀自己的魅力。张爱玲早已看穿他的嘴脸，看到他还在自夸，就反感起来，对他回信道，我觉得要渐渐地不认识你了。后来胡兰成脱险之后，张爱玲更是写了一封绝交信，说：“我已经不喜欢你了，你是早已不喜欢我了的。这次的决心，我是经过一年半的长时间考虑的，彼时唯以小吉故，不欲增加你的困难。你不要来寻我，即或写信来，我亦是不看的了。”

在信里，张爱玲还附上了30万元钱，是她刚刚完成一个电影剧本的稿酬。过去两年，张爱玲一直给胡兰成寄钱帮他度过困境，直到分手，张爱玲还是那么慷慨。因为这是她的处世态度。她觉得，爱就是责任，现在爱已消失，只有义务，寄钱便是把义务给尽了。之后，她便可以彻底解脱了。

新中国成立后，胡兰成慌忙出逃香港，赴日本定居。张爱玲则进入香港大学复读。在香港期间，张爱玲与胡兰成曾有过一次通信，是她向胡兰成借一些资料参考。当时胡兰成在日本又婚，以为张爱玲仍旧牵挂着他，甚是得意，又写信进行撩拨。张爱玲便冷冷地回应了他。

1955年，张爱玲乘船来到美国。此后再没有与胡兰成有任何联系。她的轰轰烈烈的爱恋，至此彻底结束。其过程和结局，并无多少美妙可言，犹如她17岁时的那句谶言：最恨——一个天才的女子忽然结了婚。

张爱玲到美国的第二年，在一个文艺营里，遇到了大她29岁的美国老作家赖雅，两人一见钟情，便结了婚。婚后两个月，老迈的赖雅便中风瘫痪在床，张爱玲为筹措医疗费用，奔走于港台美三地之间，甚为狼狈。赖雅死后，张爱玲独自一人生活在美国，整天深居简出，极少交朋友，写的东西也都是三四十年代的旧上海的见闻，在美国也无读者。就这么孤独地过了余生的几十年。

1995年9月8日，按照中国传统纪年法，正是东方传统节日中秋节。在大洋彼岸亿万家庭团圆赏月的时候，一代才女张爱玲被人发现死在了洛杉矶西木区公寓，享年74岁。由于死时尸体已经腐烂，根据验尸官的报告，死者的死亡时间是在六七天前。房间内物件摆放整齐，且立有遗嘱。足见她已知大限将至，走的从容。

生命是一袭华美的袍，爬满了虱子。18岁时的张爱玲，如是说。

陆小曼

万千别恨向谁言

陆小曼，一代才女，旷世佳人。是震动20世纪20年代中国文艺界的普罗米修斯，这些称号绝不是炒作带来的名人效应，而是源自陆小曼身上所散发出的“香气”。她善于作画，曾师从刘海粟、陈半丁等名家，是近代著名的女画家；文字功底深厚，写得一手好文章；并且还深谙昆曲艺术。是一个名副其实的才女加美女。

但在民国时期，类似这些条件只能让她名噪一时。真正使她被后人记住且常常提起的，是她跟徐志摩那段不寻常的婚恋关系。陆小曼是一个会发光的女子，但她一身的光芒都被婚姻的名气所掩盖。

然而这段羡煞旁人的婚姻，终究没有逃脱悲剧的命运，徐志摩乘坐的飞机失事，他再也不能与陆小曼执手天涯。这件事对陆小曼打击巨大，连徐志摩生前的好友都不愿再与她来往。一个可怜的弱女子，没有力量和命运做抗争。“万千别恨向谁言”，诉说了她心中所有的爱与痛。

名媛是怎样炼成的

1903 年农历九月十九，陆小曼出生在上海市孔家弄。按照民间传说，农历九月十九是观世音菩萨的生日，因为讨了这个大彩头，陆家满门上下都很欢喜。陆小曼的父亲陆定，给这个新生的宝贝女儿取了个男孩们的乳名，叫小龙。

陆定，原名陆子福，字厚生。因为他从小聪慧，逢考必中，所以家中长辈就给他改名为“定”。后来连字也改了，改为“静安”，跟王国维先生的字一样。陆定改了名字之后，果然一路高中，很年轻就考上了举人。但是由于晚清国运不昌，旧学已经不能济世安民，陆定就去了日本早稻田大学进修，成为日本首相伊藤博文的得意弟子。在日期间，他加入了孙中山的同盟会，成为一名革命党人。后来国民政府成立，陆定在财政部任职，先后任司长、参事、赋税司司长 20 多年，还创办了中华储蓄银行，是当时金融界的风云人物。

陆定的夫人吴曼华，也出自书香门第。陆定曾经担任清朝贵族学校的老师，常把贝子贝勒们的文章作业带回去让吴曼华修改，可见吴曼华的古文功底也相当深厚。她更擅长作画，工笔画画得很好，对陆小曼影响很深。陆小曼的才情，多是从她母亲这里来的。连小曼这个名字，也是从母亲的名字里来的。

陆小曼就生在这样一个新的贵族家庭里。由于她母亲在生她之前，已经生了八个孩子，但是全都夭折了，因此她的出生，就更显得弥足珍贵。全家上下对她小心呵护，百般溺爱，凡有要求，无所不应，就差给她上天摘星星摘月亮了。

从小锦衣玉食的陆小曼，自然养就了一副大小姐脾气。对人轻易看不上眼，像一只白天鹅一样高傲无比。这也难怪。吴曼华好不容易有了这么一个女儿，一心想把她捧成名媛，亲自教她礼仪，还高薪聘请名师为她教习外语。因此陆小曼就有了傲视众人的资本。她小小年纪，就精通英文、法文，能写会画，才艺十分了得。且长相漂亮，樱桃小嘴，瓜子脸，是个标准的中国式古典美女，犹如仕女图里走出来的仕女一般。在学校里，陆小曼是众所周知的“校园皇后”。她留着短发，不着修饰，穿一身旗袍，如出水芙蓉般恬静自然，让无数人为之倾倒。男同学们都以给她拿衣服和她说话为荣。还未踏出校园，便赢得粉丝无数。

1920 年，17 岁的陆小曼因为精通英语、法语，且形象优雅，被北洋政府外交总长顾维钧聘请为外交翻译，由此而声名鹊起，成为北京社交圈子的话题人物。三年的外交生涯里，陆小曼随机应变，巧妙应对和反击洋人对华人的蔑视，多次机智地维护了国家和民族的尊严，闪光之处甚多，得到了很多人的夸赞。有一次，顾维钧当着陆定的面对别人说：“陆建三的面孔，一点儿也不聪明，可是他女儿陆小曼小姐却那样漂亮、聪明。”陆定听了，哈哈大笑。

不可不看的风景

1922年，陆小曼19岁了，到了嫁人的年龄。由于她的追求者太多，都是贵族子弟、豪门才俊，所以陆家夫妇应接不暇，不知选哪一个好。在一个社交场合上，母亲吴曼华看中了一个叫王赓的年轻人，当时就把他定为未来女婿，让小曼跟他相处。结果两人也是一见倾心，从相识到结婚，用了不到一个月的时间，属于名副其实的“闪婚”。

王赓，1895年出生于江苏无锡的一个没落的官宦家庭。由于家道中落，无可依靠，他读书就格外勤奋。在清华留美学堂里读了几年书之后，被选派为公费留美学生。到了美国，王赓先在密歇根大学读了一年，二年级去了哥伦比亚大学，三、四年级进了普林斯顿，读历史和政治系。1915年，王赓获普林斯顿大学文学士学位，在116名文科生中位列第14名。之后受到西点军校的约谈，进入西点军校接受陆军高等教育，跟后来的“二战”名将、美国总统艾森豪威尔是同班同学。

1918年，王赓以第10名的成绩毕业，回国供职北洋陆军部。当时正值巴黎和会，出于国家利益，需要留洋的军事专家参加和会协助争取权益，王赓就受任为巴黎和会中国代表团的上校武官，兼任翻译。在此期间，他认识了在巴黎和会周边呼吁的梁启超，成为梁启超的学生。说起来，他跟徐志摩还算是同门师兄弟。

1920 年，王赓升任陆军上校。跟陆小曼认识的时候，他正在北大做讲师。长得是一表人才，风华正茂，虽然是个穷小子，但前途不可限量。丈母娘吴曼华就是看中这一点才把陆小曼嫁给他的。王赓家底薄，这不要紧，陆家要的是他的前途，以他的能力，绝对可以让陆小曼一生荣华富贵。陆家就这一个宝贝女儿，自然要趁着娘家实力还雄厚的时候，给她找一个靠谱的稳当的丈夫，安稳地过此一生。

对于父母安排好的婚姻，陆小曼也不反对。毕竟王赓也是个才貌双全的有为青年，对她也颇有吸引力。因此两人很快便结婚了。

陆小曼的婚礼在“海军联欢社”举行，当时规模盛大，轰动京城。婚礼的一切都由陆家安排。光女傧相就有九名，全是当时上流社会的名媛，如曹汝霖的女儿、章宗祥的女儿、赵椿年的女儿以及几位英国小姐。婚礼办得相当风光。陆小曼的美丽倾倒众人，连胡适都被迷得神魂颠倒，夸陆小曼是一道不可不看的风景。

据大画家刘海粟回忆道，胡适曾对刘海粟说：“海粟，你到北平来，应该见一个人，才不虚此行。”

刘海粟问：“是哪一个？”

胡适严肃地答道：“北平有名的王太太。你到了北平，不见王太太，等于没到过北平。”

刘海粟看胡适说的这样重要，就决定见一见。正是这一次见面，在胡适的推荐下，陆小曼拜了刘海粟为师，学习绘画。

有了这些大师们的陪衬和逢迎，陆小曼的名气就更大了。许多人都慕名而来，登门拜访，一睹芳姿。这其中就有徐志摩。徐志摩是新诗代表人物，自负文名，本来就跟陆小曼有过一面之缘。那是在一次义演上，有一出戏，叫“春香闹学”，徐志摩演老学究，陆小曼饰演丫鬟，两人在台上，一唱一和。曲终人散以后，便把彼此模样记下了。这就为徐志摩后来追求陆小曼埋下了伏笔。

陆小曼是著名交际花，北平数一数二的名媛，按理说，谁娶到她，谁都想整天亲近芳泽，可是王赓这位新郎官却不如此。他虽然学问很大，且文武双全，但对于女人却一点儿都不在行。放着家里这么漂亮的一个太太，不知道去温存，只知道一味地去工作。由此，就不得陆小曼的意。陆小曼只好去和其他的权贵太太小姐们一起喝酒打牌、捧戏子、唱戏，过着表面热闹但是内心空虚的生活。每天萎靡不振，无所事事。对此，王赓也颇有微词。常常劝她不要出去，以免把身体搞垮。但是这样体贴温暖的话，在陆小曼看来，其实是在指责她不注意形象，在外面抛头露面。于是两人便吵起来。这样的婚后生活跟她未出嫁以前的名媛生活落差很大，那时候自己被人捧着，享受着众星拱月的荣光，而如今，却好像被一张无形的网给抓住了似的，极不痛快。她在日记里这样写道：

“其实我不羡富贵，也不慕荣华，我只要一个安乐的家庭，如心的伴侣，谁知连这一点要求都不能得到，只落得终日里孤单的，有话都没有人能讲，每天只是强自欢笑地在人群里混。”

婚姻危机出现的时候，总会有第三者闯入。既然自己的丈夫不能安慰自己，那就找别人来安慰自己。于是，徐志摩出现了。

才子佳人神仙伴侣

徐志摩和王赓同是梁启超的弟子，两人本就是朋友。徐志摩闲来无事，经常到王家去找王赓玩儿。王赓是个工作狂，抽不出时间去陪他，就头也不抬地说：“志摩，我忙，我不去，让小曼陪你去吧。”要是陆小曼想出去玩儿，王赓就会说：“让志摩陪你去吧。”王赓对自己的妻子和朋友极为信任，根本没有多想。这就给两人的感情发展提供了契机。

徐志摩内心也是孤独的。这一点，跟陆小曼甚是契合。两人的艺术天分也非常高，一起出游的时候，一个浪漫风流，一个如花似玉，彼此相互欣赏，难免怦然心动。对着徐志摩，陆小曼心扉大开。她告诉他，自己从前的日子，都是在为别人而活，都是父母安排好的，并不是她想要的。连自己的丈夫，也是父母选上的，是他们押的宝。自己在这个牢笼里，周围全是铜墙铁壁，丝毫不得自由。父母和丈夫都不理解她，也不清楚她的真实感受。她很痛苦、很失望。

对于这种女人内心的心意，王赓向来不怎么留心，而徐志摩却是最擅长。他听了陆小曼内心的告白，先是为她有这样的灵性和觉悟表示惊讶和赞赏，然后就为她的遭遇鸣不平，要来替她申冤，要拯救她，鼓励她为自己的人生搏斗。得到了这样的安慰，陆小曼顿时感到自己重新有了生活的激情。她后来曾回忆道：

“这样的生活一直到无意间认识了志摩，叫他那双放射神辉的眼睛照彻了我内心的肺腑，认明了我的隐痛，更用真挚的感情劝我不要再在骗人欺己中偷活，不要自己毁灭前程，他那种倾心相向的真情，才使我的生活转换了方向，而同时也就跌入恋爱了。于是烦恼与痛苦，也跟着一起来。”

在徐志摩眼里，陆小曼是“最美最纯净最可爱的灵魂”，是“一朵稀有的奇葩”。他本就是富有浪漫气质的人，感性有余而理性不足，从几年前跟林徽因的恋情中就可看出。这一次，他又爱上了陆小曼，完全被陆小曼迷住了。他发誓要得到她，要“弱水三千只取她那一瓢饮”。

徐志摩按捺不住狂热的内心，一天数次想要跟陆小曼见一面，无奈侯门深似海，几道门岗都拦着不让进，好在他当时薪水颇高，就拿钱贿赂门卫以及丫鬟们，有时候甚至为见陆小曼一次，要花费五百银元，他也在所不惜。陆小曼的丫鬟们看这痴男子这么舍得，就趁机中饱私囊。徐志摩托她们进奉给陆小曼的巴黎香水和当时流行的名牌服饰等，也被丫鬟们扣下。陆小曼送给徐志摩的情书，她们也都没收掉。碍于脸面，陆小曼也无法当面质问，就半夜里偷偷起来写好信，自己去投。这样的桃色事件，很快就在社会上闹得沸沸扬扬，徐志摩一时间处于舆论的风口浪尖上，为了避嫌，他不得不远走欧洲。

王赓在这段时间里，被孙传芳任命为五省联军总司令部参谋长，身居要职。听说这事后，气急败坏，但是他是受过西方教育的人，认为“夫妻的事，如果不行，就算了”。于是写了一封快信给陆小曼：“如念夫妻之情，立刻南下团聚，倘若另有所属，决不加以阻拦。”陆小曼不为所动，反而念念不忘身在欧洲的徐志摩。接连拍了三封电报给徐：徐志摩，快回来，再不回来，我顶不住了。徐志摩受到召唤，又赶紧回国。

王赓虽然是个大度的人。但是心头之恨一时难消，工作时也时常想起这事，因此精神恍惚，耽误了工作。在经办一件军火大事的时候，出了差错，差点被孙大帅枪毙，好不容易保住命来，也丢了官。

经过这件事后，王赓便下定决心与陆小曼离婚。他自己也常常说，他跟陆小曼不搭配，“小曼这种人才，与我是齐大非偶的”。因此便极其大度地找到陆小曼，跟她办好了离婚手续。

陆小曼离婚，是偷偷跑出来的。因为她母亲吴曼华非常喜欢王赓，坚决不同意她离婚。但是陆小曼顾不了那么多了。正如郁达夫所说：“忠厚柔艳的小曼，热情诚挚的徐志摩，遇合在一道，自然要籍放火花，烧成一片。”徐志摩对于陆小曼，犹如甘霖之于旱苗。陆小曼在《爱眉小札》里曾如此剖白心迹：

“在我们（她与志摩）见面的时候，我是早已奉了父母之命媒妁之言同别人结婚了，虽然当时也痴长了十几岁的年龄，可是性灵的迷糊竟和稚童一般。婚后一年多才稍微懂人事，明白两性的结合不是可以随便听凭别人安排的，在性情和思想上不能相谋而勉强结合是人世间最痛苦的一件事。当时因为家庭间不能得着安慰，我就改变了常态，埋没了自己的意志，葬身在热闹生活中去忘记我内心的痛苦。又因为我娇蛮的天性不允许我吐露真情，于是直着脖子在人面前唱戏似的，绝对不肯让一个人知道我是一个失意者，是一个不快乐的人。这样的生活一直到无意间认识了志摩，叫他那双放射神辉的眼睛照彻了我内心的肺腑，认明了我的隐痛。”

王赓是个真正的绅士，纵然知道徐志摩跟他妻子有染，但在离婚之后，还当面对徐志摩说：“我们大家是知识分子，我纵和小曼离了婚，内心并没有什么成见；可是你此后对她务必始终如一，如果你三心二意，给我知道，我定以激烈手段相对的。”

徐志摩慌忙答应了。

王赓成全了别人的美事，自己却郁郁寡欢。此后终生未娶，一直在军中效力。1942 年死于埃及开罗，被当地军方以厚礼葬于军人公墓。

旷古绝今的证婚词

陆小曼刚跟王赓离婚，这边就急不可耐地和徐志摩结婚了。对于他俩的婚事，他们的亲友大都不赞成。徐志摩的父亲徐申如坚决不同意，并以断绝父子关系做要挟。徐志摩之前跟张幼仪离婚，已经让他颜面扫地，现在又要跟一个有夫之妇结婚，更让他抬不起头来。他虽是个商人，但也是有身份地位的人，而且受传统教育颇深，现在孺子如此乱来，他实在难以容忍。更何况，他当年让徐志摩迎娶张幼仪，是因为张家跟他是老友，属于联姻，张幼仪被抛弃之后，独自一人艰难支撑带着孩子，徐志摩如果再婚，对得起她么?

因此，徐申如表示，如果徐志摩想要再婚，必须争取张幼仪的同意。

但是令他没想到的是，张幼仪更加大度，她爽利地答应了徐志摩的请求。

徐志摩再来找父亲商量，徐申如还是不同意。并且又提出了三个苛刻的条件，声言，除非让梁启超做证婚人，让胡适做介绍人，才允许徐志摩和陆小曼结婚。梁启超看到自己的得意弟子干出夺人之妻这种事来，早已气得够呛，说什么也不肯去婚礼现场为他们证婚。耐不住胡适的再三劝解，才勉强同意。

婚礼当天，稀稀拉拉地去了几个朋友，与陆小曼第一次婚礼的盛况，不可同日而语。但是，梁启超当天的那一场发言，却使这场婚礼的知名度远超过上一场。

因为梁启超作为一个证婚人，却没有为新人祝福，反而痛骂了他们。他缓缓走上主席台，发表：

“我来是为了讲几句不中听的话，好让社会上知道这样的恶例不足取法，更不值得鼓励———徐志摩，你这个人性情浮躁，以至于学无所成，做学问不成，做人更是失败，你离婚再娶就是用情不专的证明！

陆小曼，你和徐志摩都是过来人，我希望从今以后你能恪遵妇道，检讨自己的个性和行为，离婚再婚都是你们性格的过失所造成的，希望你们不要一错再错自误误人。

不要以自私自利作为行事的准则，不要以荒唐和享乐作为人生追求的目的，更不要再把婚姻当成儿戏，以为高兴可以结婚，不高兴可以离婚，让父母汗颜，让朋友不齿，让社会看笑话！

徐志摩，陆小曼，你们听着，你们两人都是过来人，离过婚又重新结婚，这全是由于用情不专，以后要痛自悔悟、重新做人！我作为你徐志摩的先生——假如你还认我为你的先生的话——又作为今天这场婚礼的证婚人，我送你们一句话：祝你们这是此生最后一次结婚！”

此语一出，满座皆惊。到场宾客无不失色，徐志摩也是满面羞惭，赶紧请求老师不要再说了，留几分薄面。梁启超也觉得说得有点过了，就止住了。

事后梁启超给友人的信中写道：“昨天做了一件极不愿意的事，去替徐志摩证婚。他的新妇是王受兴夫人，与徐志摩恋爱上，才和受兴离婚，实在是极之不道德。我在婚礼演说一篇训词，大大教训他们一番，新人及满堂宾客无不失色，此恐是中外古今前所未闻之婚礼矣！……徐志摩这个人，其实聪明，我爱他，不过此次在看着临于灭顶，还想救他出来，我有一番苦心，老朋友们对他这番举动无不深恶痛绝，我也想他从此见摈于社会，固然自作自受，无可怨恨，但觉这个人太可惜了。”

他以“真是可怕”评徐志摩与陆小曼的结合：“老朋友们对于他这番举动无不深恶痛绝！我想他若从此见摈于社会，固然自作自受，无可怨恨，但觉得这个人太可惜了，或者会弄到自杀。我又看着他找得这样一个人做伴侣，怕他将来苦痛更无限，所以想对于那位当头一棒，盼望她能有觉悟（但恐甚难），免得将来把徐志摩累死，但恐不过是我的极痴的婆心便了……品性上不曾经过严格的训练，真是可怕。”

梁启超不愧是一代宗师，他深知婚姻不是儿戏，要极郑重的对待，否则会陷入灭顶之灾。徐志摩最终的遭遇也验证了他这一点。

而徐志摩的好友梁实秋则表现得极为宽容，他以“与第三者何干”评徐志摩与陆小曼的结合：“我恭陪末座，却喝了不少酒。听人窃窃私议，有人说志摩小曼真是才子佳人，天作之合；也有人在讥讽，说小曼是有夫之妇，不该撇了她的丈夫王赓再试与有妇之夫的徐志摩结合。我的看法很简单，结婚离婚都仅是当事男女双方之事，与第三者何干？一般人最喜欢谈论着莫过于别人的婚姻离合，可是其中的实情并不见得是大家所熟知。”

由此可见在当时那个动荡的环境下，人们对待婚姻的态度已经呈现出各种模样。梁实秋和徐志摩是深受西方教育的人，所以主张自由恋爱；而梁启超虽然也受到西方思想的影响，但是对于婚姻的态度，还是比较保守，认为家庭是一切的基石，当以稳定为主，不可随意拆散。

当然，对于陆小曼和徐志摩的结合，别人的褒贬都是小事，关键是要看当事人过得好不好。而以实际情形来看，只能说梁启超先生的预测是对的，因为两人的婚后生活并不幸福。

婚姻不是诗句

徐志摩是个浪漫主义诗人，他所憧憬的爱情，是虚无缥缈的，是不食人间烟火的，是如画一般的，一旦掉入了生活的琐事中，被柴米油盐酱醋茶世俗化，他就不喜欢。因为生活的本质就是平淡，它是一杯白开水，而不是一瓶烈酒。两人顶着俗世的压力热恋时，都只顾着看对方的优点，没有看到缺点，因此彼此在对方的眼里都是完美的。而一旦生活在一起，各自的缺点暴露之后，就会产生巨大的心理落差——他（她）怎么这样啊？这种落差，对于徐志摩这样的爱情完美主义者来说，是致命的。对于陆小曼这种被追捧惯了的名媛来说，是无聊的。因为前者感到失望，后者会感到无聊。

双方的性格也大有不同。一个爱动，一个爱静。一个喜欢热闹场合，不断赶场子；一个喜欢安静场所，独自写诗。不同的性格形成了截然相反的生活习惯。陆小曼经常拽着徐志摩去唱戏、跳舞，但徐并没有感到快乐，而是很厌烦。他在日记中写道："我想在冬至节独自到一个偏僻的教堂里去听几折圣诞的和歌，但我却穿上了臃肿的袍服去舞台去串演不自在的‘腐’戏。我想在霜浓月淡的冬夜独自写几行从暖处来的诗句，但我却跟着人们到涂蜡的跳舞厅去艳羡仕女们发金光的鞋袜。”

陆小曼看到徐志摩不爱这些，就自己去玩。经常在外面玩到很晚，半夜归来，倒头就睡，一直睡到第二天上午，徐志摩作为她的丈夫，却经常连个沟通的时间都没有。徐志摩多年来一直都想和陆小曼并肩散一次步，或同去吃一餐饭，看一场电影，也让别人看了羡慕，可是他守了几年竟然守不着一个单独相处的机会，因为陆小曼没有一天不是有约会的，不是去这个聚会，就是去那个戏院。一个丈夫竟然连单独约会妻子的机会都没有，说来没人相信，但这就是徐志摩的生活。到后来，徐志摩也麻木了，他决定出国，临别前，想和陆小曼单独吃顿饭，都没有成功。而所有的这一切，都是徐志摩在结婚前万万料不到的。

陆小曼的花钱方式也让徐志摩痛苦不堪。她从小家庭条件优越，又是名媛，一路过来，从未缺过钱。因此对于钱根本就没有概念。她是想买什么就买什么，不问价钱贵不贵，不管家里是否需要，不管这物品实用不实用，总之一句话，喜欢就买。有时候看见一款鞋子，很喜欢，就直接买五双一模一样的。家里有一大堆佣人，有私人司机、厨师、男仆、贴身丫头。住的是法租界的别墅，一个月光租金都得 200 多元，换算到今天，就是 1.2 万人民币。

单单房租一个月就要一万多，占去了徐志摩工资的将近一半，那其他花销就更不用说了。

徐志摩虽然是个富二代，但是他更在意精神享受，对于物质生活并不在意。他认为，奢侈的生活一定不是高尚的生活。

对于陆小曼这种消费方式，他苦口婆心说过几次，陆小曼置若罔闻。又因为他与陆小曼结婚，惹怒了父亲，所以得不到家里的经济支持。没办法，他就只好卖力挣钱，来满足她的开支。徐志摩很听胡适的话，认为男人就要多负担，要把女性当牛马的文化转为男性自愿为女性当牛马的文化。他一人在上海、南京、杭州的几所大学同时任教，还办书店、办杂志、编辑图书、翻译图书，每月进账 600 到 1000 元，相当于现在的五六万人民币。但是这些还不够陆小曼挥霍。按照陆小曼的逻辑，挣钱是男人的事，没本事挣钱就不要娶她这样的名媛当老婆。既然娶了，就该赚钱养她，不能诉苦。

不得不说，陆小曼像是月亮，她必须靠着太阳的光，才能发出光芒。她自己才华横溢，却从没想过利用自己的才智去筹划一下生活，只想着自己活得逍遥自在，旁若无人。她这种人，需要找到一个既有很多很多钱，又有很多很多爱的人。但在现实社会里，有很多很多爱的人，往往挣不到那么多钱，有很多很多钱的人，往往没那么多的爱给她，因此她也很痛苦。

欲壑难填的人，痛苦是必将付出的代价。

陆小曼只顾自己潇洒，对于丈夫却毫不关心。徐志摩在桌子上写的诗稿，她也不收集，经常过几天就找不到了。徐志摩每月挣那么多钱，但是衣服却仅有可怜的两套，都还破旧不堪。有一次他去胡适家，被胡适太太江东秀发现袖子上有两个洞，也没人给他补，就让他脱下来，给他补好。而陆小曼在义演的时候，需要一身行头，二话不说，就买了一套。这些行头很昂贵，一般都是借的。但是陆小曼看到她的票友唐瑛、翁瑞午等人都有行头，自己没有觉得没面子，就直接买下了。可问题是，人家都是腰缠万贯的公子小姐，家里都经商的，而自己丈夫是靠工资养家的，怎能攀比。

徐志摩受不了陆小曼的这种生活状态，就受胡适的邀请，去北平定居。徐志摩到北京后，多次写信让陆小曼北上和他一起生活，但陆小曼贪恋十里洋场的灯红酒绿，觉得北京的生活不够刺激，所以一直不肯北上。随着两人的矛盾越来越深，陆小曼对徐志摩也更加冷淡，每次徐志摩来信，她都像回复陌生人似的，冷冷地写几个字。徐志摩每一封信几乎都在谈钱，恳请她节制一下，她都不以为意。甚至为了治疗胃病，她还听翁瑞午的谗言，开始吸食鸦片。每天都要卧在烟榻上，和翁瑞午相对吞云吐雾，消耗掉许多时光。

徐志摩无奈之下，只好到香山去看正在病中的林徽因。同时，也对朋友诉说自己心中的苦闷。

有一次，徐志摩在说完自己婚后的不幸和对陆小曼的失望之后，哀怨地说："看来，我这一生不会再有幸福了。"

对这样一个多愁善感的人，林徽因十分能理解他，就尽可能多地安慰他。但是，解铃还须系铃人，别人的安慰能起到的作用都是有限的。想要真正解脱，还须问自己的内心。

几天后，徐志摩真正解脱了。他将再也不为这些事烦心，而陆小曼也不用再看到他寄来的讨厌的信了。

因为他死了。

1931 年 11 月 10 日晚上，徐志摩去梁思成、林徽因家里拜访，因为梁思成和林徽因有事外出，没能见面。他就在客厅里留了个字条，上面写了一行字——定明早六时飞行，此去存亡不卜。

这几个字，颇为不祥，林徽因看到之后，内心涌起一阵不好的预感。她当即就拨通电话，询问徐志摩的行程，并且让他不要再坐飞机。

徐志摩接到了电话，大咧咧地说，你们放心，飞机是很稳当的，我还要留着生命做更伟大的事呢，哪能便死？！

林徽因的紧张心情被徐志摩的轻松语气给舒缓了不少，她觉得自己好像有些敏感了，就岔开话题，让徐志摩在上海多住几天，照顾陆小曼。

徐志摩说，不行，我还要回北平上课。

林徽因说，下周我也有课，要在协和礼堂给外国使节讲建筑。

徐志摩赶紧问清了日期，并表示要飞回来给林徽因捧场。

1931 年 11 月 19 日，徐志摩搭乘中国邮政的班机从南京飞往北平。在途经济南党家庄时，飞机遭遇大雾天气，飞行员不能辨别方向，撞上了一座山峰，机上两名机师加上徐志摩一共三人，全部遇难。

噩耗传来，徐志摩的亲友们都惊呆了。大家在悲痛之余，纷纷去徐志摩家里吊唁。在那里，他们看到了陆小曼。她躺在沙发上，目光呆滞，客人来了之后，她只有气无力地打声招呼。所谓哀莫大于心死，郁达夫说，陆小曼当时悲伤的模样，连他都觉得难以用文字语言去形容。她清醒之后，坚持要去山东接回徐志摩的遗体，被朋友和家人力劝，最后是由徐志摩的儿子徐积锴去接回的。

徐志摩的遗体运回之后，陆小曼看到了现场的唯一一件遗物，是徐志摩随身携带的一幅山水画。这幅画是陆小曼 1931 年春天创作的，颇有水准，徐志摩准备把它带到北京请人加题，因为装在铁匣子里，所以没有毁掉。陆小曼睹物思人，悲从中来，一看到这幅画，就想起徐志摩，此后，她一直珍藏着这幅画，不肯轻易给别人看。

徐志摩死后，社会舆论纷纷指责陆小曼，批评她的消费方式，批评她对丈夫不关心，他的好朋友胡适、林徽因、金岳霖、何竟武等纷纷与她断交。连徐志摩的前妻张幼仪听说之后，都愤愤然道："她（陆小曼）出了什么毛病？打从那时候起，我再也不相信徐志摩和陆小曼之间共有的那种爱情了。"

徐志摩的父亲徐申如，刚刚经历了丧妻之痛，现在又痛失爱子，白发人送黑发人，内心的苦可想而知。他写了一副挽联，读来让人揪心：

考史诗所载，沉湘捉月，文人横死，各有伤心，尔本超然，岂期邂逅罡风，亦遭惨劫；

自襁褓以来，求学从师，夫妇保持，最怜独子，母今逝矣，忍使凄凉老父，重赋招魂？

而陆小曼自从徐志摩死后，就再也没有出去交际。她一边忍受着众人的指责和非议，一边开始整理徐志摩生前的文稿，编辑出版他的日记、诗集等等。从她给徐志摩的挽联里，可以看出她的变化来自心底：

多少前尘成噩梦，五载哀欢，匆匆永诀，天道复奚论，欲死未能因母老；

万千别恨向谁言，一身愁病，渺渺离魂，人间应不久，遗文编就答君心。

同居不结婚

在陆小曼四面楚歌，独自一人凄凉地应付窘况的时候，一直陪伴在她身边的翁瑞午向她伸出了援手。她跟翁瑞午都是戏票友，因为唱戏而认识。陆小曼体弱，有昏厥症，连唱两天戏就会旧病复发。翁瑞午会推拿，是丁凤山的嫡传绝技，他给陆小曼做推拿，手到病除。因此陆小曼离不开他，而他也有了跟陆小曼亲近芳泽的机会。有一次，陆小曼又犯病了，翁瑞午又给她推拿，陆小曼就问他："瑞午，你给我推拿确实很见效，但你不能时刻在我身边啊，万一你不在的时候我发病了，怎么办?"翁瑞午想了一下说，有一个办法。不过这办法是个下策，不到万不得已不能用。陆小曼连问是什么办法。翁瑞午说，吸鸦片。陆小曼当即就骂他害人。但是，翁瑞午后来一直在陆小曼面前吸，陆小曼看他吸得那么过瘾，自己犯病又不舒服，也尝试吸了下，结果就上瘾了。

翁瑞午是个浪荡公子哥儿，他父亲是光绪帝的老师、晚清户部尚书翁同龢的弟子，做过广西梧州知府，家里颇有积蓄。

他就靠着祖上的家业过着衣食无忧的生活。他本身是有家室的，但他很爱陆小曼。徐志摩还活着的时候，他就经常到陆小曼家里，跟陆小曼一起吸鸦片。不过徐志摩看到之后，并不是很在意，反而觉得小曼他们这种关系很纯洁。他认为男女之爱是有区别的，男人不能禁止自己的妻子交朋友。鸦片烟榻，看着亲近，只能谈情，不能说爱。所以男女之间，最规矩清白的是烟榻，最暧昧不洁的是打牌。但是徐志摩虽然绅士，陆小曼也太过自私，她是“罗敷有夫”的人，却与一个“使君有妇”的男子长期保持亲密关系，任谁都会心里不好受的。一些小报甚至拿这个来做文章，讽刺他们。因为文章太下流，被租界巡捕房以有伤风化为名给处理了。

徐志摩一直都和翁瑞午保持着良好的朋友关系，出事那天，在前往南京之前，徐志摩还再三嘱托翁瑞午照顾好陆小曼，翁瑞午也郑重地答应了。徐志摩遇难后，翁瑞午星夜兼程，前往飞机失事地点去料理后事。据他后来回忆，徐志摩当时指甲里满是泥血，面容很惨，可见坠地之时并未摔死，还挣扎了许久。翁瑞午说这些话的时候，脸上的表情悲哀至极。

有了那生死之托，翁瑞午便开始全方位地细心照料陆小曼的一切。胡适作为徐志摩的生前好友，看到亡友的妻子与别人关系密切，就非常不悦。他写信给陆小曼，让陆小曼离开翁瑞午，以后的一切由他来负责。陆小曼不答应。胡适以绝交相逼，陆小曼就说，请便。胡适没办法，就找到徐志摩的父亲徐申如，由自己作保，要徐申如供应陆小曼的生活费，每月300元。陆小曼的身体状况越来越差，翁瑞午来她家的次数更加频繁，有时候甚至长住不归。陆小曼住在三楼，他住二楼。七年后的一天，是一个月的月底，徐申如又派人送钱过来，但是附了一张字条：知翁君已与你同居，下月停止月供。陆小曼看到后冷冷一笑，翁瑞午则冲冠一怒，直接搬到三楼去住，并且负担起了陆小曼的所有开支。

陆小曼与翁瑞午虽然同居了，但并不肯改嫁，而是一直保持这种不明不白的关系。或许是她心里存着对徐志摩的愧疚，或许是不想放弃著名诗人未亡人的身份，总之，她既没有坚守对徐志摩的爱情，也没有断掉跟翁瑞午的关系。其实，她要是想独立的话，并不困难。她只需要从别墅里搬出来，找一间小一点儿的房屋，自己写点剧本，画点儿画，再加上公公的供养，完全可以过得很优裕。既保存了徐志摩的名节，也保存了诗人妻子的名节。但她不愿意那样。她生来爱热闹，热闹了几十年了，不想过得那么冷清。她喜欢整天跟朋友们待在一起，那样她会感到温暖。

她的朋友还在劝她，要么跟翁瑞午断绝关系，要么就跟他结婚。陆小曼都不同意。在那个一夫一妻制的社会里，她一介寡妇，却愿意跟人保持不伦不类的关系，实在令人惊奇。对此，陆小曼的解释是，志摩死后我守寡，难道寡妇就不能交朋友了？志摩生前翁瑞午就住在楼里，难道这个时候让他搬出去？再说，十几年过去了，他一直待我很好，我怎么可能对他绝情?

陆小曼是自私的，也是聪明的，也是胆大的。她知道，自己在这个世上，可以离开任何人，唯独不能离开翁瑞午。这不仅仅是因为她身体上的疾病，需要翁瑞午来给她医治，更是因为翁瑞午是真正爱她的人，能悉心照顾她的人。所谓名节，有什么用处呢？别人说，就让他们说去吧。古时候多少女子为了名节做了节妇烈妇，甚至为未曾谋面的未婚夫殉节，为这一场虚名，把自己的命都葬送了，有意义吗？人生只有一次，再好的名声也是别人嘴里的，而不是自己可以过的日子。如果她为了名节，断绝了与翁瑞午的关系，失去了这个无话不谈的知心爱人，那么她将失去最大的依靠。虽然朋友们会称赞她，说她好，但一个“好”字，怎么能抵消无数漫漫长夜里她内心的寂寞？朋友们都有各自的家庭和事业，如果她再病了，遇到难题了，去找谁解决？劝她的那些朋友们帮她一次、两次可以，次数多了，谁还耐烦？只有众人嘴里那个“坏人”翁瑞午会一直对她好，不计代价，自始至终。

因此，陆小曼依然故我，跟翁瑞午一起住着。事实上，她在这方面的选择倒是对的。因为男女之间，只有真心是最大的，有了爱情，无论以怎样的社会关系存在都是合理的，没有爱情，即便是夫妻也是错误的。而世俗的男女之情，往往顾忌身外之物，如名誉、利益、社会地位等。陆小曼与翁瑞午，虽然不算是正当夫妻，但若论相濡以沫，却比许多夫妻要做得更好。陆小曼的豁达性格，为她赢得了后半生的依靠。在陆小曼的公公停止向她提供生活开支之后的18年里，翁瑞午一直靠变卖家产供养陆小曼。18年如一日，从无一句怨言。纵然陆小曼年老色衰，纵然他自己后来家产变卖殆尽，自己也生了肺病，自身难保，却依旧不忘初心。

翁瑞午对陆小曼的关怀无微不至，为了陆小曼，他几乎付出了一切。他对她有求必应，他知道她爱吃哈尔滨食品厂、老大昌食品店的西式点心，手里一有钱就去买给她吃。翁瑞午夫人会做很多东西，特别是玫瑰酱，翁瑞午每次都要全部拿去给陆小曼。在夫人的阻止下才留下了一半。他夫人还会做玫瑰酒，味道极佳，翁瑞午也经常拿一些给小曼品尝。日常生活中出了任何事情，他都给陆小曼撑腰，不让她受丝毫的委屈。三年自然灾害的时候，国内食物供应短缺，翁瑞午的二女儿经常从香港寄猪肉、火腿等罐头来，他总是拿去给陆小曼。可以说，凡是有任何好东西，第一时间都是想到给陆小曼，连自己的老婆都要排在后面。

翁瑞午 1961 年去世。去世前他对陆小曼放心不下，特意将赵清阁和赵家璧请来，说今后拜托你们照顾陆小曼，我在九泉之下也会感激不尽的。翁瑞午去世后，陆小曼多次跟他女儿翁香光感叹道："你父亲是真的离开我了。以前许多朋友劝我离开他，我都没有。现在他却离我而去，我感到很孤单、凄凉、寂寞，是活不久了。这些朋友在经济上生活上精神上，是代替不了你父亲对我的照顾的。"

晚年的陆小曼，与年轻时相比，已是老去了许多容颜。可依旧是风情万种的。如今的我们，从照片上看她，似乎并不是那么惊艳，事实上，据当时人们的记录，陆小曼的确称得上是绝世佳人。她穿着一袭银色的丝绸旗袍，梳着前刘海儿，别有一种林下风致。一张瓜子脸上，有着秀气的五官，头发从不烫，短短的直直的，梳在耳后，像一个女学生似的。她的眼睛最为漂亮，虽然不大，但是笑起来弯弯的，是上海人所说的"花猫"。皮肤白皙，稍微搽点粉，便觉光彩照人。衣服多是素色，没有大红大绿等斑斓色彩，然而只搭配上一件白背心，穿上一双平底鞋，便在举手投足间，露出世间少有的风韵才致。她的整体风格便是如此，淡淡的，如空谷之幽兰，淡雅灵秀。在陆小曼的义女何灵琰的眼中，陆小曼吃饭时的姿势都是美的："干娘有胃气的毛病，所以养成一只脚踏在椅子上抱膝吃饭的习惯。这当然不是一种好习惯，也显得没有礼貌，但是干娘娇怯怯的好像西子捧心，别有一种风韵。”

这样一位美人，也怪不得徐志摩当年为之疯狂，翁瑞午为她抛弃家产，忍受世人“欺朋友之妻”的骂名。而值得庆幸的是陆小曼为爱情折腾了一生，最终爱情也并不负她；以美貌名世，美貌也给她带来了很多。只是她的才艺，始终没有派上什么用场。只有在人生的最后几年里，她被聘为上海中国画院专业画师，并加入上海美术协会，在里面做了几年画师，但是平淡无奇，无可叙说。

1965 年 4 月 3 日，陆小曼在上海华东医院逝世。人生一世，如白驹过隙。她走得悄无声息，冥冥中似乎响起，当年她出生时家人的欢声笑语。

孟小冬

用一生去寻爱

人世间事，每涉及男女分手或者感情决裂时，总不大好看。有相互指责的，有以死要挟的，有背后毁谤的。除去一些看破红尘的修行者们，大概谁都难逃这一情关。在这一点上，所谓的名伶贵人，跟普通百姓几无区别。

1933年9月，天津《大公报》连续三天在头版刊登了“孟小冬紧要启事”，其内容主要是宣布孟小冬与梅兰芳离婚一事。启事称：“窃冬甫届八龄，先严即抱重病，迫于环境，始学皮黄。粗窥皮毛，便出台演唱，藉维生计，历走津沪汉粤、菲律宾各埠。忽忽十年，正事修养。旋经人介绍，与梅兰芳结婚。冬当时年岁幼稚，世故不熟，一切皆听介绍人主持。名定兼祧，尽人皆知。乃兰芳含糊其事，于祧母去世之日，不能实践前言，致名分顿失保障。虽经友人劝导，本人辩论，兰芳概置不理，足见毫无情义可言。冬自叹身世苦恼，复遭打击，遂毅然与兰芳脱离家庭关系。是我负人？抑人负我？世间自有公论，不待冬之赘言……”

报刊一出，舆论哗然。尤为激动的是京剧戏迷们，这两位京剧界的泰斗，当年轰动京城的天作之合，居然离婚了？

只是，当人们在街头巷尾交头接耳地议论孟小冬与梅兰芳婚变的时候，有谁能体会到她从文字里透露出的孤独和悲凉？人生如戏，都是演给别人看的，戏迷再多，也只是看客。个中辛酸，如鱼饮水，只有自知而已。

演艺之路步步生花

孟小冬，女，生于梨园世家。祖父孟七是著名的京剧演员，擅演生、净两角，父亲、伯父、叔父都是京剧演员，在这样的家庭环境里，孟小冬也自然而然地走上了演艺道路。她 9 岁的时候正式学艺，跟着姑父仇月祥学唱老生，12 岁就在无锡登台演出，14 岁时在上海乾坤大剧场和当时的名角同台演出，当时技惊四座，居然大角风范。一下子便引起了评论界的追捧。

1925 年，在演艺界已经小有名气的孟小冬作别上海，如同今天无数的北漂青年一样，抱着一颗追求梦想的决心来到北平。这一年，她 18 岁。

16 岁的花季，17 岁的雨季。18 岁，则是一个告别懵懂的少女走向成熟的年纪。在现实中，大多数人还在父母的庇护下，饱食终日，无所事事。而孟小冬已经在戏台上唱了几年的戏了。最开始的时候，她是受家庭艺术氛围的熏陶而学戏，但在她 12 岁那年，父亲不小心受伤，把腿摔断了。自那天起，她就不得不担负起养家的重任。跑码头，唱堂会。小小年纪的她，就饱经世事，看惯了世态炎凉，人心冷暖。当她在舞台上扮着老生，唱着浑厚男腔的时候，很少有人知道，那瘦弱的身躯内，裹着一颗敏感、孤傲但又缺乏安全感的心。

到了北平之后，孟小冬一边演出，一边向当时的名角请教，钻研京剧艺术。她最向往的是余派艺术，余派又称新谭派，开山祖师是余叔岩。余派艺术在唱念做表方面细腻深刻，唱腔里的三音联用更是奇妙无比，最为她所爱。因此她便下定决心，要投到余派门下。

此时的孟小冬，已经颇有名气了。她刚到北平时，第一场演出就震惊全场，一炮而红。袁世凯的女婿、著名剧评人薛观澜在看了几场孟小冬的表演之后，赞不绝口，并把她与清末民初的雪艳琴等十位以美貌著称的坤伶相比，结论是没有一个人能比得上孟小冬。有个叫“燕京散人”的剧评人也说孟腔是“在千千万万人里是难得一见的，在女须生地界，不敢说后无来者，至少可说是前无古人”。

而余叔岩本人对孟小冬也颇为赞赏。1935 年，即孟小冬到北平的第十年。有人曾介绍一人拜余叔岩为师，被余叔岩拒绝了。介绍人走了之后，余叔岩对朋友说，“有些人教了也是白教，徒费心力。”

朋友问：“当今之世，谁比较好呢？”

余叔岩说：“目前内外行中，接近我的戏路，且堪造就的，只有孟小冬一人。”

既然彼此都有心，那事情就好办的多了。1938 年 10 月 21 日，孟小冬正式拜余叔岩为师，成为余叔岩的关门弟子。这也是余叔岩收的唯一一个女弟子。孟小冬自拜师后，连续五年，每天都坐着黄包车去老师家学戏，风雨无阻。余叔岩对这个认真的女弟子，倾囊相授，把毕生所学悉数传授给她。五年时间里，孟小冬学了几十出戏，每个招式、动作、唱腔都得到了老师的指点，是余派唯一得到真传的人。至此，孟小冬的艺术水准才算是得到了质的飞跃，从而能与当时京剧界的顶尖艺术家马连良、谭富英、杨宝森等人平分秋色，被时人誉为“冬皇”。

孟小冬的艺术生涯，到这里算是达到了顶峰。自 9 岁开蒙，12 岁登台崭露头角，到 30 多岁名扬天下，这一路走来，步步生花，演艺之路算是非常顺利了。然而没有人的人生可以不经历磨难，上天如此眷顾她的艺术成就，就会让她在其他方面吃点苦头。而毫无疑问的是，对于大多数的名伶戏子来说，一生当中最为坎坷的事莫过于爱情了。

一段错爱的绝世情缘

孟小冬刚到北平的时候，为了尽快站稳脚跟，打下一片天地，她接受永庆社、庆麟社等坤班的邀请，奔波于京津两地，频繁地进行演出。由于她容貌姣好，光彩照人，再加上唱功台风都堪与当时的名角老生相比，因此很快就声名大振。当时，在北京城里，最红的旦角是梅兰芳，人称“伶王”，以男人扮女人；而最红的生角就是孟小冬，人称“冬皇”，以女人扮男人。他们二人颠倒阴阳，实在是新奇，因此就有好事者刻意将他俩请到一起，让他俩同台演出。那个时候，演戏也有很多限制，一般情况下，男女是不能同班的。但是如果有人请他们去自己家唱堂会，就会打破这个限制。于是在众人的撮合下，孟小冬和梅兰芳多次同台，合作演出了《四郎探母》《游龙戏凤》《梅龙镇》《二进宫》等经典剧目。

一个是伶界大王，一个是坤界之皇。戏台上的比肩接踵，言语间的你来我往，不可避免地给二人制造了许多暧昧的机会。二人本是梨园同行，惺惺相惜，于是很快就坠入爱河。在友人的鼓动下，孟小冬兴之所至，头脑一热，决定嫁给梅兰芳。1927年农历正月二十四，两人在东城东四牌楼冯公馆内摆了喜宴，宴请一些朋友，生辰八字什么的全不讲究，就这样利索地结婚了。

说起来，这桩婚事，是由戏迷撮合而成的。因此，在孟小冬的家人看来，不免有些潦草。孟小冬的启蒙老师、姑父仇月祥对此就持反对态度。他的理由是，孟小冬此时名气正盛，就好比是一棵摇钱树，随便唱唱便能赚得盆满钵满。而一旦嫁为人妻，就不能再抛头露面出来唱戏了。多年辛苦练就的功夫就浪费了。但是孟小冬觉得自己已经找到了人生归宿，干得好不如嫁得好，女人再怎么能干，最终还是要找个男人过此一生。所谓“女子无才便是德”，如果嫁对了人，那这戏不唱也罢。相夫教子才是活着的最大价值。

孟小冬唯一担心的是名分问题。因为它关系到自己在夫家所享受的待遇和所处的等级。在这一点上，上到皇后，下至村妇，都能达成共识。后宫里的妃子们整天勾心斗角，你死我活，为的就是一个名分。

这一年，孟小冬才19岁，梅兰芳比她整整大了13岁。而且梅兰芳已经有了两房太太。清末民初，政府尚未实行“一夫一妻制”，旧社会的纳妾制度还在民间延续着。孟小冬如果此时嫁入梅家，就相当于做妾。但孟小冬自然是不甘心做妾的，梅兰芳为了安慰她，便提出自己当年曾过继给自己的伯父，属于两房继承人，可以娶两房正室。孟小冬这才答应下来。

名分问题既然已经解决，孟小冬就放心地坐着轿子进了梅家。她不用担心要给梅兰芳的那两位夫人倒茶问安，因为她也是正室。

梅兰芳的正室叫王明华，另一位太太叫福芝芳。这两位都是京剧演员，但是王明华身体不好，常年有病，因此不得梅兰芳的欢心。梅兰芳很宠爱福芝芳，家中事务一应交给她来打理。这便引起了王明华的嫉恨。于是在迎娶孟小冬一事上，王明华不断地在旁边撺掇，表示极大的支持，其实是想让孟小冬这位新宠夺走福芝芳的位子，以解心头之恨。

果然不出她所料，孟小冬进入梅家之后，很快就跟福芝芳发生了纠纷，下人们也立马进入斗争模式，自动站队，形成了“挺福派”和“挺孟派”。

为了缓和家庭矛盾，梅兰芳就别置院落，在东城无量大人胡同里找了一处四合院，与孟小冬住在这里。这个院落名为“缀玉轩”，梅兰芳经常和前来拜访的朋友们一起谈古论今，说文道艺。孟小冬感受着这里热闹而温馨的气氛，觉得很幸福。虽然她也在思想新潮里沐浴过，但从骨子里讲，她还是一个传统的旧式女子。戏文里所写的和旧社会所宣扬的女人价值观，早已深深地植入她的脑海里，并生根发芽。她以为相夫教子的生活是宁静而又快乐的。然而，不久之后，一个不速之客的到来，打破了这片宁静。

那是一个秋天的午后，梅家的会客厅里突然来了一个陌生的年轻男子。这名男子文质彬彬，面色苍白，看上去年纪也不大，仅 20 出头。他叫王惟琛，是北平朝阳大学的学生。王惟琛平日爱听戏，是孟小冬的忠实戏迷，为了听戏，连学业都没有完成，其实是个纨绔子弟。他听说自己最爱的孟小冬被梅兰芳娶走了，便心生妒恨，想找梅兰芳寻衅。

王惟琛打听了梅兰芳的住处之后，就带着一把枪来了。当时梅兰芳正在午休，出来接待的是梅兰芳的老友张汉举。张汉举是《大陆晚报》的经理，与梅兰芳交往甚密，也是缀玉轩的常客。王惟琛看到出来的人不是梅兰芳，便拿枪挟持了张汉举做人质。然后要求梅兰芳出来，赔他的未婚妻，或者给他十万块钱作为精神损失费。梅兰芳出来后，张汉举强作镇定，说这位先生要借十万块钱。梅兰芳瞬间明白是怎么回事，就奔入后堂，打电话给警察局。

不一会儿的工夫，一大批军警就赶过来，包围了梅宅。王惟琛发现军警之后，情绪十分激动，就对着张汉举开了几枪。张汉举饮弹而亡，军警看到人质已死，就举枪齐射，把王惟琛也射杀了。随后把王惟琛的首级割下，挂在前门外的电线杆上示众三天。

这场血案发生后，有关梅兰芳与孟小冬的绯闻立马铺天盖地。有的无良小报就开始编造花边新闻，说孟小冬原本就是王惟琛的未婚妻，梅兰芳是横刀夺爱。这个谣言很快流传开来，闹得满城风雨。梅兰芳的另一个夫人福芝芳就趁机要求孟小冬离开梅兰芳，原因是：大爷的命要紧。梅兰芳的确也怕死，一度避居上海。

受这件事的影响，孟小冬跟梅兰芳的关系开始变淡。孟小冬对梅兰芳事事听取福芝芳的态度感到十分不满，她一气之下，与雪艳琴搭班去天津唱戏。由于先前声望还在，因此未唱先红，依旧风光无限。

一波未平一波又起。1930 年 8 月，梅兰芳访美回国，刚到天津就接到自己伯母去世的消息。由于他曾过继给伯父，因此这跟丧母没有区别。按照规矩，梅兰芳的几个夫人都应该披麻戴孝在灵堂接待前来吊唁的宾客，但是当孟小冬赶到梅宅的时候，却被下人以“孟小姐”的身份挡在了门外。连梅家的门都不让进，意味着就没把她当梅家人。这件事让孟小冬大为恼火，也直接导致了她与梅兰芳感情破裂。

福芝芳与孟小冬的冲突，梅兰芳自然不会不知道。但是他却放任福芝芳这么干了，说明他心里是偏爱福芝芳的。这大概有两点原因，一是福芝芳为他生下七个孩子，而孟小冬却没有生子，对于一个男人来讲，传宗接代是很重要的使命，因此他偏向了福芝芳。还有一个原因是，他在赴美演出之前，曾分别给了福芝芳和孟小冬几万元钱。等他回来时，孟小冬的钱早已花光，不知用在了什么地方；而福芝芳却将钱都用在了打理家务上，把家里收拾得井然有序，而且还剩下不少钱。梅兰芳由此而感觉到福芝芳才是真正宜于家室的女人，于是跟孟小冬分手。

孟小冬自从跟了梅兰芳，已经有四年没有唱戏，早已断绝了生活来源。现在梅兰芳跟她离婚，她自然要索取生活费。在杜月笙的调停下，由梅兰芳一次性付给孟小冬四万元作为补偿，双方从此再无瓜葛。

在天津《大公报》上登报离婚之后，孟小冬伤心欲绝，她一度绝食，生了重病，甚至还在天津居士林出家，皈依佛门。并且此生再也没有跟梅兰芳见面。1931 年杜家祠堂落成，杜月笙请了南北名伶在家唱堂会，孟小冬也在被请之列，但是因为梅兰芳在场，她就避而不出。1947 年，杜月笙利用六十大寿的名义，给南北名伶发帖子，邀请他们到上海唱戏，并把门票收入捐给灾区。当时真是盛况空前，各界人士送的花篮在剧场门口都摆了一里路长。戏迷们一边期待着听戏，一边期待着梅兰芳和孟小冬能够再次同台，但是毫无疑问，这对两人来说是很尴尬的事，所以，在杜月笙的精心安排下，梅兰芳唱四场大轴，孟小冬唱一场大轴，避开了这一局面。

不过，舞台上两人没有相遇，心湖却不免荡起波澜。据梅兰芳的管家姚玉芙说，孟小冬演了两场《搜孤救孤》，梅兰芳在家里听了两次电台转播。

曾经沧海难为水，除去巫山不是云。其实，孟小冬与梅兰芳的爱情从一开始就注定了这是一场悲剧。因为两人都是艺术天才，都性情孤傲。当19岁的孟小冬遇见了32岁的梅兰芳的时候，她心花怒放。老早就辗转戏场为生活奔波的她，一直渴望着能有个人罩着她、宠爱她。现在，这个人来了。有情饮水饱，她果断地放下艺术梦想，去做他的女人。但是，她的一身傲气和灵气，决定了她不会像梅兰芳的那两位太太一样，放弃自己的一切，一心一意地为他操持家务，相夫教子。

在爱情和婚姻中，男女关系大概可以分为三种。一是女人成全男人，比如福芝芳为了梅兰芳，把自己的京剧事业抛下，现实中也有大把这样的例子。二是男人成全女人，这种情况比较少见。三就是男女互相成全。孟小冬和梅兰芳同为艺苑名伶，如果彼此理解支持，不仅仅是在艺术上惺惺相惜，在生活上更能互相引为知己的话，那就会成就一段佳话。但可惜的是，梅兰芳已经有了妻室，他的婚姻已经呈现出第一种男女关系。爱情的世界里，中心只能有一个。虽然旧社会的纳妾制度给了他可以违规的漏洞，但是爱情世界里的法则他却不能违背丝毫，他无法在被福芝芳成全的情况下，再全心全意地跟孟小冬建立一个互相成全的关系。而孟小冬，一方面是名伶，色艺双绝，一方面又是受了先进思想的影响，自然不能忍受自己成为别人的一个妾。所以，悲剧是注定的。

在爱情的天空里，艺人们都是折翼的“鸟”，虽然在尽力拍动翅膀，却始终难以飞向远方。

幸运的是，当孟小冬这只“鸟”从天空上往下坠的时候，一个人编了一张结实的网接住了她。这人就是大名鼎鼎的上海滩黑社会老大——杜月笙。

最后的归宿

事实上，杜月笙对孟小冬心仪已久。多年来明里暗里帮过她很多次。但是孟小冬对此是毫不知情的。她以为，那只是杜月笙喜欢听她唱戏，屡次相助，也就是作为一个有实力的戏迷的举手之劳而已。

1937 年 5 月 1 日，上海黄金大戏院举行开幕典礼。杜月笙揭幕并致辞，行剪彩礼的是三位年轻貌美的女士：孟小冬、陆素娟、章遏云。

孟小冬这次到上海剪彩，是受杜月笙的四姨太太姚玉兰的邀请。姚玉兰跟孟小冬是结拜姐妹，两人关系很好。她早就知道杜月笙对孟小冬有好感，考虑到孟小冬年近 30 还没有稳定的家庭，自己在杜家的几个太太中，又势单力薄，因此就想把孟小冬拉进来，一方面讨了杜月笙的好，一方面也能壮大自己的势力。

孟小冬到了上海，就跟姚玉兰住在一起。一天晚上，姚玉兰要孟小冬跟她同睡，陪她聊天。两人聊到半夜，才蒙蒙眬眬地睡去。恍惚中，孟小冬觉得姚玉兰起身出去了，她猜那是去上厕所，就没多想。但是不一会儿，进来了一个男人，她睁眼一看，是杜月笙，当时就吃了一惊。不过，她并没有声张起来，因为这些年屡次受到杜月笙的帮助，无以为报，再加上自己经历了婚姻的坎坷，也知道杜月笙的势力有多大，既然到这分上了，逃肯定是逃不掉的。因此就半推半就的顺从了。第二天一大早，姚玉兰就笑盈盈地对孟小冬说，小冬，你留下吧，咱们姐妹俩合在一块儿，跟那几个女人斗，把家产都夺过来，咱俩平分。孟小冬虽然不屑于此，但是也不想再奔波了，就留了下来，成了杜月笙的情妇。

没过多久，日寇就攻入上海。杜月笙慌忙携带家小逃到香港，孟小冬则返回北平。一年后，杜月笙发电报让孟小冬去香港，孟小冬就过去盘桓了几个月，仍旧返回北平，并正式拜余叔岩为师，开始闭门学艺。

1947 年，杜月笙 60 大寿那场赈灾义演结束的第二天，孟小冬便向杜月笙告辞，返回北平。临走的时候，她只留下了 20 年前刚来北京时选购的一件褶子，其他的所有行头全部送了人，表示自己以后不打算再登台唱戏了。

孟小冬走了之后，杜月笙觉得很亏欠她，因为她只在他这里带走一块金表，其他的什么都没要。杜月笙就派了一个门徒到北平，给孟小冬买了一栋别墅。孟小冬独自一人住在别墅里，身弱多病，无人照顾。她栖栖遑遑地住了一些日子，忽然就接到姚玉兰的挂号信，让她到上海暂住。到了上海之后，姚玉兰对孟小冬说，这次来了就不要再走了，以后我们有福同享有难同当。绝对不会再另眼相看。

孟小冬此时已经 40 多岁了，听到这话，回忆起自己这半生，一直在辛苦奔波，四处飘零，连个夫家都没有，仿佛是水面上无根的浮萍似的。当时不由得就落下泪来。几十年苦等爱情，爱情却迟迟不来，褪了红颜，老了青丝，辜负了韶光，再等下去，也无非是一场空，难道非得弄到孤独终老的地步吗?罢了，罢了。就跟着姐姐姚玉兰，守着杜月笙吧。

心性大变的孟小冬，此后就留在了杜月笙的身边，帮着姚玉兰一起照料杜月笙，俨然成为杜月笙的又一房姨太太了。在杜公馆里，她收起自己以往的孤傲性情，一直谨言慎行，只做分内的事，更不和其他姨太太们争风吃醋勾心斗角。此时的杜月笙已经年过花甲，身体也不好，整天躺在病榻上，非常依赖孟小冬。后来孟小冬生下一个女儿杜美娟。这之后，她在杜家的地位就渐渐地稳固了。

1950 年新中国成立后，杜月笙打算出走香港。临行前，他把全家人都叫到面前，盘算着一共需要多少张护照。算好 27 张的时候，一直在旁边默不做声的孟小冬突然发话了:“我跟着去，算丫头呢还是算女朋友呢?”杜月笙一听，这才反应过来，这么久了，还没有给孟小冬一个名分呢。当即宣布跟孟小冬结婚。

婚礼当晚，63 岁的杜月笙在仆人的搀扶下，离开了他那一直离不开的病榻，穿起长袍马褂，戴上礼帽，坐在手推椅上被推到客厅里，然后由人搀扶着，跟 42 岁的新娘孟小冬站在一起，接受大家的祝贺。杜月笙把自己的儿子媳妇全都叫来，让他们对孟小冬行跪拜礼，改口称“妈咪”。孟小冬则送给每个儿子、女婿一人一套西服，女儿、儿媳一人一块手表。

那一天，孟小冬穿着崭新的滚边旗袍，依偎在行将就木的杜月笙身旁，心里边满满的都是甜蜜和幸福。她一生苦苦追求的“名分”，终于追到手了。作为一个艺人，她名满天下，为他人所不能及，早就圆了艺术梦。作为一个女人，她也算圆满了。

在这片大地上，她几十年辛苦辗转，却找不到自己的落脚点。而今，在她走累的时候，总算有了一个归宿。

那就歇歇吧。

杜月笙是个叱咤风云的大人物，在上海滩摸爬滚打几十年，风风雨雨的经历了很多。来往打交道的人物，不是达官显贵，就是同道枭雄，如何同这些男人打交道，他有着极为高明的技巧。他是个懂得驾驭男人的人，但同时也是个懂女人的人。他深知孟小冬这样“荷尽已无擎雨盖，菊残犹有傲霜枝”的女人，在艺术上有绝大成就，性情肯定孤傲，在外有人捧，在内就要有人疼。然而，多年的演艺生涯又造就了她敏感多疑的性格，倘若给她的疼爱像是施舍，像是同情，她一定羞赧至极，甚至愤然而去。

因此，他跟孟小冬说话的时候，忍着病痛，轻声细语。他看着她的脸，盯着她的眼，聚精会神地交谈，平时也随儿女一道亲亲热热地喊她“妈咪”。“妈咪”想买什么吃，只要略一透露，他便慌忙命人快办。他本是个男人，却表现出了如水的温柔。而这温柔与宠爱，正是孟小冬渴求一生的东西。这些温柔，她没有从谦谦君子温润如玉的艺术家梅兰芳那里得到，却从一个黑社会老大这里得到了。

虽然这些时光并不长久。但是，慰藉余生，已经足够。

1951 年，即孟小冬做了新娘之后的第二年，杜月笙就在香港去世。他在临死前，把自己的十万美元财产，分给了几个姨太太。孟小冬分得两万美元。杜月笙死后，孟小冬一直在香港独居。她收了几个学艺的弟子，整天深居简出，传授京剧艺术。之后因为亲友都在台湾，自己独居香港太过孤单，便迁居台湾，颐养天年。1977 年 5 月 27 日，因肺气肿和心脏病并发症在台北逝世，享年 70 岁。

萧　红
不知归向何处

在中国遥远的北方大地上，有一座小城。这座小县城位于黑龙江省哈尔滨市附近。松花江的一条支流呼兰河从城中穿过，因此小城得名为呼兰。

这本是一座不起眼的城池。在中国这块广袤的大地上，类似这样的县城数不胜数。呼兰作为一个小县城，也没有什么出名的特产，自清朝雍正十二年建城以来，就一直默默地立在那里，不为外人所知。但辛亥革命爆发的那一年，一个女婴的诞生，打破了长久的沉寂，使呼兰城从众多小县城里脱颖而出，成为一个名城。

这个女婴就是萧红。

“民国四大才女”之一，被誉为“20世纪30年代的文学洛神”。但就是这样一个有传奇色彩的女作家，却有一个苦难的童年。

凡事都有两面性，这些苦难又何尝不是一份上天赠予萧红的特殊礼物。不幸令人激进，这些经历唤醒了萧红向往自由的灵魂，成就了她的文学之路。

她的一生都在奔波，为生活、为爱情、为文学、为自由。爱折腾，不愿守本分，这便是她，一个真实的萧红。

不幸的童年

萧红本姓张，名迺莹，生于1911年的端午节。当时的东北可谓是一片荒芜，以前在这里繁衍生息的是满族人。满族为游牧民族，不会耕种。后来满人入主中原，将东北地区给隔离开来，作为满人贵族的退路，不允许关内百姓迁徙此地。由于战乱和自然灾害，山东地区的百姓为谋生计，纷纷越过山海关，来东北逃生。这就是历史上著名的“闯关东”。勤劳的山东人在东北的不毛之地上拓荒、开垦、种植，把汉族的传统农业生产方式带到了东北，并促进了东北的发展。

萧红的祖上张家就是闯关东大部队的一员。张家在阿城安定之后，艰难地耕种，苦心经营田地，省吃俭用积累财富并购置恒产，最终发展成为当地有名的大地主。不过传到萧红的祖父张维祯这一代时，家道已经中落了，不复有当年气象。但依旧分得40多垧土地、30多间房屋和一座油坊。张维祯就把这些不动产卖掉，离开了阿城，举家迁到了呼兰。

旧中国是农业社会，一向遵循的是耕读传家的传统，但凡家里日子过得去，有些余钱，都愿意供子弟读书。更别说地主家庭了。一个地主想要在当地有威望，光靠钱是不行的，还必须有文化、有功名，儿孙们或者出个举人，或是考上进士，这才算是士绅一族。最不济的，也要有个秀才。张家自然也不例外，自从发迹后，就非常注重培养子弟读书。即便不能考上大官，至少也增加点文化底蕴，沾沾书香气。

张维祯就是张家的一个读书人。他通文墨，懂诗文，性情懒散，不治生产。靠着祖上留下的家产，日子也颇能过得去。家中事务都是自己的妻子打理，但实际大权却掌握在儿子手中。他的儿子张选三，即萧红的父亲，是别人过继给他为子的。张选三为人和他父亲大不相同，他父亲不擅长应酬交际，他却长于此道。从黑龙江省立优级师范学堂毕业后，他花钱托关系，得到了一个师范科举人的功名。随后进入汤原县农业学堂任教员，并担任呼兰农工两级小学校长、呼兰县教育局长、巴彦县教育局督学、黑龙江省教育厅秘书等职位。一路青云直上，在官场上圆滑通融，八面玲珑。在外面，张选三一直保持着一个谦谦君子的模样，但是在家里，他却是个不折不扣的暴君。

张家有个老长工，是张维祯的远房侄子，跟着张家干了30多年活，不管是从主仆关系上说，还是从亲情层面说，都应该受到一定的待遇和尊重。萧红就经常问他喊“二伯”。但是张选三对这位有亲情关系的长工，动辄打骂，有一次当众把他打倒在地，弄得头破血流。下手极其狠毒。

张家有一些空房，出租给房客使用。有一家房客因为交房租迟缓了些，张选三就把他的全套马车赶回家来，房客找到张维祯，跪着向他哭诉，张维祯就赶紧把两匹棕色马解下来还给了房客。张选三知道后，跟老父亲吵了一个晚上。

对父亲尚且如此，对女儿就更不用说了。萧红挨打是家常便饭，偶尔打碎一个杯子，就会被父亲骂到发抖。萧红总感觉父亲看她的眼神不是在看一个人，而是在看一只蚂蚁，那样的居高临下，盛气凌人。萧红每次从父亲身边经过，都仿佛是身上长了刺一样难受。

针对父亲的暴政，叛逆的萧红毫不示弱，有机会就进行反抗。她知道父亲如何强横的原因，“因为仆人是穷人，祖父是老人，我是个小孩子，所以我们这些完全没有保障的人就落到他的手里。后来我看到新娶来的母亲也落到他的手里，他喜欢她的时候，便同她说笑，他恼怒时便骂她，母亲渐渐也怕起父亲来”。这让她很不解，“母亲也不是穷人，也不是老人，也不是孩子，怎么也怕起父亲来呢？我到邻家去看看，邻家的女人也是怕男人。我到舅家去，舅母也是怕舅父”。

等长大后，她知道了，这不仅是个父权社会，更是个男权社会。她家里的问题，是个普遍的社会问题，她所遭受的痛苦，是很多妇女儿童都正在承受的痛苦。

这份认识，更加刺激她向自由之路上走去。

萧红对自己的父亲曾有过如此评价：“父亲常常为着贪婪而失掉了人性，他对待仆人，对待自己的儿女以及对待我的祖父都是同样的吝啬而疏远，甚至于无情。”

父亲是个暴君，母亲呢？

萧红的母亲姜玉兰在萧红 9 岁的时候病故。姜玉兰对萧红不好不坏，按照萧红所说：“母亲并不十分爱我，但也总算是母亲。”萧红回忆起母亲病危的时候，她垂下头，走到母亲床边，拿出母亲给她买的小洋刀，泪眼婆娑地说：“小洋刀丢了就从此没有了吧?”

她知道，母亲一旦逝去，就没有人再给她买小洋刀了。

萧红的一生，都在孜孜不倦地寻找物质以外的东西，比如爱、尊严、自由。对于这些精神层面的东西，她从小就表现出超乎常人的渴望。因而她也要比较高的标准。在她看来，母亲送的洋刀并不稀奇，值得珍惜的是母亲表现出来的那份爱。只不过这份爱的分量太少了点儿。

好在，萧红还有一个祖父。

萧红刚懂事的时候，祖父就已经快70岁了。人生七十古来稀，张维祯能活到这个年纪，也算不错了。他身材高大，拄着拐杖，嘴里含着一根旱烟管，一天到晚四处溜达。年轻时候就基本没有工作过，老了更不用说。整日赋闲，甚是寂寞。萧红的祖母当时还活着，但是跟祖父关系并不好，常常骂他。萧红就爱跟祖父待在一起，祖母有时候就连她也一起骂。每逢她破口大骂的时候，萧红就赶紧拉着祖父逃开，走到后园去，让祖父给她讲故事，教她背唐诗。

萧红家的后园，犹如鲁迅家的百草园一样，是一块儿童的乐土。那是一个崭新明亮的世界，里面全是些花草植物，飞鸟鸣禽，到了这里，孩子和老人的身心就彻底跟大自然融为一体。春天来了，园子里的玫瑰花开了，蝴蝶也飞过来了，忽上忽下的，翩翩而来又翩翩而去。萧红跟着祖父一起铲地、拔草、栽花，祖父教她辨别各种植物。秋天的时候，她躺在蒿草上，听蟋蟀的吟唱，看着蓝蓝的天空，惬意、幽静。或者是一骨碌爬起来，去草丛里逮蚂蚱。所有的一切于她而言，都是莫大的乐趣。

等下了几场秋雨之后，园子里的景色就不见了。后园就被家人封闭了起来，她于是就开始找别的乐子。找来找去，她找到了一间黑屋子。那是一个陈旧的储藏室，里面放满了杂物，蜘蛛网遮住了窗台和房梁。她钻进去，在里面找来找去，结果找到了很多以前的小物件，绣花领子、花鞋、手镯、耳环、木刀、小灯笼、小木锯、鹅翅扇子……很多很多物品。她把它们都拿出来把玩，被祖父母看到了，勾起了他们的回忆，大家就都叹息起来。

后院不能玩儿，萧红就经常去前院。前院有很多租户，拉磨的、赶车的、养猪的，都是社会最底层的劳苦大众。萧红亲见他们的不幸和苦难，听他们讲生活中的种种艰辛，禁不住发了同情心。她经常跑回家，从厨房里偷出鸡蛋和馒头，分给这些穷人的孩子们。有一年的冬天，下了雪，她看到前院有间屋子里，一个小女孩穿着单薄蜷缩在炕上的角落里，就回家把母亲给她买的新绒衣给了小女孩。回来后便遭到了母亲的责骂。

萧红的二伯，就是前面说的那个老长工，是萧红除了祖父以外最爱的人。二伯常年给他们家干活，却只能吃一碗饭，没有一点儿工钱。他的住所非常简陋，几乎没有多余的衣服，因此也就没什么行李。铺盖也简单，铺的是一张破烂的毛毡，被子很薄，被角还露着棉花，枕头里都是荞麦壳，一动就哗哗地往外流。二伯经常受到父亲的打骂，萧红很多次都听到他要跳井上吊的消息，并且听他在屋内哭泣。因此她没事就和二伯待在一起，帮他干活，给他缝衣服，从家里偷出好东西给他吃。

这些苦难者的悲惨人生，成了萧红日后创作的灵感源泉，也使得她无论在创作任何作品时，每次下笔，总是不由自主地把重点放在他们身上。因此在她的作品里，充满了对于底层劳动人民命运的同情和关怀。

似乎大部分的作家都有一个不幸的童年或少年，鲁迅、张爱玲，外国的高尔基，都是这样。萧红也没能逃过这个宿命。好在任何事物都有两面性，幼时不幸的生活经历，也是她日后成为一名作家，拿起笔来反抗旧世界的一个诱因。

苦难，是上天赐予每一位作家的礼物。

文艺的启蒙

小学毕业后，萧红的父亲就不准她上初中了。在那时的家庭环境里，这事自然没有商量的余地，祖父对父亲的劝说也是毫无用处。萧红反抗了，但是立马就收到了父亲的一个巴掌。

愤怒加郁闷让她卧床不起，病稍微好一些，她又收到了同学们升入中学之后送来的新学校的信息，这无疑又加重了她的病情。想到昔日的同学都去了初中，拿着新课本，学习新的知识，她就心急如焚。于是，她进行了绝地反击。10岁的姑娘也没有太好的办法，但聪慧的她，一下子就找到了父亲的致命处。她威胁父亲，如果不让她上学，她就当尼姑去。

张选三当时正是哈尔滨教育界的名流，很顾忌自己的名声。身为教育界人士，自己的女儿没有上学且不说，还当了尼姑，那传出去，一定让人笑话死，而且也于仕途颇有妨碍。于是，他退步了。萧红抗争胜利，于1927年秋天新学期到来之时，进了哈尔滨东省特别区立女子第一中学。

在学校里，萧红珍惜这来之不易的学习机会，认真地读书、做笔记。学校所开设的课程，除了体育以外，她都很喜欢，尤其喜欢绘画和文科。当时的校风很活泼开放，教师们也都敦厚博学，萧红在这样的环境下，享受到了前所未有的关爱。她的绘画老师是从上海美术专科学校毕业的，名字很有意思，叫高仰山。他身上有着浓烈的现代艺术色彩，在他的鼓励下，萧红对绘画产生了浓厚的兴趣，并且发现了自己在这方面的天赋。她和好朋友徐淑娟、王粟颖以及班里其他爱好绘画的同学一起，组了一个野外写生小组。每到周末，她们便背着画板，跟着老师到公园，到江边，到田野里，去写生。她们画了各式各样的风景画、建筑画、实物画。一年时间下来，大家的水平都提高了很多。

临近毕业时，高仰山老师布置了一项作业。他在教室里放了许多水果、花卉、陶罐，让学生们临摹，每人画一幅室内写生。萧红此时就表现出了与众不同的创造力，她跑到学校老更夫那里，借来了一副黑色的烟袋锅子和烟袋，然后对着临摹起来。在众多学生完成的静物画里，只有她这一张，流露出动态的爱，讴歌了地位低下的生命，给作品赋予深刻的意义。高仰山很赞赏她这幅画，并给它取了个名字，叫《劳动者的恩物》。

除了绘画，萧红还酷爱文学。而这份兴趣，是她的历史老师和国文老师给激发起来的。学校里每周有一个小时的历史课，萧红的历史老师姓姜，年纪不大，20多岁，刚从北京大学毕业。姜老师见多识广，再加上口才不凡，上课的时候经常给同学们讲世界各地发生的奇闻异事，因此学生们都最爱听他讲课。文史不分家，姜老师不仅历史好，文学修养也非常深厚，因为北平的文化氛围本就浓郁，再加上受新文化运动的影响，他就攒了一肚子的新知识。他经常向学生介绍茅盾的小说、徐志摩的新诗和时下流行的外国翻译小说等。这让萧红和同学们都对北平产生了强烈的渴慕之心，北平一下子成了她们心目中的圣地。

她们的国文教师姓王，此人也是深受新文化运动的影响，是个激进派。他率先把白话文引入课堂，在此之前，萧红的老师们都是拿文言讲课的。平易的白话文一下子使表达变得简单，大大激发了同学们的表达欲望。大家写作文时，不再受限于死板的文言文，因此也对新文学产生了兴趣。王老师经常把一些文坛名家的作品当范文给同学们讲，他最崇拜的是鲁迅，但是鲁迅的小说和杂文太深刻，还不适宜初中生阅读和理解，因此他就选了一些比较容易理解的散文，让学生们先去领略鲁迅先生的文字之美。至于其中的深意，等他们长大后，自会明了。

其中有一篇《秋夜》，开头是众所周知的一个名句：

“在我的后园，可以看见墙外有两株树，一株是枣树，还有一株也是枣树……”

这样的开头，极其平白，却又韵味无穷，但在中学生看来，仿佛有些啰唆，直接写两棵枣树不就得了？同学们每次读到这里，都笑起来，唯有萧红却能品到先生字句里所要表达的幼年的孤独。因为她有过几乎相同的经历。

在封闭的高墙内，尽力向外面看去，想要看一些不一样的景物。结果仅仅看到了树。而且连树都是一样的枣树，那是一种怎样的孤独啊。萧红静静地想。

在王老师的影响下，萧红渐渐发现，自己爱上了文学，因为文学可以给她更广阔的空间，带她去更远的世界。她开始学着写诗，写散文，并且给自己取了个“悄吟”的笔名，在学校的黑板报和校刊上发表作品。当然，此时她正处于启蒙阶段，想要成为一个真正的作家，还需要多年的沉淀。但是，毫无疑问的是，她已经初窥门径，站在了通往文学圣殿的道路上，并且踏出了第一步。

就在萧红在学校里勤学苦练的时候，噩耗传来，祖父去世了。

萧红的家离学校并不算远，但是她为了节省时间，就住在了学校里，有节假日的时候才回去。之前她一直担心祖父的身体，三月份的时候曾经请假回去过一次。那是她最后一次见到祖父，他脸色苍白，说话都不利索，一边用袖子擦眼泪，一边向萧红诉说自己跌倒在地无人扶助的情形。萧红听了，心如刀绞，不停地宽慰着祖父。对她而言，家就是祖父一个人。没有了祖父，这个家就失去了最后一点儿家味。

临走时，她再三跟祖父告别，祖父老泪纵横，艰难地抬起手跟她挥别。没想到，这一去，竟是天人永隔！

得知祖父逝世的消息后，萧红的眼泪夺眶而出。她来不及多想，就赶快请了假，坐车回家奔丧。马车还没到门前，她就远远地看到自家门口挑着白色幡杆，吹鼓手们的喇叭在悲鸣，声音鼓荡着她的耳膜，也刺激了她的神经。她眼泪再度流下，这一路上，已经偷偷抹了几次了。到了家门前，不等马车停稳，她便跳下来，急匆匆穿过挽联、灵棚和杂乱的人群，奔向祖父的灵堂。在正屋里，她看到了祖父的遗体，静静地躺在门板上，脸上蒙着纸，眼睛闭着，胡子和嘴唇再也不会抖动了。

看到这里，萧红再也忍不住了，开始号啕大哭起来。

祖父的丧事办完以后，萧红回到学校。此时，临近毕业，同学们都在紧张地复习功课。而萧红却像变了一个人似的。她不再像以前那样爱学习，也不再积极地参加小组活动，如绘画写作之类，而是整天阴沉着脸，大眼睛哭得红肿，一个人躲起来喝闷酒，甚至还学会了抽烟。

大家都知道她是因为祖父的事情而伤心，都解劝她。但是心结只有靠自己才能解开，别人说再多都没用。只有一个人的安慰是有用的，那人是萧红的表兄，陆振舜。

陆振舜跟萧红说是表兄，其实并无血缘关系。两人从小就认识，也算得上是青梅竹马了。陆振舜比萧红大几岁，萧红进入女中上学时，陆振舜已经是哈尔滨政法大学的学生了。两家住得很近，彼此暗自倾慕，就背着家人发展成了恋爱关系。但是萧红其实是有未婚夫的，是她父亲给她订的婚，对象叫王恩甲。王恩甲是哈尔滨地方军官的儿子，家里有势力，他是个花花公子，比萧红大得多，萧红刚上初中，他就已经在家里的安排下做了小学教师。他经常到萧红的学校找萧红，并且把萧红带走。谁也不敢拦他。萧红听说他还吸食鸦片，对他是既厌烦又害怕，但是苦无办法应付。

萧红曾经向父亲抗议，要他取消婚约，结果当然是被她父亲一口回绝。在她的家庭里，父亲就是皇帝，父亲的意志是不可被改变的。

当时萧红和她的同学们正在看易卜生的《娜拉》，社会上也正在热烈地讨论着妇女的正当权益，正是女权解放的时机，因此萧红的女同学们都替她抱不平，尽力鼓动她像娜拉一样出走。

可问题是，“娜拉走后怎样”？能否独立生活，能否不被社会环境压迫?

萧红所面临的问题，其实是个社会性问题。鲁迅先生还专门为此做了一次演讲，并且明确指出，娜拉如果没有经济独立，没有正当而且充足的收入，那她只有两条路可以走，不是回来，就是堕落。

的确，一个女人，在那个时代，离开了家庭，没有工作，就没有饭吃。饿得久了，除了再回家去，便是堕落做妓女，别的还有什么路可以走呢？外面还没有女人可以胜任的工作。

现在，萧红也遇到这个难题了。

她的同学们讨论说，可以卖稿子啊。有了稿费，不就够一个人生活了吗？

对于这个建议，萧红也在犯嘀咕。因为她不能确保自己写出的东西就可以卖钱，毕竟在此之前，她还没有在报纸上发表过东西。

正在萧红为自己将来出走之后的生计而苦思冥想犹豫不决的时候，一件事情的突然发生，激怒了她，使她顿时下定决心，要不顾一切地远走高飞。

原来，王恩甲为了迫使萧红早日嫁入他家，就找到了萧红的父亲张选三，两家一合计，想了一条蛮横的计策。他们找到萧红所在学校的校长，让校长取消了萧红的学籍，逼迫萧红离开学校。萧红在他们联手威逼之下，回到了家里。

眼看就要毕业了，他们却来了这一手，这让萧红怒不可遏。她决定要开展报复行动。在她的脑海里，不断地滚动着鲁迅《伤逝》里面女主人公子君的宣言：

“我是我自己的，他们谁也没有干涉我的权力！”

于是突然有一天，家人发现，萧红找不到了，失踪了。

为自由而出走

在易卜生的《娜拉》社会剧里，娜拉是因为受不了家庭的压迫而出走的，但在萧红这里，还是有些不一样的。因为她既是在出走，也是在私奔。

带她走的，正是那个从小一起读书的表兄陆振舜。

当陆振舜得知萧红被家人弄回家之后，就下定决心要带她走。他们之前就相约好了，要去北平见识新世界，去他们心中的圣地。因此陆振舜就从哈尔滨政法大学退了学，到北平中国大学读书，然后再设法把萧红带去，也给她找一所学校上。计划进行得相当顺利。萧红到了北平，就很快进入女子师大附中读书。

两人在北平的二龙坑找到了住处，这个住处是一个四合院，有八九间屋子。萧红和陆振舜分别住在里院北房的两头。这个地方位于两人学校的中间点，上下学比较方便。院子幽静，里面有走廊，还有枣树。陆振舜的同学们得知他在这里有一个“爱巢”，纷纷聚到这里。从此，这里就成了青年人周末的例行聚会场所。大家聚到一起，谈理想，说愿望，七嘴八舌，十分热闹。每次都谈论到很晚，直到更夫敲梆子才恋恋不舍地离开。

其中有一个朋友叫李洁吾，他来的次数最多，萧红跟他最为熟识。有一次，萧红给他递了一封信，让他回校再看。但是李洁吾心想这能有什么大不了的事呢？就当即拆开了。结果信的内容是陆振舜老是对萧红动手动脚，所以萧红想让他以朋友的身份从中劝一劝。李洁吾看了之后大怒，当时就把陆振舜骂了一通，弄得萧红非常尴尬。

其实，这一年的萧红，已经20岁了，男女恋人之间做点什么事，并不算越轨。但是萧红逃到北平来，并非是为了和陆振舜私奔，而是为了不再受到家庭的束缚，为了完全的个人自由。

萧红和陆振舜的下落很快就被他们的家里人知道了。张家写信过来，要求萧红立即回去完婚，并且实施经济制裁，一分钱也不给她寄。不但是钱，连件保暖的衣服都不给。陆家的制裁政策实施得晚一点儿，因此两人暂时靠着陆家人寄来的钱勉力支撑生活。但是在学期快要结束的时候，陆家人也下了最后通牒：如果两人回东北，就寄给路费，否则，今后什么都不给寄！

面对家人的要求，两人一筹莫展。萧红果然遇到了娜拉出走之后的问题了。她艰难地抉择着，是要自由，还是要活下去？

最开始，萧红还在拼命抗争。没有生活费了，她就把自己以前的书拿上几册，到旧书摊去卖。坐不起电车，就起得早一点儿，徒步去上学。但是，渐渐地，书也卖光了，能够变卖的东西都掏光了。

最要命的是，秋季已过，天冷了下来，萧红却连一件厚衣服都没有。她穿着单衣去上学，同学们都问她：“呀，萧红，你怎么还穿着单衣啊，你真耐冷。”

“是啊，你的脸怎么发紫啊?”

“终究是关外人啊，就是抗冻!”

同学们这些有意无意的关心和嘲笑，让萧红的自尊心大受伤害。但她也没有办法。谁让她选择了自由呢。这就是代价。

元旦那天，天下起大雪。萧红穿着单衣，打开门，看到地上的雪，就赶快又跑回床上，钻到被窝里。无奈“布衾多年冷似铁”，薄薄的被子好像结了冰似的，取不到半点暖。她蜷缩着身体，颤抖着，等陆振舜拿钱回来。可到了傍晚，陆振舜还不见人影儿。她只得挣扎起来，向房东借了十个铜板，抖抖索索地出去买了油条和烧饼当晚餐。饿了一天的萧红狼吞虎咽，几口就把饼给吃完了。可是这点儿食物所补充的热量根本不足以御寒。因此吃完饼之后，萧红继续躺在床上蜷缩着身体。李洁吾来访的时候，她冷得都不敢起床。李洁吾长叹一声，回到自己住处，把自己棉被当了两元钱，交给萧红的房东耿妈，让她买了媒，生了炉子，这才有了一些暖意。

三年后，萧红摆脱了困境之后，曾经写过一篇短文来纪念这段饥寒交迫的日子。她回忆那个小院落，终日是阴森的，枯干的叶子凋落一地，不时地有小圆枣落下。她当时想，这枣树快完了。想及自身，她觉得自己也快要完了。人生中第一次同命运做大的抗争，就这么失败了。真好像是一场梦啊。

很快，陆振舜也向家庭缴械投降了。他屈服了。萧红也屈服了。萧红责怪了他，也责怪了自己。她知道，错并不全在陆振舜，因为他也无力承担。自己也不该把所有事情都让他一个人扛，怪就怪大家都太年轻了。

萧红回家了。

再次出走

回到呼兰之后，萧红这才知道，她的私奔，给家族带来了多大的影响。所谓好事不出门，坏事传千里。在那个封闭的讲究礼教的社会里，她出走北平的事情不胫而走，在当地掀起了多大的风波，人们都风传张家的姑娘逃婚跟别的男人跑了。张家人走到哪里，都会被人指指点点。萧红违背了礼法，败坏了张家的名誉，王家也不认她这个儿媳妇了，单方面取消了婚约。萧红的父亲张选三在省教育厅的任职也被撤销，调到县教育局当督学，一下子降了好几级。萧红的弟弟张秀珂从呼兰转学到巴彦，连堂弟也因为她的事情，从哈尔滨转回巴彦。一时间，舆论沸腾。萧红在呼兰住不下去，就被转移到阿城老家。那里是家族发迹的地方，住着她的两个伯父、四个叔叔和一个姑姑以及祖父生前娶的继祖母。在这个大家庭里，居住着二三十口人，都是她的族人。他们合起伙来，监护着她，包围着她，敌视着她。大家对她充满了敌意，无时无刻不在盯着她，生怕她再干出什么无法无天的事来。尤其是继祖母，简直对她恨透了，连夜里都盯着她的行动，动不动就骂她丢脸，说祖上多少代都没出过她这种姑娘。

在这幽闭的空间里，萧红过着暗无天日的生活。她没料到，自己奋力挣扎那么久，吃了那么多的苦，到头来无非是从一个小笼子跳进了一个大笼子而已，还是没有得到自由。新的环境里，依旧是高墙，没有书，没有报纸，跟外界几乎完全隔绝，还多了许多双眼睛在监视着她。日本入侵东北，爆发了“九一八”事变，外面闹得天翻地覆，如一锅开水；屯子里却安静得出奇，如一潭死水。一大家子人，可以聊上几句的，只有小姑妈。小姑妈是个老姑娘，二十七八岁了，还未出嫁，在继祖母的管制下，把青春都虚度了。从小姑妈的身上，萧红更清楚地看到了封建礼教的可怕和家族势力对女人的压迫。

墙内是死一般的寂静，而墙外却是一片热闹景象。随着日本人在东北加快了侵略的步伐，东北的局势一天比一天混乱，外面到处都是土匪、共产党的游击队，还有抗日联军。萧红所在的屯子里，也成立了黄旗会、黑旗会、红旗会等抗日组织，加起来有几百人。结果这支部队还没碰到日军，就遭到土匪的埋伏，被打死了上百人。整个东北乱成一团。

萧红从家里的佣人和长工嘴里，零零碎碎地听到一些外面的消息，她为局势的混乱感到焦虑。但她无能为力，她谁都拯救不了。目前，她最需要拯救的，是她自己。她时刻都在观察周围的情况，寻找逃跑的机会。终于在八个月之后，她成功地脱离了家人的监视，逃到哈尔滨。

然而，当她走在大街上的时候，她感觉这里和家里的黑暗小木屋并没有多大区别。周围虽然到处都是人，但是他们的目光是冷漠的，跟她的距离是生疏的。在哈尔滨，她其实有不少同学和亲友，但是她并不想去投靠他们，有时候在街上遇到了，她就不远不近地打声招呼了事。因为这些认识的人，都知道她的事，看她的目光都多少带着一些轻蔑。

萧红就这样在哈尔滨流浪着。慢慢地，冬天来了，雪越来越深了。

虽然精神世界里，自由的火光正熊熊燃烧着，但在物质世界里，萧红无法自欺地感受到了寒冷。她的腿开始发抖了。她瑟缩着，抱着膀子，凭着旧时的记忆，找到陆振舜的家。然而当她去敲门的时候，她才意识到，人家都已经熟睡了。她想到了另外一个熟人家，用尽全身力气，穿过一条条街道，走上那家人的楼梯，结果发现，熟人已经搬家了……

这个夜晚，萧红饿着肚子在城市的街道上跑来跑去，想要找一个栖身之所。她感觉，在寒冷的侵逼之下，自己的自由之火快要熄灭了。她看到街道两旁的房屋里，从窗户中透出的点点灯光，不由得浮想联翩：那屋子里，一定很温暖吧，一定有一张舒服的软软的床，有可口的食物……她甚至联想到了自家的马厩，甚至自家的狗窝，那里面，最起码也有茅草啊，可以让脚变暖和。

她掏遍全身的口袋，结果就找到几个铜板，仅够买一杯豆浆，于是她就去买了一杯热豆浆，不顾烫嘴，大口地喝下去。待身子稍稍暖和了些，她又赶忙去找住所。最后，跟着一个老婆子走了。

等到了老婆子的住处，她才知道，这婆子是个做皮肉生意的，屋里还养着一个13岁的小姑娘，准备养大后当妓女的。深更半夜里，萧红被这小姑娘的哭叫声惊醒，不知道她犯了什么错，被老婆子剥光了衣服，站在角落里，这狠心的老婆子正在用雪块往她身上砸。

天明的时候，萧红急忙离开这个是非之地。婆子一把拉住她，要她留下一件衣裳作为住宿费。她赶紧把单衫脱了下来。但是穿鞋的时候，却发现自己的套鞋不见了。问婆子，婆子说是昨夜那小女孩把鞋子偷去卖了，钱自然归她了。

萧红夺门而出。没有了套鞋，她只能穿夏天的凉鞋了。走在冰天雪地里，那份刺骨的寒冷可想而知。

此时的萧红，身上能卖的东西全卖了，只剩得一件夹袍、一条绒裤和一双夏天穿的凉鞋。想来想去，她只有向自己的堂妹求助。她有两个堂妹，在东特第二女子中学上学。萧红找到那里，她的一身穿着惊呆了俩堂妹。尤其令她们难以置信的是萧红脚上那双凉鞋。她们俩决定把萧红安顿下来，她们拿出了自己多余的被褥，并且征得学校的许可，让萧红进入高中一年级学习。但是当这一切都安排妥当的时候，俩姐妹忽然发现，萧红不见了!

原来，经历了流浪生活的萧红，痛定思痛，认识到了物质的重要性。因此，她去找了王恩甲。但这并不意味着她胸中的自由之火已经熄灭。萧红是个聪明的女子，她打的是迂回战术。她不会让先前的反抗都白费，先前所吃的苦都白吃，再次钻回牢笼只是暂时的妥协和让步，目的是更有效地实现自由。

因为，倘若没有物质保障，那无论去哪里，都是牢笼，都不可能获得自由。所以她决定暂时受一时之委屈，换长久之自由。她跟王恩甲进行了一番谈判，她的条件是，王恩甲在经济上支持她去北京读书，或者跟她一起去北京读书，如此她就会答应两人同居。

王恩甲不假思索地答应了下来。

事实上，王恩甲这个花花公子，从开始就没打算兑现诺言。他只想得到萧红的身体。因而萧红提出要去北京的时候，王恩甲都找借口推脱。于是，萧红再次使出了自己的压箱底本领：出走。

1931 年 2 月接近尾声的时候，身在北平的李洁吾接到陆振舜的电报，说是萧红已经坐上了去北平的火车，让他去车站相接。李洁吾估算了一下列车到达的时间，匆匆赶往车站，结果没有接到，然后他就直接去了二龙坑。到了那里，房东耿妈告诉他，萧红的确是已经回来了，但是放下行李就去学校了。李洁吾又赶往学校，果然看见萧红坐在宿舍里等着他。

这一次，萧红的变化非常大，李洁吾差点没认出她来。她穿着一件貉绒领、蓝绿华达呢面、狸子皮里的皮大衣，跟之前的寒酸样相比，判若两人，简直像是一个阔小姐了。她还给李洁吾带了礼物，是一瓶白兰地酒和一盒马蹄莲花。两人都很高兴，长谈阔别后发生的事情。

然而第二天，萧红就病倒了。

李洁吾就经常来萧红的住处照顾她，有一次，李洁吾正在和萧红闲谈，忽然听到有敲门声。接着房东耿妈进来了，说外面有人找萧红。

萧红起身走出去，不料刚到门前，那人便闯了进来。萧红看着他，一脸惊愕。那人直走进房间，一屁股坐在椅子上，阴沉着脸，一句话也不说。李洁吾看到这副情形，完全不知道是怎么回事，真是“丈二和尚——摸不着头脑”。萧红站在那人的椅子背后，冲李洁吾吐了吐舌头，做个怪相，介绍道，这是王先生。

李洁吾对着那人礼貌地点了点头，然后自我介绍说是萧红表兄的同学，听说萧红来了，就过来看看。那人仍然不吱声。屋里沉寂了一会儿。那人从口袋里掏出一摞银元，在手里摆弄起来。银元相互撞击的清脆声叮当叮当地回荡在屋子里，使李洁吾觉得非常尴尬。于是他就起身告辞了。

李洁吾后来一连几次来找萧红，门都紧锁着，房东耿妈告诉她，萧红跟着那个男人一块儿出去了，那人是她的未婚夫。

再后来，萧红又回到了哈尔滨。

萧红这次的退让，完全是一着臭棋。王恩甲对她的关心，让她有了被爱的感觉。何况她自己也有些愧疚，因为当初毕竟是她先毁婚约的。而且王恩甲又是玩弄感情的高手，他把自己打造成一个痴心汉子，多次在萧红耳边诉说自己被抛弃的苦衷，使得萧红同情心涨。再加上青年男女之间的欢爱，也让萧红一度觉得所谓的自由并不是那么的重要。

于是，在哈尔滨的一家名为“东兴旅馆”里，她和王恩甲同居了。这家老板跟王恩甲的父亲关系很好，王恩甲以前就经常在这里过夜，因此这次两人的住宿费都是赊的，王恩甲有时候还向老板借钱，因此累计起来，欠款高达600多元。这对于两个没有经济来源的年轻人来说，无疑是一笔巨债。

令他们感到雪上加霜的是，萧红怀孕了。他们根本不知道将来能怎样，怎么把这个孩子生下来，以及怎么把他抚养大。王恩甲身为一个男人，不去想办法筹钱，却只知道零星地落几滴泪，掩饰自己的无能，换取萧红的同情。随着萧红的肚子渐渐变大，她不能再外出了。旅馆成了一个新的隔绝外界的地方，就像是以前的黑暗小木屋，高高的围墙。她只好订了一份《国际协报》，每天靠这个了解世界。在郁闷中，萧红学会了抽烟，甚至开始吸食鸦片。

香烟，是很多人爱不释手的必需品。反对它的人，说它危害健康。支持它的人，说它能提神。英国有位作家曾经如此赞扬香烟的妙处：“它是孤独者的伴侣，单身汉的密友，饥饿者的食粮，悲伤者的解药，失眠者的睡眠，挨冻者的火炉。”而对于萧红来说，香烟是一支兴奋剂。在她孤苦无依的时候，香烟能够给她增加勇气，用以抵抗对于未知未来的恐惧。萧红自学会吸烟之后，就没丢掉过，一直到死，她都不曾放下手里的烟卷。

然而，这并没有解除她的困扰。相反的是，她的困境变得更糟糕了。导致她怀孕的王恩甲，终于露出了他的丑恶嘴脸。他对萧红撒谎说回家拿钱来还账，结果一去不复返，留下萧红一个人在小旅馆里。

王恩甲走后，旅馆的老板就把萧红从房间里赶到楼顶一个杂物间里，也不再给她供应饮食。身边没有一个熟人，萧红只好大着肚子，自己去街上买饼吃。旅馆的旅客和街上的行人看她的大肚子，都投以蔑视的、怜悯的目光。萧红每次都是匆匆买好食物，就迅速回到杂物间，掩上房门。

身上的钱所剩无几，能买到的食物除了饼就是面包，那点可怜的营养，根本不足以应付肚子里的胎儿。她整日幻想着王恩甲能够带着钱回来，可终究还是失望了。她知道，目前自己这副模样，未婚先孕，比逃婚私奔都要丢脸，家里人是绝对不会让她进门的。其他亲友就更不用说，况且自己也早已跟他们切断了联系。

而老板也不能再忍受她在这里白住了。他已经放出话来，再不凑钱还债，他就要把她卖到妓院去。

萧红惶恐无限，她可不想大着肚子到妓院，更不想把自己人生中第一个孩子生在那种地方。在最无助的时候，她忽然看到手里那份《国际协报》文艺副刊上的一个专栏里，有一个“老裴语”。这位老裴先生，是《国际协报》文艺副刊的主编。萧红就想，何不写信向他求助？

于是，萧红给老裴写了一封信。信里面详细叙述了自己身为孕妇，因为欠债被困在东兴旅馆的惨状，希望报界能帮她脱离困境。或许是萧红太心急了，写求助信居然用上了威胁的语气，说“我们都是中国人”，若是不帮，就怎样怎样的。老裴收到信之后，哭笑不得，哪有这样求助的？不过他并不生气，在他看来，这个女子一定是个奇女子，而且信的文字颇有功底，也是个有学养的，值得一救。

于是老裴就喊上朋友一起，到东兴旅馆采访了萧红。聊过之后，老裴对旅馆老板说，不许再虐待萧红，萧红在这里的花费开支一应由他来支付。老板看他们是报馆里来的人，也有些害怕，就不再监视萧红。

老裴回去后，就召集了圈子里一些熟悉的作者，向大家说明了萧红的情况，寻求大家的帮助。由于这些作者都是卖文为生的，生活都不宽裕，所以筹划来筹划去，也没凑出多少钱来。当时到场的还有一个人，叫刘鸿霖，也就是后来的著名抗日文学作家萧军。萧军当时穷得叮当响，浑身上下没一分钱。他说，我一无所有，头发几个月没剪了，要是这头发能卖钱，我就连根拔去，换钱帮助萧红。

众人听了，都哈哈大笑。

萧军是辽宁人，出生不久，他母亲就吞鸦片自杀了，他就跟着父亲四处流浪。他的亲友很多都是绿林人物，说得通俗点就是土匪，干的是杀人越货的勾当。因此萧军长大后，也过着军旅生活。他组织了舒兰义勇军抗日，失败后来到了哈尔滨。

萧军虽是军人出身，但对文学颇感兴趣。他经常写一些散文和诗词之类的，往报社里投稿，因此结识了老裴，成为老裴的朋友。老裴看他无处着落，就留他在家里吃住。他也帮着老裴做些编报的工作。

对于这次救助萧红的事情，萧军表现得并不热心。因为他自顾不暇，寄人篱下，哪有心思去帮别人。但是大家都在出力，他作壁上观，也不好看。于是，有一次，萧红写信给老裴，说自己闷得无聊，想借几本文艺书看，萧军便毛遂自荐，去给萧红送书了。

他没想到的是，这一去，送出了几本书，却收获了一份爱情。可谓是此行不虚。

“小小红军”

萧军按照老裴给出的地址，七拐八拐地找到了东兴旅馆。在茶房的引领下，他站在了萧红的房门前。

敲了几下门，门开了。是一个圆脸的女人，头发散落在肩膀上，大着肚子。

“你找谁?”女人问道。

“张迺莹。”萧军说。

那女人便拉开了电灯，放萧军进去了。

房内的陈设极为简单，一把椅子，一张双人床。空气里有股发霉的味道。萧军就在椅子上坐下，打量着屋子的四周。

萧军带来书的同时，还带来了老裴写给萧红的信。萧红读完信后，惊奇地叫了起来，“原来你就是三郎先生！”

说着，她扯过一张旧报纸，上面有一篇萧军的连载短篇小说《孤雏》，署名是三郎。老裴就在信里提到这个事，说给她送信的便是这位三郎。

萧军不好意思地说，是我。

由于书已经送到，信也送到，萧军就不打算做任何停留，他站起身就准备走。

萧红成天一个人在屋里，本就觉得孤独，现在好不容易来了个人，没待上两分钟就要走，心里就有点失落。于是就挽留道：“我们谈一谈，好吗？”

萧军一愣神，然后说，好吧。他并没有想过自己要和这个孕妇聊什么。

然后两人便开始了长谈。基本上就是萧红说，萧军听。萧红把自己一路走来的辛酸历程全部向萧军倾诉了。萧军静静地听完，然后顺手拿起旁边床上的几张信纸。上面有一首诗，短短的几句，却有很隽永的意味：

去年的五月，

正是我在北平吃青杏的时节，

今年的五月，

我生活的痛苦，

真是有如青杏般的滋味！

萧军看了，禁不住呆了。这一首诗，一下子让这屋子亮堂起来了，也让他眼前的这个女人散发出光彩来了。在这一瞬间，他觉得她是世上最美的女人。他抬头看了看萧红，觉得自己是在仰视这世界最高贵最晶莹的灵魂。他感觉，自己的胸口被爱神丘比特的神箭给射中了。

他站起身，看着自己身上褪色的学生装，打着补丁的裤子，裂着大口子的皮鞋，不禁为自己的形象感到不好意思。但是他很快又平复了，因为萧红的衣着打扮并不比他好到哪里去。

他看到桌上有半碗高粱米饭，就发问道，这就是你的饭吗？

萧红木然地点点头。

萧军顿时为自己女神的遭遇感到悲凉，他低下头，在自己的口袋里找了半天，最终找到了五角钱，放在了桌子上，说，买点什么吃的吧。然后匆匆而别。

没了路费，萧军便步行回到了老裴家。在路上，他不断地谋划着，怎么来拯救萧红。

第二天晚上，萧军急不可待地再次来到东兴旅馆。两次长谈，让他彻底坠入爱河。他疯狂地迷恋上了萧红。他跟萧红热烈地相拥，激吻，做了恋人该做的一切事。萧红此时已经经历了两个男人，头脑也清醒了很多，她并不认为目前的处境是恋爱的时机。但是，她很快就被萧军的爱给击倒了。她一度绝望的内心开始在希望中复苏，她确信眼前这个男人可以给她带来青春的力量。因此，她热烈地回应着，把萧军称作她的“初恋”，即使萧军告诉她自己已经有妻子，她也毫不在意了。于她而言，只要有人爱她，而她也爱那人，就行了。世俗的种种，她都不愿去理会。

然而，被人爱又能如何？她还大着肚子，房费依然没有还上，吃喝穿依旧很粗劣，住的还像是个笼子。就是这个爱人，也不能天天来，而且又因为他们相爱的缘故，报社的人为了避嫌，也不再来了。寂寞和饥饿，日复一日地蚕食着她的内心。

正当萧红百般无聊的时候，松花江发了大水，哈尔滨市区被淹了。旅馆一楼的房客都跑了个精光，外面乱成一团，到处都是呼喊声，哭号声，人们都在寻找船只离开。而在这危急时刻，房东还不忘来催缴房费，萧红一个铜板也拿不出，房东也不能怎样。好在他为了逃命，自顾不暇，就带着家小走了。萧红看着窗外的洪水，震骇不已，水面已经漫过二楼，很快就到了她住的顶层了。她想到了萧军，萧军怎么不来接她呢？难道她就在这儿等死不成?

事实上，此时的萧军也在心急火燎。他满屋子地找东西，想要当一点钱，去租个小船把萧红接过来。可是找来找去，就找到了一件制服，等他跑到当铺的时候，发现当铺也关了门了。他气得解下皮带往自己的身上抽了几下。幸运的是，萧红在窗口看到了一个运柴的船，就大声呼救，最终算是得救了。

运柴船把她放到安全地带，她按着萧军给她的老裴家地址，走了过去。

于是，老裴家又多了一个吃饭的。俗话说：“人无千日好，花无百日红。”裴家已经够朋友了，让萧军住了那么久，现在又多了一个孕妇。偶然间表现出不满情绪是很正常的。为了减少摩擦，萧红和萧军就尽量不待在屋里，白天一直在大街上游荡，到了吃饭和睡觉的时候才回去。萧红觉得，他们俩就像是被主人收留的两条野狗一样。

然而，即便是这样小心，还是惹到了老裴太太。裴太太嫌他们俩成天在外面乱逛，名分也没有，萧红又大着肚子，街坊邻居都对他们指指点点。于是就对萧红说：“你们不要在街上走，在家里可以随便，街上的人多，很不好看呢！人家讲究起来很不好呢！你们不知道吗？在这街上我们认识许多朋友，谁都知道你们是住在我家的，假如不住在我家，好看与不好看，我都不管的。”

萧红原话不动地向萧军复述了一遍，萧军生气道，难道穷人不许恋爱?

两人只好躲到公园里去。

没过多久，裴馨园一家又搬了出去，老裴的岳母住了进来。

如此，又隔了一层关系，萧红和萧军更不受待见了。

更糟糕的是，萧红的产期快到了。她的肚子时不时地就会疼，发作的时候，她在泥炕上滚来滚去。等到临产时，萧军却拿不出一分钱做住院费。他情急之下，使出自己的大兵脾气，强行打开产妇房，不通过医生，就把萧红送了进去。医生没法，只得给萧红接生，于是她诞下一名女婴。

当护士把婴儿的小床推到萧红面前时，萧红神经质地大叫道："不要！我不要！"

几天后，她就把婴儿送给了一个前来领养的长衫妇女。

并不是萧红绝情，而是她知道，自己没有做母亲的能力。孩子跟着她，只能受罪。

一个星期过去了，医院的产妇都陆续出院了。而萧红却因为体质太差，身体不能恢复，而继续住在产房里。院长对她说，住院费不用交了，但你得赶快搬出去。萧红也不能忍受医务人员对她的歧视，她就催促萧军把她带走。

但萧军却说，出去能到哪里去呢，外面也没有住的地方。你不如在这里休养，他们供应牛奶和面包，你吃不完的话，还可以给我留一点儿……

萧红听后，只有无奈地叹息。

有一天，萧红问萧军，我一直不搬，他们肯定又催你交住院费了吧？

萧军说，我进门的时候他们就要过了。

萧红说，你怎么说？

萧军说，我说只要你好了，钱我自然会给他们。

萧红问，哪来的钱？

萧军顿了一下，说，总会有办法。大不了就把我送牢里去，关上两个月，就能抵债了。

萧军的这番话，让萧红记了一辈子。她从心底感激这个男人，在她人生最艰难的时候，与她共渡难关。这也是他俩日后产生纠纷时，萧军数次伤害她，以至于她离家出走，却最终还不忍割舍这份感情的原因。

又过了几天，萧红又得了重病，医院推三脱四不肯医治，萧军便冲那些医生吼道，如果今天你们不医好她，她要是从此死去，我就杀了你们全家，杀你们院长全家，杀光全医院的所有人！

大夫被他吓懵了，回过神后赶紧给萧红打针，萧红这才好转起来。

萧红出院后，两人刚回到老裴家，就与新主人大闹了一场，于是萧军带着萧红搬了出去，在一个欧罗巴旅馆住了一段时间。由于没有固定收入，两人生活十分困苦。其后，辗转来到上海，并有幸结识了鲁迅。鲁迅是爱好提携后进青年的，早在杂志刊物上就知道他们俩的名字，因此不仅在创作上给他们指点，生活上给他们帮助，还特意在梁园豫菜馆请客，把萧红、萧军介绍给茅盾、聂绀弩、胡风等左翼作家。这些人在日后都成为萧红的朋友，对萧红的人生产生了一定的影响。

1933 年，萧红和萧军合著小说散文集《跋涉》，自费出版。《跋涉》的出版在东北引起了轰动，在受到读者的好评的同时，也引起了日本特务机关的注意，两人为免遭迫害，在中共地下党的安排下逃到山东青岛。随后，两人在青岛的青山碧海中生活了一段时间。萧红终于有了安定的生活，在这里，她创作了《生死场》，并度过了人生中最幸福的一段时光。虽然它只有短短的一年。

《生死场》问世后对社会造成了很大的影响，萧红凭此一举奠定了自己在文坛的地位。

1936 年 6 月 15 日，萧红和鲁迅、茅盾、巴金等 67 位作家联合签名《中国文艺工作者宣言》，号召文艺工作者创作有利于抗战的文艺作品，反对内战。

萧红的活跃，给她与萧军的感情带来了麻烦。因为萧军是个大男子主义的人，他认为，萧红虽有才华，但只是自己的陪衬，并不足以与自己相比。当越来越多的人认为萧红的文学才能胜过萧军时，萧军就受不了了。他开始故意找碴，跟萧红吵架。二人的矛盾越来越尖锐。

萧红为求解脱，只好远赴日本。

不甘身先死

1936年10月19日，鲁迅先生逝世。萧红身在日本，得知消息之后，悲痛不已，连忙写信给萧军，寄托哀思。1937年1月，萧红回国后，立即就去了上海万国公墓拜谒鲁迅的墓。

1937年7月7日，爆发了卢沟桥事变，抗日战争全面打响。萧红和萧军跟着上海的文化人撤到武汉。在这里，聚集了全国各地流亡来的青年作家。其中东北籍青年作家端木蕻良因为和萧红萧军同是东北人，因此关系很快熟稔，成了好朋友。

1938年1月，萧红、萧军、聂绀弩、艾青、端木蕻良等左翼作家应民族大学副校长李公朴之邀，离开武汉，到山西民族大学任教。后来由于形势紧张，又撤到了西安。在这期间，萧红和萧军正式分手，而和端木蕻良住在一起。萧红和萧军这两个名字，本来是取“小小红军”的意思，但在萧军奔赴延安的时候，萧红却和端木蕻良一起回到武汉结婚了。

这年年底，萧红生下一个孩子，结果孩子没能保住，夭折了。

1939年，萧红回到重庆，在文艺界的邀请下写了几篇纪念鲁迅的文章。有《记我们的导师》《记忆中的鲁迅先生》《鲁迅先生生活散记》《鲁迅先生生活忆略》等。

1940年，萧红跟着端木蕻良来到香港，住在九龙尖沙咀。这一年里，萧红创作了她的长篇小说《呼兰河传》。这部小说一反之前风格，脱离了从前的左翼思想，而转向了文艺性，被认为是萧红一生最重要的作品。她在审美意识上沟通了传统文学和现代文学，创造出了中国现代小说的散文化文体。虽然因为政治倾向因素遭到了左翼人士的批评，但是在艺术上获得了巨大成功。萧红以她半生的凄惨命运为蓝本，深情地回忆和歌颂了自己的故乡，使读者看了深受感动。《呼兰河传》在艺术上的成功说明了好的艺术不仅要有政治思想的灌注和技巧的锤炼，还要有生命的投入和最真实的感情。

1941年，美国作家史沫特莱从中国回国，途经香港，去看望了萧红。她看萧红的身体状况很差，就建议萧红去玛丽医院做个全面检查。结果一下子就检查出了肺结核。于是萧红开始住院，接受西方先进医疗手段——打空气针。由于萧红觉得在医院里受到了歧视，所以接受治疗没多久，就出院了。

1942年1月12日，日军占领香港。萧红病情加重，被送入香港跑马地养和医院。结果不幸的事情发生了，一名庸医对她诊断时误诊为喉部问题，就给喉管做了手术，导致萧红不能饮食，本来体质就弱的她，这下更弱了。1月15日，端木蕻良将萧红再次转入玛丽医院，经过医治，精神好转了一些，能够看书写字了。在一张纸上，她写下了犹如遗言一般的文字：

半生尽遭白眼冷遇，身先死，不甘，不甘。

大概她也知道自己已经病入膏肓，将不久于人世了吧。

1 月 21 日，日军接管玛丽医院，萧红又被送进红十字会设立的临时医院，未及安顿好，第二日便与世长辞，带着寂寞的灵魂离开了这个给她带来无数动荡日子的世界。年仅 31 岁。

她这一生，似乎一直都在漂泊，也似乎一直都在跟男人纠缠。她的父亲张选三，她的男人陆振舜、王恩甲、萧军、端木蕻良，都曾在她的生命中烙下印记。她一边靠着男人去争取自由，一边又因为男人而不得自由。在临终前，萧红总算看清了命运的面孔，找到了困顿自己一生的枷锁：

我一生最大的痛苦与不幸，都是因为我是一个女人。

秋　瑾

秋风秋雨愁煞人

1907年7月15日凌晨，晨星寥寥，黎明尚未到来，只是在东边的天际，仿佛有几缕微光在挣扎，似乎要逃脱黑暗的束缚。绍兴城轩亭口的青石板路上，突然传来一阵沉闷的脚步声。人们打着灯笼，循声望去，正是那个轰动已久的女囚犯——秋瑾。听说她造了朝廷的反，被朝廷抓了，现在要砍头示众。

秋瑾昂首挺胸，轻蔑地斜视着身边的刽子手，又扫视了一下周围看热闹的人群。

时辰已到，斩！监斩官一声大喝。

秋瑾扭头看了看天边的微光，嘴角露出一丝笑容，然后引颈受戮，从容就义。

鲜血溅出以后，立马冲上来几个人，手里拿着白馒头，慌忙去蘸秋瑾的血。据说这人血馒头是可以治痨病的良药，可以卖很高的价钱。

既已被斩首，看热闹的人们就再没热闹可看，人群开始散去，只留下一片狼藉和寂寞无声的街道。

仅仅四年后，武昌就爆发了辛亥革命，革命党人以摧枯拉朽之势推翻了清王朝的腐朽统治，建立了民国，迎来了黎明。黎明终究会来，先驱的血终究没有白流。

老大嫁作商人妇

秋瑾，字璇卿，别号竞雄，又称鉴湖女侠，浙江绍兴人，1875年11月8日生于福建省云霄县城紫阳书院。秋家虽不是显贵之家，但也算得上是书香门第。本来是在绍兴世代务农的，但自秋瑾的高祖父中了举人之后，历代都以读书考功名为正业。从耕读传家到世宦之家，读书给这个家庭带来了很大的好处。因此对于孩子们的教育问题，秋家一向很重视。家里办着私塾，无论男孩女孩，都会教之读书。秋瑾5岁的时候就进了私塾，她天资聪颖，记性很好。在长辈们的熏陶下，秋瑾自小就爱看书，很快通晓诗书，且能写得一手好字，偶尔，还会作几首诗。

15岁那年，秋瑾的祖父从官位上退休。秋瑾跟着家人回到了绍兴老家去陪伴祖父。闲居在家的日子是很无聊的，正值豆蔻年华的秋瑾就不时地跑到外面去游山玩水。吴越之地，山水秀丽，一下子就触动了秋瑾的少女情怀。对着故乡的山水，秋瑾写下了不少诗词。

绍兴老家的舅舅一家都是习武之人。跟着学习武术，每天舞刀弄剑，骑马射箭，非常辛苦，但她却不以为苦，反以为乐。于是，在短短的几年里，秋瑾的文墨诗词水平渐长，武术大有精进，成了一名文武双全、刚柔并济、书卷气兼有侠气的美少女。

1894 年，秋瑾的父亲秋寿南在湘潭县任督销总办，偶然间认识了曾国藩的长孙曾重伯。在曾重伯的介绍下，又认识了双峰县“义源当铺”的老板王黻臣。考虑到王家是做当铺生意的，也是大户人家，秋寿南就不失时机地找来媒人，把自己的女儿秋瑾，许配给王黻臣的四公子王廷钧。

照外人看来，这桩婚姻门当户对，郎才女貌，可谓是绝配。但是身在其中的秋瑾却是大为苦恼，且有苦而说不出。因为她一点儿都不喜欢传统妇女的生活，每天幽居深闺，大门不出，二门不迈，既不能工作，又不能抛头露面，只能靠着手头上的刺绣打发日子。虽然这种生活方式在中国已经有将近两千年的传统，几乎每一个女子都已经习惯这样，但对于性格张扬外放的秋瑾而言，这种生活无异于坐牢。她向往的是外面的社会，是国家大事，而不是闺阁中的琐事，不是家长里短，她想像个男人一样在外面闯荡。

但是，挡在她前面的，是实行了几千年的旧制度，是被人们口口相传无数代的“三从四德”“女子无才便是德”“夫为妻纲”。这些陈腐的伦理体系像一座大山一样，矗立在她面前，成为她难以逾越的障碍。无奈之下，她只好跟同样郁闷的当地女子唐群英、葛健豪往来，三人经常在一起饮酒赋诗、下棋谈心，借以抒发胸中怨气。“重重地网与天罗，幽闲深闺莫奈何。”在那些日子里，秋瑾几度恨自己是女儿身，不能像个男人一样出去闯荡，建功立业。

丈夫王廷钧，也是让秋瑾不满意的因素之一。王廷钧是商贾出身，素无大志，一心只想考个功名，由商变官，走上仕途之路。但是他的书读得不好，“读书善悟，不耐吟诵”“作文写大意，不喜锤炼”，也就是说，这位公子哥是个“好读书，不求甚解”的人物，而且不爱背诵。在科举制度下，熟记四书五经是每一个学子必须完成的任务，不爱背书，当然就被挡在龙门之外。而王廷钧本人又性子急，去应童子试，两次未中，回家就把教科书给扔了。指天骂地，愤愤然不再考试。但他还并不死心，而是积极奔走，找门路拿银子买官做，想靠捐班走上仕途。

在文武双全的秋瑾看来，这个面容白皙的翩翩公子，实在是个无用且无味的人。除了家里有点钱之外，谈不上有什么长处。嫁作“商人妇”，看似光鲜，实则没一点趣味。无奈的秋瑾，忍不住发出“可怜谢道韫，不嫁鲍参军”的哀叹。

漆室空怀忧国恨

1897 年，在经过三年郁郁不乐的婚姻生活后，秋瑾生下了她的第一个孩子，王沅德。

虽说生了孩子，但是秋瑾的心却始终不能安定下来。她不想老老实实地做一个富家少奶奶，还是想着出去闯荡，见大世面，干大事业。于是，她就不断地鼓动丈夫出远门。因缘凑巧，向来就想当官的王廷钧终于捐班成功，花了一万两银子，买到了北京的一个户部主事。于是，在 1899 年，秋瑾如愿以偿，带着孩子，随同丈夫王廷钧、婆婆屈氏来到向往已久的几千里外的天子脚下——北京。

此时的北京城，人心不安，满城风雨，局势颇为动荡。在刚刚过去的一年里，这里发生了震惊中外的“戊戌变法”，以慈禧为首的顽固派血腥镇压维新派，“戊戌六君子”喋血菜市口。各种新思想新潮流迅速涌入京城，民主、自由、科学、公平等字眼充斥报端。

同年，由于山东教会和百姓之间的矛盾激化，义和拳运动爆发。慈禧同时对英、法、美、德、日、意、奥等 11 国宣战。

于是，八国联军出动，很快，北京陷落，慈禧慌忙带着光绪帝逃往西安。

对于刚到北京任职的王廷钧来说，庚子事变自然不是什么好事。因为这几乎毁了他的仕途。他不得不带着母亲妻小逃回湖南老家。就私心而论，纵然清政府再腐败，他也不愿意它倒台。因为他还要当官呢。一旦清政府垮了，他的一万两白银就打水漂了。就公心而论，作为华夏子孙的一分子，被洋人欺负到这等田地，心里当然也不会痛快。

对于秋瑾来说，这次北京之行让她大开眼界。她不仅接触了形形色色的爱国志士，各种新的思想风潮，也深入了解了满清王朝的腐败不堪，义和团的愚昧无知，当然，也目睹了八国联军侵入北京之后的烧杀抢掠等暴行。这些惨痛的现状，无时无刻不在刺激她那原本就不安分的心，让她心潮澎湃，恨不得立即就冲破牢笼，投身到改变现状振兴民族的事业当中。但是那时的她，经济不能独立，行动不得自由，自救尚且来不及，何谈救国救民？她不得不继续跟着丈夫一起，过着传统少奶奶的日子。早晚两次向婆婆问安，午间奉茶。闲来无事就带带孩子、做做女红。

这样无聊的日子又过了一年，1901 年的 10 月 7 日，秋瑾生下了一个女儿，取名为王灿芝。女儿的出生使她稍微感到一些快乐，但刚坐完月子，就传来了噩耗，她的父亲秋寿南病故了。短短两个月，秋瑾一得一失，一悲一喜。而这使她深深地意识到，时光如水，人生苦短，岁月是不等人的。

对着前来庆贺她生女的亲友们，秋瑾朗诵了一首自己写的《杞人忧》：幽风烟火几时休，闻道中洋战未休。膝室空怀忧国恨，谁将巾帼易兜鍪。

经此一番感悟，秋瑾遂下定了要出去闯荡的决心。

女扮男装看戏

庚子事变后，被赶出皇宫的慈禧见识到了洋人的厉害，她再次任命李鸿章为外交大使，全权负责跟西方列强谈判。李鸿章为了减少国家的损失，也不得不强打起精神来跟洋人斡旋。谈判的结果就是签订了《辛丑条约》，赔款白银 4.5 亿两以及一大堆不平等的附加条件。这份条约的赔款数额如此巨大，使得当时的中国雪上加霜，本就饱受剥削和压迫的劳动人民身上的担子更加沉重了。但是，慈禧为了继续她的统治，毫不在意什么丧权辱国，反而对列强感激不已，感谢他们允许她回宫继续执政。为此，她还大言不惭地说要“量中华之物力，结与国之欢心”。

在西方各国列强的驻华公使及其夫人们面前，慈禧数次“哽咽抽泣”，表示自己的忏悔。

1903 年春天，北京的局势渐渐平稳下来，王廷钧进京复职，秋瑾跟着丈大再次来京。

《辛丑条约》给中国带来了沉重的灾难，尤其是所签订的 4.5

亿两巨额赔款，以关税、常关税和盐税做抵押，分 39 年还清，本利一共高达 9.8 亿两。而清政府每年的税收仅够偿还旧债，为了筹措赔款，清政府就摊派各省，从而加大田赋、丁漕、粮捐、契税、当税、盐斤加价、关税、厘金、统税等各种苛捐杂税的征收额度，用尽各种办法盘剥底层劳动人民。这一下直接把中国社会逼进了半殖民地半封建社会，也让人们彻底看清了清政府的卖国本质。于是，无数仁人志士奋不顾身，登高而呼，纷纷起来宣扬反清思想，主张排满，用革命手段将清政府赶下台。其中邹容的《革命军》、章炳麟的《驳康有为论革命书》和陈天华的《警世钟》《猛回头》等宣传册子，在北京城广为流传。人们受到革命思想的鼓动，一时间反清情绪高涨。

在这种大形势下，每个人都免不了受到影响，只不过有的人受到的影响多，有的人少，而有的人主动去接受这种影响，有的人被动影响。秋瑾自回到北京之后，就主动地接受新思想，她大量阅读各种出版物，并与一些新女性交往。经过学习和交流，再结合自己这几年的亲身经历和所见所闻，秋瑾的思想发生了质的飞跃。她意识到男女之间必须平等，男尊女卑是落后的封建思想，女人也可以到社会上干一番事业，但前提是要有人身自由，要能独立。而要想冲破这些束缚，就必须跟那些“三从四德”之类的条条框框做斗争，要革命，决不能妥协！

想通这些事情以后，开始跟丈夫王廷钧发生冲突。每当秋瑾向丈夫透露自己的革命理想时，就会遭到王廷钧的呵斥：这是男人们的事情，你休要乱想！

秋瑾劝王廷钧好好读书，说天下兴亡，匹夫有责，要为国家前途命运着想。

但王廷钧不屑地说，朝廷只会割地赔款，眼里哪有我们这些匹夫。朝廷都不努力，我们费个什么劲儿?

还有一次，两人谈到谭嗣同。秋瑾极力赞扬谭嗣同舍生取义，视死如归，是中华儿女的楷模，是一位伟大的维新志士。但王廷钧却认为谭嗣同就是一个乱党分子、士林败类。

王廷钧思想十分守旧，满脑子都是男尊女卑夫为妻纲的传统思想。他整天在外面花天酒地，跟一众官僚应酬，甚至夜不归宿，却不许秋瑾出大门一步。1903 年的中秋节，王廷钧让秋瑾准备一桌菜肴晚上招待客人，可是到了晚上，王廷钧却被人拉走喝酒去了。中秋圆月夜，只留下秋瑾一人孤身看月，空对着一桌子饭菜。想到两人间的分歧，看着自己忙活一下午的工夫白白浪费，秋瑾怒不可遏，终于爆发了。她毅然换上一身男装，带着一个仆人去戏园子里看戏。这在当时是不可思议的事。因为旧社会的女性不能出去抛头露面，更何况秋瑾还是京官的夫人。

等看完戏回家的时候，已是午夜时分，正好王廷钧也喝酒归来，醉醺醺的。当他得知秋瑾居然去看戏，当时就怒不可遏，动手打了秋瑾。秋瑾有武艺在身，若是认真起来，王廷钧根本不是对手。但念在昔日恩情和儿女的情分上，就忍住了。随后，她收拾行李，住进了一家客栈。

秋瑾离家出走之后，王廷钧焦躁不安。首先，作为京官，没有管好自己的妻子，导致自己的妻子离家出走，不是什么光彩事；其次是一双儿女整天缠着他要母亲，让他不得安生。碍于面子，他就请人找来秋瑾的好友、同是新女性的吴芝瑛前去劝解，又派家里的仆妇去客栈请求秋瑾回家。念在一双儿女的份上，秋瑾最后还是回了家，但是在内心里却决定跟丈夫彻底决裂。家这个牢笼也很难再困住她，她不再遵守丈夫的规定，多次外出，有时还会借住在吴芝瑛的家里，一住就是好几天。

万里乘风独向东

秋瑾的这个好友吴芝瑛，也出自名门。她比秋瑾大7岁，是安徽桐城人，是著名的“桐城派”学者吴汝纶的侄女。

吴芝瑛和秋瑾一样，自小就受到很好的教育，工诗词，写得一手好字，且为人正直，富有爱国心，除了不会武功以外，其他方面的品质几乎跟秋瑾一模一样。随着交往的频繁，两人情谊与日俱增，在1904年2月22日，两人义结金兰，交换兰谱，结拜为异姓姊妹。从那时起，秋瑾换上男装，不再穿女服。

在吴芝瑛家里，秋瑾还认识了一个新朋友，是一个日本女人——服部繁子。服部繁子的丈夫叫服部，是一个博士，当时在京师大学堂任教员。服部繁子谈吐不俗，言行高雅，是在日本受过教育的女子。这个时候秋瑾才知道，原来日本有女子学校，在学校里可以学到许多西方的先进文化知识，而且最重要的是，学校里女子享受的权利和待遇跟男子是平等的。秋瑾听了之后，顿时萌生了去日本留学的念头。

秋瑾就把这个想法告诉了吴芝瑛。

吴芝瑛说，去留学当然好，但是你丈夫肯定会反对。因为你的儿女尚且年幼。再说，一个女子单身出洋也有诸多不便之处。

不过，秋瑾说，女子想要自立、求学，怎么能仰仗男子？依我之见，想要革命，就得先从家庭开始，先求男女平等。现在日本已经有了女学，几十年后，中国肯定也会有的。但是如果今天没有一个女子敢带头去读书，并且提倡女学，那女子就不会自立，以后也不会有女学。总得有人先去做这个事的。如果我丈夫反对，不给我钱，我就把首饰卖了当路费。至于孩子，可以让他们的祖母来带。

吴芝瑛看到秋瑾的态度如此坚决，就表示支持她。

秋瑾回家之后，就把自己想要去日本留学的想法告诉了丈夫王廷钧。王廷钧一听，当时就目瞪口呆，女人出国上学？千古未闻。等反应过来之后，就极力反对。他先是来文的。好言相劝一番，然后给秋瑾买了不少古玩字画，想要秋瑾沉浸在这些风雅之中，打消出国的念头。但秋瑾不为所动。没办法，王廷钧就来武的。他把秋瑾陪嫁的珠宝首饰全部藏了起来，断了秋瑾的经济来源。但秋瑾把自己佩戴的首饰全部变卖了，又从朋友那里借来一些钱，还是凑够了去日本的路费。

无奈之下，王廷钧使出绝招，他告诉秋瑾，如果你走了，孩子我也不管了，让他们俩饿死吧！将来他们肯定会怨恨你！

秋瑾说，一双儿女我可以带出国，我能养活。

话都说到这份上了，王廷钧再无话可说，也退无可退了，只好同意秋瑾出国。两人协商，儿子留给王廷钧，女儿让秋瑾带走。

1904 年 6 月 28 日，秋瑾回老家向母亲告别。在家里小住几天之后，到了天津，穿一身男装，怀揣一把刀，抱着不满3岁的女儿，从天津塘沽口岸登上日本人租借的德国客船“独立号”，踏上了去日本的留学之路。

在船上，看着茫茫大海，滔滔碧浪，回忆着以前幽闭无聊的日子、乏味的婚姻，憧憬着未来的天地，秋瑾不禁悲喜交加，感慨良久。后来到日本后曾写有一首诗，来表达当时在船上的心情：

日人石井君索和即用原韵

漫云女子不英雄，万里乘风独向东。
诗思一帆海空阔，梦魂三岛月玲珑。
铜驼已陷悲回首，汗马终惭未有功。
如许伤心家国恨，那堪客里度春风。

其中第一句“漫云女子不英雄”最为豪气，颇有花木兰之遗风。

还有一首乐府诗，更是豪气干云：

泛东海歌

登天骑白龙，走山跨猛虎。
叱咤风云生，精神四飞舞。
大人处事当与神物游，
顾彼豚犬诸儿安足伍！
不见项羽酣呼钜鹿战，
刘秀雷震昆阳鼓，
年约二十余，而能兴汉楚；

杀人莫敢当，万世钦英武。
愧我年二七，于世尚无补。
空负时局忧，无策驱胡虏。
所幸在风尘，高气终不腐。
每闻鼓鼙声，心思辄震怒。
其奈势力孤，群才不为助。
因之泛东海，冀得壮士辅。

此等诗，居然是出自一女子之手。

到了日本之后，由于不会说日语，秋瑾先去日语讲习所学习日语。这种讲习所类似于速成班，教外来人迅速学会当地语言，便于生活。第二年，秋瑾转入“清国女子速成师范专修科”，这所学校属于“东京青山实践学校”的一个分校，里面全是中国来的留学生。当时清政府虽然也有一些官派留学生，但是人数极少，大多都是自费留学的。而能够自费留学去日本的，一般都是要学习先进文化以救国救民的热血青年。

当时的日本社会高度发达，明治维新已经进行了几十年，西方的先进思想早已扎根发芽，民主、自由、人权平等之类的理念深入人心。对于来自封闭落后专制国家的清朝留学生来说，这里无疑是一块乐土，是一个崭新的天地。他们纷纷组织社团，建立会盟，办报纸，骂清政府。秋瑾自然也不甘落后，她在努力学习的同时，积极结交革命人士，认识了一大批志同道合的朋友。比如陶成章、徐锡麟、陈天华、鲁迅，等等。这些青年人经常在一起开会，商讨排满大计。

秋瑾为人豪爽，口齿伶俐，非常善于演讲。在宣传革命的诸多方式中，秋瑾最推崇的就是当众演说。她认为，中国的大众，当官的整天迎来送往、吃花酒逛窑子，一门心思巴结大官，根本没空去看报纸；生意人呢，钻到钱眼里，也没那觉悟看报纸。而下层劳动人民，整天为生存奔命，也没那时间去看报，何况一万个人也难找到一个识字的，所以最好的宣传方式就是演讲。因为演讲是随处就可以讲，还不要钱，关键是人人都听得懂。对于宣传革命最为有利。

因此，在日本的留学生们就成立了演说练习会，教学生们演讲，以便学成后将来回国应用。秋瑾讲话抑扬顿挫，条理清晰，最能渲染会场气氛，带动大家的情绪。因此留学生都爱听她演讲。

在投身革命的同时，秋瑾也不忘救济别人。有一次，她遇到了一叫蔡竞的中国女子，被丈夫抛弃了，在日本又人生地不熟的，举步维艰。秋瑾帮她解决了衣食住行等问题，还在回家省亲的时候把她带到自己的老家，送到绍兴的手工学校学习，并且托自己的哥哥照顾她。还有一个小姑娘，父亲在日本病死，举目无亲，秋瑾也在第一时间向她伸出了援手。

湖南人陈范家里有钱，去日本留学时带着两个小妾湘芬和信芳，秋瑾极力劝说湘芬和信芳，让她俩离开陈范，自力更生。后来陈范恬不知耻，为了私利不惜把自己的女儿嫁给广东富商做小妾，秋瑾从中阻挠，才使得陈范恨恨作罢。

为革命赴汤蹈火

秋瑾到日本的第四个月，就参加了以推翻清朝为宗旨的“三合会”。1905年6月，在陶成章和徐锡麟的介绍下，秋瑾加入江浙光复会。当时的革命组织很多，规模较大的还有广东兴中会和湖南华兴会。光复会的主要成员是陶成章、章炳麟、蔡元培、秋瑾等江浙人士；兴中会的主要成员是孙中山、胡汉民、汪精卫等广东人士；华兴会主要是黄兴、宋教仁、陈天华等湖南人士。这些组织都是以老乡团为主，虽然都以反清为革命主张，但毕竟是分散的，各自为政，力量不够集中，不便于跟清政府斗争。在孙中山等人的努力下，兴中会、华兴会和光复会三个组织达成协议，结合在一起，形成一个新的强大的组织——同盟会。

1905年7月30日，由孙中山、黄兴领导的中国同盟会在日本召开预备会议，会议纲领为“驱除鞑虏，恢复中华。创立民国，平均地权”。半个月后，秋瑾又经人介绍，加入同盟会。8月20日，同盟会正式成立，推举孙中山为总理，黄兴为副总理，制定《军政府宣言》，以《民报》为机关刊物，成为全国性的革命组织。

同盟会把总部设在日本，在国内外和南洋华侨那里大力发展成员，在国内南方各省组织了很多次起义，试图推翻清政府。其中1906年萍浏醴起义的规模最大，是太平天国起义之后中国南方进行的最大一次反清武装斗争，也是同盟会成立以来发动的最大规模的起义。此次起义牺牲的义军将士及其家属超过万人。

虽然这些起义都被清政府扑灭，但也给清政府造成了很大的冲击。内外交困的清政府疲于应付这些起义，就利用外交手段，要求日本政府驱逐正在日本进行反清革命活动的留学生。日本政府狼子野心，素来都想侵占中国，并不希望出现一个强大的中国，也不同情和支持中国的革命，因此就颁布了《取缔清国留学生规则》。这个《规则》一经颁布，就在留学生中间掀起了轩然大波。同盟会的主要领导人之一陈天华，愤而跳海自杀。临死前留下一份绝命书，控诉日本政府对留学生的歧视和侮辱，并号召大家继续革命。

陈天华的死给留学生带来了新一轮的冲击。秋瑾一向视陈天华为开启她智慧的老师。在悲愤中她清醒地意识到：在异国他乡宣传革命，效果毕竟有限，还会受到别人的歧视。与其这样，还不如回国去，实实在在、真刀真枪地跟清政府干。

打定了主意之后，秋瑾就去找自己的同乡、朋友，把大家召集在一起，准备相约回国闹革命。留学生们公推秋瑾为召集人，然后在留学生会馆的锦辉馆里召开陈天华追悼会。由于鲁迅也是绍兴人，跟秋瑾是同乡，因此也在邀请之列。但是鲁迅是官派留日学生，对于秋瑾的回国闹革命并不赞成，认为那只会白白牺牲。

1905年年底，秋瑾坐轮船回到祖国。次年年初，回到了久违的家乡。家乡的亲人们看到秋瑾回来，都非常高兴，她自己也是激动不已。在老家休息了一阵子之后，经过陶成章和徐锡麟的介绍，秋瑾来到南浔镇浔溪女校教日语。当时的中国已经有女校，这无疑是一个很大的进步。但是在很多方面，女人都不能跟男人平等。秋瑾在学校里教书的时候，就常在课余时间给学生们讲国外女人们的待遇，宣扬男女平等，主张妇女要解放。学生们都很爱听，围着她很认真地听。当时，秋瑾注意到，每逢她讲这些道理的时候，班里面一个叫吴珉的学生一言不发地坐在角落里，不与众人一起讨论。秋瑾就去问她为何如此。吴珉说，秋先生说得都对，但是我是一个童养媳，连自由都没有，怎么好去解放别人呢？秋瑾一听，二话不说，就带上钱去吴珉所在的大户人家，把吴珉赎了出来。吴珉感念秋瑾的大德，从此跟随秋瑾走上了革命之路。秋瑾死后，吴珉改名为吴惠秋，成了一个彻底的革命者。

秋瑾在女校里大力宣扬妇女解放的做法引起当地守旧势力的反对，他们感觉秋瑾的言行会给当地带来危害，于是就使出下三滥的招数，散布流言蜚语，对秋瑾进行污蔑和攻击。秋瑾一向行事光明磊落，受不了这窝囊气，就离开了学校，不再任职。

之后，秋瑾觉得女子解放迫在眉睫，必须尽快解决，因此想办一份报纸呼吁大众都来关注妇女权益。她辗转来到上海，在北四川路租了一间房子，在那里创办了一份《中国女报》。为了申明报纸的宗旨，秋瑾写了一篇《敬告中国二万万女同胞》发刊词。为了使更多人能够看懂，秋瑾在行文时，几乎完全采用大白话，因此文章风格通俗易懂，很接地气。其内容十分精彩，观点鲜明准确，纵然是多年后的今天，读起来仍觉得振聋发聩，句句切中时弊，点中要旨。

本着奇文共赏的精神，现将此文摘录如下：

唉！世界上最不平的事，就是我们二万万女同胞了。从小生下来，遇着好老子，还说得过；遇着脾气杂冒、不讲情理的，满嘴连说："晦气，又是一个没用的！"恨不得拿起来摔死。总抱着"将来是别人家的人"这句话，冷一眼、白一眼地看待；没到几岁，也不问好歹，就把一双雪白粉嫩的天足脚，用白布缠着，连睡觉的时候，也不许放松一点。到了后来，肉也烂尽了，骨也折断了，不过讨亲戚、朋友、邻居们一声"某人家姑娘脚小"罢了。

这还不说，到了择亲时光，只凭着两个不要脸媒人的话，只要男家有钱有势，不问身家清白，男人的性情好坏、学问高低，就不知不觉应了。到了过门的时候，用一顶红红绿绿的花轿，坐在里面，连气也不能出。到了那边，要是遇着男人虽不怎么样，却还安分，这就算前生有福今生受了。遇着不好的，总不是说"前生作了孽"，就是说"运气不好"。要是说一两句抱怨的话，或是劝了男人几句，反了腔，就打骂俱下；别人听见还要说："不贤惠，不晓得妇道呢！"诸位听听，这不是有冤没处诉么？

还有一桩不公的事：男子死了，女子就要带三年孝，不许两嫁。女子死了，男人只带几根蓝辫线，有嫌难看的，连带也不带；人死还没三天，就出去偷鸡摸狗；七还未尽，新娘子早已进门了。上天生人，男女原没有分别。试问天下没有女人，就生出这些人来么？为什么这样不公道呢？那些男子，天天说"心是公的，待人是要和平的"，又为什么把女子当作非洲的黑奴一样看待，不公不平，直到这步田地呢？

诸位，你要知道天下事靠人是不行的，总要求己为是。当初那些腐儒说什么“男尊女卑”“女子无才便是德”“夫为妻纲”这些胡说，我们女子要是有志气的，就应当号召同志与他反对。陈后主兴了这缠足的例子，我们要是有羞耻的，就应当兴师问罪；即不然，难道他捆着我的腿？我不会不缠的么？男子怕我们有知识、有学问，爬上他们的头，不准我们求学。我们难道不会和他分辩，就应了么？

这总是我们女子自己放弃责任，样样事体一见男子做了，自己就乐得偷懒，图安乐。男子说我没用，我就没用；说我不行，只要保着眼前舒服，就做奴隶也不问了。自己又看看无功受禄，恐怕行不长久，一听见男子喜欢脚小，就急急忙忙把它缠了，使男人看见喜欢，庶可以借此吃白饭。至于不叫我们读书习字，这更是求之不得的，有什么不赞成呢？

诸位想想，天下有享现成福的么？自然是有学问、有见识、出力做事的男人得了权利，我们做他的奴隶了。既做了他的奴隶，怎么不压制呢？自作自受，又怎么怨得人呢？这些事情，提起来，我也觉得难过。诸位想想，总是个中人，亦不必用我细说。

但是从此以后，我还望我们姊妹们，把从前事情，一概搁开；把以后事情，尽力做去。比如从前死了，现在又转世为人了。老的呢，不要说“老而无用”；遇见丈夫好的要开学堂，不要阻他；儿子好的，要出洋留学，不要阻他。中年做媳妇的，总不要拖着丈夫的腿，使他气短志颓，功不成、名不就；生了儿子，就要送他进学堂；女儿也是如此，千万不要替她缠足。幼年姑娘的呢，若能够进学堂更好；就不进学堂，在家里也要常看书习字。有钱做官的呢，就要劝丈夫开学堂、兴工厂，做那些与百姓有益的事情。无钱的呢，就要帮着丈夫苦作，不要偷懒吃闲饭。这就是我的望头了。

诸位晓得，国是要亡的了，男人自己也不保，我们还想靠他么？我们自己要不振作，到国亡的时候，那就迟了。诸位！诸位！须不可以打断我的念头才好呢！

秋瑾的发刊词写好之后，她的两个编辑陈伯平、徐双韵都赞不绝口，但问题是，文章写好了可是没钱去印刷。为了能让报纸发行，秋瑾四处筹钱，还在别的大报上登广告募捐，可惜应者寥寥，没人来理会她。弄到最后，才筹得几百元钱，远远不够用。看着这死气沉沉的局面，秋瑾不免有点丧气。但她并没有消沉，而是更加积极地奔走、借钱。在四处碰壁之后，她忽然灵机一动，对了，自己的夫家是经商的，有的是钱，为什么不回去拿点?

于是，在这年秋天，秋瑾回到丈夫家——湖南湘潭王家。

当时秋瑾的丈夫王廷钧正在北京，并不知道秋瑾回家了。因为秋瑾自去日本留学之后，几年来夫妻二人未曾通过一封书信，恩义几乎断绝。而且王廷钧在秋瑾离开之后，还纳了妾。秋瑾后来得知后，非常气愤，要求与王廷钧离婚，王廷钧当然不会答应，但两人的夫妻关系名存实亡。秋瑾曾经写过一首《古意》，表达对丈夫的怨恨:

金屋无人见泪痕，坠欢如梦黯销魂。秋风一夕捐纨扇，雪落人间弃妇恩。

王廷钧的父亲王黻臣看到秋瑾回来，以为二人和好了，非常高兴。但不料几天之后，秋瑾并没有表现出要安分过日子的样子，而是开口问他要钱，准备拿了钱就走人。所以，王黻臣断然拒绝。

迫不得已秋瑾只有使出自己在外面闯荡时的江湖手段，她闯进公婆的房间里，嗖一下拔出尖刀，插在桌子上，说今天要是不给她钱，就要杀人。王黻臣看她来势汹汹，就让管家给她拿了两千元钱。

秋瑾拿了钱，迅速返回上海，加上别人的捐助，才把第一期的《中国女报》给刊行了出来。《中国女报》的封面上有一个妇女，双手高举一面旗帜，寓意着觉醒和前进。这份报纸深刻地阐述了男女平等的重要性，秋瑾在文章里多次把解放妇女跟国家前途民族命运相结合，在社会上引起了巨大的反响。很多女性读到以后都开始反思自己的处境，并且相应地做了斗争。

可惜的是，由于资金问题，《中国女报》只办了两期便夭折了。

报纸办不下去了，秋瑾就在徐锡麟的邀请下，去绍兴主持大通体操学堂。在1906年的年底时，徐锡麟就对秋瑾发过邀请。但秋瑾当时正忙着办报，抽不开身。此时正好无事，就应邀来到大通体操学堂。大通学堂是徐锡麟和陶成章在1905年8月创办的，目的是培养军事人才，凡是这里的学员，都要加入光复会，为将来革命做准备。因此名义上是学堂，其实就是革命党人的一个基地。秋瑾文武双全，正好可以做新学员的教官。她到任以后，先是整顿校政，然后就带着学员们进行严格的军事训练。在她的领导下，校风为之一振。

浙江的会党林立，但也鱼龙混杂，虽都以反清为目的，但有的是革命人士组成的党派，有的却是江湖大哥们组成的黑帮。这些会党遍布全省，有的在通都大邑，有的在林里山间。秋瑾的主要任务就是联络这些分散的力量，把他们聚合在一起，一起进行反清革命。于是，秋瑾多次骑着马穿梭在金华、义乌等山水之间，有时候风餐露宿，睡在野外，但她丝毫不惧。后来，诸会党帮派首领纷纷跟她歃血为盟，结为生死之交。

热血化碧涛

1907年4月，秋瑾在杭州白云庵将浙江会党聚集在一起，组建了光复军，决定进行短暂的统一训练之后就发动起义。她的计划是7月6日起义，先攻取金华，然后拿下杭州，杭州城大不易攻取，就转入安徽，跟徐锡麟会合再做打算。但是由于部分会党领导的保密工作做得不好，导致泄密，清政府捕杀了一些成员，再加上奸细混入，种种变动，导致她不得不将原定计划推迟到7月19日。

与此同时，身在安徽的徐锡麟却提前行动了。徐锡麟自日本回国之后，为了方便革命，打入清政府内部，他就花钱在安徽捐了一个官做。由于他为人做事精明能干，因此安徽官场上的官员都很赏识他。安徽巡抚恩铭把他提拔起来，管理全省的警务。徐锡麟就利用自己的身份，暗地里大力开展革命工作。7月8日省巡警学堂举办毕业典礼，届时各省级长官都会参加，徐锡麟就打算在那天发动起义。

就在徐锡麟安排好一切之后，恩铭不知为何，突然下令提前两天举行毕业典礼。徐锡麟一时间没办法更改计划，而若是不采取行动，两天后也会暴露。于是孤注一掷，决定就在毕业典礼当天行事。7月6日上午9点，巡警毕业典礼在安庆百花厅举行。人员都到齐后，徐锡麟发出一个暗号，然后先向恩铭发难，掏出手枪射了恩铭几枪，恩铭应声而倒，礼堂顿时大乱。徐锡麟带着几十人冲向武器库，但是被赶到的清军包围，经过激战，徐锡麟被俘，其他人全部战死，清军也有100多人死伤。恩铭的亲兵看到是徐锡麟刺杀恩铭，都骂他忘恩负义，还表示要把他心肝挖出来下酒吃。徐锡麟得知后大笑说，我的目的就是要恩铭死，现在恩铭一死，我的愿望就算达成了。哪怕是把我剐成千万片，我也不怕，更何况是吃我的心肝。

第二天，恩铭的亲兵就真的把徐锡麟的心肝给挖出来吃掉了。这个事被鲁迅先生写入了《狂人日记》。

恩铭被刺引起朝廷的震动。虽然徐锡麟被抓，但是各地的政府都大为紧张，加强了防范。7月7日，秋瑾在日本留学时的一个同学胡道南，从大通学堂那里打听到秋瑾想要起义的消息，就迅速地向绍兴知府贵福举报。贵福得到消息后，连夜到杭州向浙江巡抚张曾杨报告。张曾杨当即下令逮捕秋瑾。

7月10日，徐锡麟惨死的消息传到了秋瑾那里。秋瑾回想起在日本跟徐锡麟相识到这一路走来的革命友情，禁不住痛哭起来。身边的朋友们劝她赶紧离开绍兴，到上海的租界里躲一躲，并且已经给她找好了住处。但是秋瑾拒绝了。她忽然想起当年戊戌变法时，谭嗣同本来能逃亡，却坚决不走，要用血来警醒国人的英雄事迹。先烈们可以舍生取义，为何我不能？于是她对前来劝告的朋友说，革命就要流血牺牲，不牺牲不足以警醒世人，号召后人。如果满人把我杀了，革命能提前五年成功。

决心赴死的秋瑾把学生们都遣散回家，命令他们不得跟清兵硬打，要保存实力，然后烧掉了秘密文件，自己孤身一人坐在大通学堂里，等着清军来抓。7 月 13 日下午，绍兴知府会同山阴知县、会稽知县跟在大队清军后面进入绍兴城，然后大张旗鼓地包围了大通学堂。他们原本以为会有不少革命党，因此小心翼翼地埋伏了很久。结果不见人出来，就大着胆子冲了进去，发现里面就只有秋瑾一个人。清军如狼似虎，上去把秋瑾给抓了。

接下来就是老一套，绍兴知府贵福开始审讯秋瑾，让她招出同党。但是严刑拷打了一番，什么酷刑都用了，秋瑾却什么都不说。贵福见她是一块硬骨头，来硬的不行，就换了个温和的语气，问她是不是认识徐锡麟。

秋瑾说，认识。

贵福一听，以为她要吐口了，就说，那你还认识别的什么人？

秋瑾说，我认识你。你不是来这学校参观过吗，你还给我题过字。

贵福狼狈不已，套话套半天，扯到自己头上了，于是换山阴知县李钟岳来审。

李钟岳相对来说是个好官，他审秋瑾不过是奉命行事，他对秋瑾不仅不用刑，还给她椅子坐，两人坐着说话。李钟岳问秋瑾为何要干革命，秋瑾看这个官的态度还好，就谈了一些自己的革命主张和救国救民的决心。李钟岳看也问不出来什么，就说，那你把你知道的事都写下来吧。

秋瑾接过纸和笔，知道这应该就是最后一次拿笔了。写点什么呢？她回想自己这30多年的人生，也算波澜壮阔了，虽然壮志未酬，不能亲见革命胜利那天，但是，一定会到来的。只是自己的子女，已经很久没见了，父母都已去世，他们是最大的牵挂。不过已经不能再见了。

想到这里，秋瑾百感交集。她迟疑了片刻，在纸上写了七个字：秋风秋雨愁煞人。

第二天凌晨，一群持枪的兵勇把秋瑾从牢里押出来。按照上面指示，她是危险分子，要尽快正法。秋瑾斥退了清兵，让他们把李钟岳找来。

李钟岳到了，问她有什么要求。

秋瑾说，我不怕死。但我临死前有三个要求。一是让我写信向亲人朋友告别。二是临刑时不脱衣带。三是不要把我的首级示众。李钟岳答应了后面两点，但对于第一点不敢答应，说那是上面的规定。秋瑾也没有再坚持，就果断地走向了刑场。

将要行刑了，秋瑾突然对刽子手说，等下，我看看有没有亲友来给我送行。

她借着微亮的火光，扫视了一下人群，然后闭上了眼睛。

刽子手的鬼头刀一挥而下。一代女侠就此魂消身散。

秋瑾牺牲后，因为革命党的身份，无人敢给她收尸，报馆也不敢为她发一言。她的生前好友吕碧城、吴芝瑛设法将她的尸体偷运出城，埋在杭州西湖西泠桥畔，因遭到清政府的逼迫，又迁往湖南湘潭昭山。1912年，经过湘浙两省商定，又迁回西湖原墓地。

秋瑾遇难后，受到无数人的追悼。清王朝统治时期，人们不敢公开悼念。民国成立后，秋瑾被定为烈士，人们以各种形式悼念她。各界人士的题词数不胜数。孙中山先生亲自为“我们最好的同志秋女侠”题词——江户矢丹忱，感君首赞同盟会；轩亭洒碧血，愧我今招侠女魂！

而最能概括她的一生思想作为的，莫过于她自己写的那首《对酒》：

不惜千金买宝刀，貂裘换酒也堪豪。

一腔热血勤珍重，洒去犹能化碧涛。

女侠之豪气，虽千古之下，犹能激荡人心，使后进者不忘为国为民也。

伟哉秋瑾！

庐 隐

原谅我一生放荡不羁爱自由

高兴起来，就哈哈大笑；烦闷的时候，就痛饮几杯；伤心的时候就大哭一场，看不顺眼的事情，就破口大骂，毫不顾及周围环境，庐隐就是这样一个人。

庐隐的一生都活在悲哀之中，她真正快乐的时间很少。陆晶清说过：“庐隐既是一个受时代虐待的女性，又是一个时代叛逆的女性。”

她的一生很短暂，却受尽了苦难的折磨，也许她在这种苦难中压抑了太久，她想要为自己找一种解脱方式。生活的不幸，让她不愿在爱情上将就，养成了敢爱敢恨的性格。

庐隐对待爱情洒脱的态度，让她终于收获了真正属于她的爱情，不去在乎世俗的眼光，勇敢地去追求。虽然最终仍旧难逃英年早逝的命运，这样的庐隐让人心疼、令人惋惜。

不祥的小生物

庐隐，从字面意思上看有隐去庐山真面目的意思，隐隐的透露出她不愿向人展示的内心。她原名黄淑仪，又名黄英，庐隐是她的笔名。

就像她的笔名一样，她是一个被人们隐忘的民国才女。庐隐是个悲观主义者，她的作品在很大程度上都带有悲哀的感情基调。她觉得自己的人生“比做梦还难以捉摸”，她的一生也都是在悲哀的苦海里苦苦挣扎。

苏雪林说，她的作品里“总是充满了悲哀、苦闷、愤世、嫉邪，视世间事无一当意，世间人无一惬心”。苏雪林说得没错，庐隐也好，她作品中的主人公也好，都逃不开悲惨的命运。

庐隐年轻时就写出一些好作品，有才华，有人欣赏，可是她却愿意让自己生活在悲哀之中。这样悲苦的心境，大概与她悲惨的童年经历脱不开关系。

庐隐的父亲是一个前清举人，母亲是个在家相夫教子的旧式女子。庐隐的上面有三个哥哥，在那个重男轻女的年代里，一定是备受邻里羡慕，但是她的父母却想要再生一个女儿。

也许是想体会儿女双全的幸福吧！庐隐就是在父母这样的期盼中降生了。

庐隐却没能那么幸运。1898 年 5 月 4 日，庐隐出生的那一天，她的外祖母去世了。月有阴晴圆缺，人有生老病死，这本来是一件很正常的事情。可是庐隐的家人迷信，她母亲更是认定她是克死外祖母的灾星。

可怜的庐隐，还没来得及享受父母的怜惜，就被交给了一个奶妈抚养。那时的她还是个婴儿，小小的她对外界的事物一无所知，却已经被全家人厌恶嫌弃。

爱哭爱闹，脾气执拗，但两岁的时候长了一身的疥疮，到了 3 岁，正是孩子们蹦蹦跳跳天真烂漫的时候，她却不会走路，连话也不会说。

她又得了严重的热病，母亲对她完全绝望，几乎要放弃她，所幸抚养她的奶妈心疼她便把她带到乡下去养病，才救了她一命。

在父亲当上湖南长沙的知县后，她才回到了父母身边。但是小庐隐一点也高兴不起来，她跟父母一点感情也没有，面对他们冷冰冰的面庞，她更想念养育她、总是陪她玩的奶妈。

在随父亲乘船到长沙赴任的一路上，她望着海水哭闹不止。父亲被她哭烦了，竟然要抱起她丢进水里，幸亏被一个听差拦了下来，才免了一死。

这样的父母存不存在，对她来说，也许没有太大的意义。6 岁那年，父亲患心脏病去世，庐隐和她的母亲以及哥哥们一下陷入孤立无援的境地。

到了北京的第二年，其他孩子都开始入学了，但受冷落的庐隐没有上学的机会。她的启蒙教育是姨母开启的，姨母的脾气不好，对小庐隐来说，读书就像是场噩梦，是对她的一种惩罚。

每天上午，姨母都会教她《三字经》，教完就会把她锁在小房子里让她自己温习，到了中午就检查背诵，背不出来就会挨鞭子或者打竹板，甚至还不给饭吃。

每天小庐隐都要在小房子里度过半天孤独的时光，没有一起读书的学生，没有和气的老师，有的只是一张桌子和椅子，她还那样小，根本不喜欢这样的读书方式，她感到孤独和悲凉。

对于读书，她一点也提不起兴趣，只想快点度过上午的阴暗时光。学习对她来说就是完成姨母布置的任务，可以免遭打骂。一旦完成任务，她就会独自一人溜进花园，和飞虫鸟兽、花花草草一起玩耍，大概只有这个时候她才会真正感受到快乐。

庐隐基本上和家里的婢女们住在一起，她知道自己不讨家里人喜欢，她也不愿意去亲近他们。饶是如此，她还是遭人嫌弃，每次家里宴请客人或是有什么喜事时，母亲就会把她锁在另一个院子里。

小小年纪，她的心里填满的是对家人的怨恨，她恨家里所有的人，包括她自己。她不明白，为什么母亲把她带到这个世界上，却不愿意爱她?

庐隐的学习成绩并不好，在9岁那年，她被送到一所美国人办的教会学校上小学。

学校里有两种学生，一种是吃糠咽菜的穷苦人家的小孩，一种是进得起小厨房的有钱人家的孩子。庐隐属于后者，但她却过着吃糠咽菜的生活，显然家里没想在她身上投入这么多钱。

吃饭就不说了，有东西吃总比饿肚子强，但是庐隐还遭受了病患之罪：脚疮让她差点再也不能走路，后来又得了肺管破裂，吐血不止，差点丢了性命。

学校里的人为她祷告，好不容易才走出了死亡的边缘，她和其他孩子一起去做礼拜，但是她的心里是不相信上帝的，她受了太多的苦，心里满满的都是悲哀、痛苦，甚至怨恨，她没办法相信世上还有救世主。

美国的朱太太看到小庐隐这样，心生怜悯，恳切的跪在她身边，劝导她："亲爱的孩子，上帝来祝福你！"

小庐隐摇摇头，有点激动地说道："我不信上帝，我没有看见上帝在哪里！"

朱太太听着小庐隐的话伤心地哭起来，她虔诚地祈祷："哦！亲爱的孩子，上帝正在你的左右，你不能用眼睛看见，但是他是时刻都不离开你的。主啊！你用绝大的力量，使这个可怜的孩子皈依你吧。她是你所迷失的一只小羊，主啊！你领导她……"

庐隐从小就不受人关爱，被母亲抛弃，被兄妹折磨，连病魔都不放过她，她弱小的心灵实在太寂寞、太空虚了。朱太太的话就像是一个打开她的心门的钥匙，击溃了她心底的最后一道防线，终于忍不住大哭起来。

"我信了，我真的信了！"她感动地喊着。就这样，庐隐正式从心里信仰了基督教，后来她回忆起来说道："宗教信仰解除我不少心灵上的痛苦，我每次遇到难过或惧怕的时候，我便虔诚的祷告，我受惠不少。现在虽觉得是一件可笑的事，但也多谢宗教，不然我那童年的残破的心，必更加残破了！"

从这个时候开始，庐隐学会了坚强，重新拥有了面对未来的勇气。

辛亥革命之后，清王朝被推翻，中国社会发生了很大的变化。庐隐在大哥的帮助下，第一次开始努力学习练习作文，她的努力终于有了结果，竟然考上了高小，这时候，母亲和亲戚的脸上第一次因为庐隐露出了笑容。

尝到了学习的甜头，庐隐更加努力了，她的勤奋没有白费，后来又考上了师范预科，这在当时女子无才的时代，是件很了不起的事情，笨小鸭终于变成了白天鹅，这件事情让家里人对庐隐的态度改观了不少。

1912 年，庐隐正式进入女子师范学院，13 岁的她开始了充满憧憬的少女时代。

至此，她可悲的童年才终于画上了句号，后来她是这样总结自己的童年生活的："因为我自己奋斗的结果，到底打破了我童年的厄运，但这时候我已经十二三岁了，可贵的童年已成为过去，我再也无法使这不快乐的童年，变成快乐……"

来去匆匆的初恋

终于摆脱了满是创伤的童年，庐隐开始了她的少女时代，同大多数女孩一样，这一段的时光是令人憧憬的。

她在班上是年纪最小个子也最小的人，每个人都有英雄情结，都想要保护比自己看起来弱小的群众，所以庐隐就得到了大家的照顾，班里的同学都把她当小妹妹一样对待，她第一次感到了友情的温暖。

但是这些温暖放在学校这样一个大环境里，又显得那样微小，学校管得严，压力大，小庐隐觉得自己就像是被囚禁的“小鸟”，每周六才能释放回家，这让她格外期待周末的到来，可是周末的时光总是过得格外快，她总是想着要是能生病就好了，就不用去学校了。生病是痛苦的，谁愿意天天生病，她又不想再体会病痛的折磨。

在这样的纠结中，日子还是要继续的，很快，她就找到了校园的“小乐趣”。庐隐和学校里五位好友组成了著名的“六君子”组合，她们的乐趣就是取笑别人，只要看到哪个同学的举动或衣着形象有所异样，她们便围着这个同学大笑不止，直到把对方笑哭为止。

时间在这样的日子里过去了，转眼庐隐已经16岁，是个中学三年级的学生了，心智的成熟让她性格变得更加成熟。

很快，她发现了一件能让她真正快乐起来的事情，就是读书，她喜欢看小说。据她回忆："我发现了看小说的趣味，每天除了应付功课外，所有的时间，全用在看小说上，所以我这时候看的小说真多，中国几本出名的小说当然看了，就是林译的三百多种小说，我也都看过了，后来连弹词，如《笔生花》《来生福》一类的东西，也搜罗净尽。"

小说里的多愁善感很合她的口味，从此她在文学的路上一天比一天兴趣盎然，家里人和同学都知道她喜欢看小说，她因此获赠了"小说迷"的称号。

随着庐隐年龄渐长，已然成为一个大姑娘了。母亲开始关心起她的婚事，但是庐隐似乎不愿母亲为她操心，她对于婚姻有着莫名的恐惧感。

她的容貌并不出众，小眼睛、塌鼻梁、又瘦又矮，她常常自嘲是"短小精悍"。一天，她在舅父家里结识了一个表亲林鸿俊，翩翩少年，大庐隐三岁，读书不多，人却是聪明的很，只是家境贫寒无依无靠。

庐隐从林鸿俊的手中借了小说《玉梨魂》，这本书讲述了一个多情薄命女子的故事，情节凄凉哀婉，让庐隐流了不少同情的眼泪。林鸿俊发现庐隐多愁善感的一面，很欣赏她，就写信告诉她自己不幸的身世，庐隐很同情他，渐渐的，两人的交往开始密切起来，关系也越来越亲密。

几乎是顺理成章的，林鸿俊向庐隐提出了结婚，并向庐隐的母亲提亲，然而母亲和哥哥觉得林鸿俊没有受过良好的教育，人又穷，所以拒绝了。庐隐虽然当时对婚姻生活产生恐惧心理，但是母亲和哥哥的作为，激起了她心中的小火花，她看不惯他们势力的眼光，就起了叛逆的心理，觉得自己应该起来反对，她思考再三，写了一封信给母亲："我情愿嫁给他，将来命运如何，我都愿承受！"

母亲知道庐隐执拗起来，谁也奈何不了，只好答应了，但是她向庐隐提出条件，林鸿俊必须大学毕业后才能和庐隐举行婚礼。所以庐隐和林鸿俊在家人的默许下订了婚，她为林鸿俊的学费四处奔波，终于借来了学费可以供他走进大学。

庐隐写给母亲的那番话，简直浪漫至极，勇气可嘉，颇有一番为爱情赴汤蹈火的决心意志。可谁也没想到，母亲的条件竟成了两人以后关系的谶语。

林鸿俊如愿考进北京工业专科学校，庐隐也想继续上大学，无奈那时没有学校肯收女学生。她就到处代课，跑了很多地方，增长了不少见识。

两年后，一次偶然的机会，庐隐听说北京女子高等师范学校招生，她不顾母亲的反对，毅然报了名。母亲不肯给予经济上的支持，她只好自己想办法挣钱筹集学费，后来阴差阳错错过了考试，成了旁听生。著名的才女苏雪林也和庐隐同为旁听生，她们聪明又努力，终于在一个学期后，双双以最优异的成绩转为正班生。

那时正是1919年，"五四运动"的新思潮正旺盛的时候，大家的思想都很活跃，尤其是学生，庐隐也不例外。"生当作人杰，死亦为鬼雄"成为庐隐的明志诗句。游行、集会、演讲，庐隐都活跃其中。

这时候的庐隐认真异常，完全看不到中学时期调皮捣蛋的影子。她还被推选为学生会干事和福建同乡会的代表学生。

庐隐的大学生活过得多姿多彩，她常常在报刊上发表文章，可以高谈阔论感叹人生，她的确变了不少，更有见识也更有学问了。

她也没有忘记自己与林鸿俊的婚约，甚至把她和林的恋爱经历写进了《隐娘小传》中，用以表达她对林鸿俊的爱意，纪念他们突破金钱和地位的自由恋爱观。

林鸿俊经过大学的教育，毕业后当上了工程师，经济有了一定的实力，可以供庐隐过上优越的生活。他同样没有忘记两人的婚约，开始考虑两人的婚事。

也许是还没战胜婚姻的恐惧，也许是暂时想以学业为重，庐隐最终以她还没有毕业为由拒绝了林鸿俊。

世事多变，渐渐的庐隐就发现他们两人的志趣不投，有了很多的分歧。林鸿俊虽然上了大学，但思想仍然守旧，特别是在他有了经济实力后，开始更多的把关注点放在名誉、地位、金钱，甚至享受生活上。

致命的是，林鸿俊开始要求庐隐不要过多地抛头露面，也不要对社会活动这么上心，希望她能在家做一个相夫教子的知识女性。

庐隐的思想深受“五四”思潮的影响，是个典型的追求自由和理想的新时代女性，林鸿俊竟然让她在家里做一个小女人，她哪里受得了？本来她就对林鸿俊庸俗的思想观念颇为不满，又听说他要考取文官，去当军阀的政客，积攒许久的怒气一下子就爆发了，庐隐性格直率磊落，直接甩给林鸿俊一句“另找高明”就结束了两人的婚约。

相爱时，庐隐不惜与家人作对，和林鸿俊订下婚约。随着时间的打磨，发现两人道不同不相为谋，当初的恩爱不再，果断和林鸿俊分道扬镳。拿得起放得下，这就是庐隐。

她的初恋来得匆忙，去得也匆忙。

有了爱怎么都可以

失恋并不可怕，生活还是要继续。庐隐在大学期间读了很多书，而且经常研究社会问题，很快就和学校里一群志趣相投的朋友打成一片。

她剪了短发，穿着套衫和裙子，豪迈得和朋友们自诩为“战国四公子”，她被封为“孟尝君”，她们四公子的名气渐渐在学校里传开。

后来，因为喜欢谈论和研究社会问题，她加入了简称S·R的社会改良派，每星期都会和十几个志趣相投的小伙伴聚集活动。

在这里她结识了同为福建老乡的郭梦良。此时，郭梦良还是北京大学法科哲学部的学生，在闽籍学生北京联合会担任一些职务，常常在《京报》《时事新报》《青年之报》等报刊上发表作品，是一个才华横溢、思想进步的有为青年。

庐隐在结识了郭梦良之后，便被他身上的特质所吸引，他思想超前，文章写得好，很得庐隐的心。他睿智，在大会上侃侃而谈，举手投足间无不在深深吸引着庐隐的目光。

而郭梦良也欣赏恋慕着庐隐。两情相悦的爱情是美好的，可现实是残酷的，郭梦良向庐隐坦白他是有家室的，他的妻子叫林瑞英，20 岁时父母包办的婚姻。

他没有爱情，坦诚他和妻子之间没有爱情，婚后一个月，他进入北大。郭梦良和他的妻子没有爱情，但是先入为主，终究是他的妻子先得到了他，庐隐有点迷茫，不知道他们之间的爱情该不该继续下去。

她在作品《海滨故人》中清晰地表达了她的苦闷和迷茫："青年男女，好像一朵含苞未放的玫瑰花，美丽的颜色足以安慰自己，诱惑别人……但是等到花残了，叶枯了，人家弃置，自己憎厌，花木不能躲过时间空间的支配，人类也是如此……恋爱不也是一样吗？不是和演剧般，到结局无论悲喜，总是空的呀！并且爱恋的花，总是衬着苦恼的叶子，如何跳出这可怕的圈套，清静一辈子呢？"

看得出，庐隐很喜欢郭梦良，她甚至有了跟她度过余生的想法，可是她又被他有家室这一点苦苦缠住，烦闷至极，又迷茫得很。只好召集朋友们征求意见，她苦闷地说道："我倒没什么问题，就是郭梦良不忍抛弃无辜的妻子。"

结果朋友们的态度竟然出奇地一致，就是请她慎重考虑，甚至谴责了她一番。庐隐意识到人言可畏，连她的朋友们都不理解她，旁人就更不用说了。她动了离开郭梦良的念头，无奈，她陷得太深，已经觉得自己离不开他了。

庐隐是个倔强的人，为了爱情，她有义无反顾的决心。面对家人的反对、朋友的责难，她毅然决定和郭梦良在一起，她向郭梦良表示："只要我们有爱情，你有妻子也不要紧。"这句话一时被人称颂。

1923年，庐隐和郭梦良在上海举行了婚礼。但是，婚后的生活并没有想象中的美好，新婚的快乐总是短暂的，余温一过，剩下的就是生活的苦涩。

郭梦良没有离婚，所以庐隐其实在郭家是做小的，她是个自尊心极强的女子，在和郭梦良回家探亲期间，她深深地感受到了小老婆的卑微和无奈，受不了冷遇和屈辱，她写信向好友程俊英抱怨："过去我们所理想的那种至高无上的爱，只应天上有，不在人间。回乡探视，备受奚落之苦，而郭处之泰然。俊英，此岂理想主义者之过乎?"

理想与现实的反差让庐隐感到郁闷不已，她以前常常恐惧结婚，现在看来，这种恐惧也不是没来由的。

好在他们很快就回到了上海，婚后的第二年，他们生下了一个女儿。本以为有了女儿，生活会恢复以往的甜蜜，却没想到郭梦良忙于事业，根本没有时间陪伴庐隐。

庐隐彻底沦为了她不愿意成为的那种女人：周旋在家庭和生活之中，没有了自我的小女人。她写信向程俊英感叹："我现忙于洗尿布，忙于柴米油盐，而收入甚微，不得不精打细算。营养不良，我们身体都欠佳。啊，这就是人生!"

这样的人生不是她想要的，在家庭的琐事中沉浸了半年，庐隐就醒悟过来，她不能这样，再这样下去一定会迷失掉自己的。于是她开始重拾自己的写作，写出了《胜利以后》《父亲》《秦教授的失败》等优秀的短篇小说。后来又出版了她人生中第一部小说集《海滨故人》。

她在写作生涯中重新找回了生活的乐趣，然而这样的乐趣并没有维持太久。1925年，厄运降临，郭梦良过度劳累再加上疾病缠身，撒手而去。

他们的结合，顶住了世人的俗见，忍了亲友的苛责，却败给了生活、败给了命运。庐隐仿佛搭配不当失掉了所有的力气，她不知道以后的路该怎么走下去。

在崩溃的边缘

郭梦良和庐隐的女儿连一岁都不到，庐隐受到前所未有的打击，他们才在一起两年多，他就这样永远离开了她们。

庐隐忍着伤痛带着女儿扶柩回乡，等着她的，不是婆家的接纳和温情。她是小老婆，生的又是女儿，没少受婆婆的气，现在那个可以为她撑腰的人已经不在了，这样的日子她受不住了。

她自怜道：“我常自笑人类痴愚，喜作茧自缚，而我之愚更甚于一切人类。”郭家是不能再待下去了。

郭梦良不在了，生活还是要继续的，为了女儿，她必须振作起来。庐隐从福建回到了上海，她一边在大学担任女生指导，一边在附中任教，为了节省开支，她甚至住在女生宿舍。

她的收入并不多，一个女人还带着孩子，生活过得很艰难，课余时间，她还坚持写作，没日没夜的工作和学习，让她变得更加愁苦，她常常向身边的人感叹，自己是被爱情和男人毁了。

上海的日子不好过，庐隐想到了北京，对她来说，北京就像是她的家乡一样，有着不可分割的感情。一封朋友的来信，唤起了她对北京的记忆，她决定回到这个让自己长大的地方。

在北京，她担任了北京市立女子中学的校长，校长不是什么人都能胜任的，需要每天和各色打官腔的人会面周旋，学校里的大小事务都需要处理，对庐隐来说，真的不是一个好的选择。她自己也清楚，她说："当校长真是要我的命。一天到晚要同那些鬼脸的打官腔的人们会面，并且还要谨慎，还不能乱说一句话。现在不要说作品，真是连文学的感情，也消逝得干干净净了。"

校长表面看来风光，但并不适合庐隐，她看清楚这点后，便果断辞了职。懂得取舍，拿得起放得下，在这点上，庐隐一直做得很好。她一直辗转在各样的职位上，教书、做编辑，总也做不长。

倒是她的写作事业，一直没有放下，她创作的小说、散文、散文诗多次发表，很受欢迎，但是这些作品的风格大抵逃不过一个"悲"字，她的短篇出版后，集成一册，名为《曼丽》。

她评价自己这部短篇集时说："这个时期是我的悲哀时期，这本集子里充满了悲哀，虽然这是一种浅薄的衷感。我觉得人生不免要死，盛会不免要散，好花不免要残，圆月不免要缺。"她话中的字里行间都透露着对人生的消极感叹，这样的人生态度让她感到更加的空虚和悲哀。

人越是在难过的时候就更想要看悲伤的故事，庐隐在悲哀时期尤其喜欢看叔本华的书。

受到叔本华著作的影响，开始相信他的"人生—苦海"的悲观主义思想，她觉得自己的人生正在被悲哀掌控，无论看什么东西、什么事情，都会被她自动镀上一层悲哀的色彩。美好的事物不再在她心里产生共鸣，她更加理解人们的泪水和叹息。

她就这样悲哀的活着，完全不知道自己已经处于崩溃的边缘，似乎只有这样的悲哀才能让她忘记死亡，让她的灵魂得到安慰。

庐隐变成这样，是被生活折磨得遍体鳞伤。的确，她太苦了，这段时间是她人生的低谷，她不断的经历生离死别，似乎人生中所有的不幸都在她身上一一兑现。

先是母亲的突然离世，小时候她一直对母亲心存怨恨。直到后来母亲去世，她才明白真相。真相就像是一根刺，狠狠地扎在她的心头，原来母亲是爱她的，只不过母亲的爱来得有点迟。

庐隐坚持要和初恋林鸿俊在一起时，母亲是为她考虑过的，嫌弃林没有学识而提出大学没有毕业不能结婚，是真的；庐隐借来的 200 元学费是母亲悄悄资助的，也是真的。事实证明母亲没有错，当年庐隐的年龄还太小，被爱情冲昏了头脑，不知道外面的天地有多广阔，最终庐隐也确实没有和林鸿俊在一起。

后来，庐隐不顾所有人的反对，坚持和有家室的郭梦良成婚，这件事更是让母亲在邻里乡间抬不起头来，女儿怎么也是读过书，见过大世面的人，却选择了做别人的小老婆。受尽了屈辱，母亲郁郁寡欢，不久就离开了人世。

现在庐隐终于明白了事情的真相。只是，这样的真相来的太迟了，树欲静而风不止，子欲养而亲不在。

丈夫去世后，庐隐的好友石评梅一直陪伴她、开解她，她们一起散心、唱歌和跳舞。但好景不长。

石评梅去世后，庐隐更加孤独，成了一个没有人陪伴的孤独旅客。她说："这时节我被浸在悲哀的海里，我但愿早点死去，我天天喝酒吸烟，我试过慢性的自杀。”

直到她哥哥的去世，她终于再也支撑不住，悲哀的沸点爆发，她一下子就病倒了，整个人变得萎靡不振。

这段时期，庐隐遭遇了人间最不幸的死别，一个接着一个，根本没有给她喘息的机会。她的精神徘徊在崩溃的边缘，她的《灵海潮汐》和《曼丽》两个作品集中满含她这个时期的情绪思想。

情不自禁

在她濒临崩溃的时候，一场病挽回了她。在病中，她想明白了很多事情，觉得人不能这样的活着，就算不是为了自己，也要为了自己的女儿。

病愈后，她的思想有了很大的变化，她在自传里写道："虽然世界是有缺陷的，我要把这些缺陷，用人力填起来……我只要有这种努力的意念，我的生命便有了光明、有了力。"

庐隐的一生已经足够悲哀，她需要一股力量来帮助她走出悲哀和痛苦，这股力量只能是爱，只有爱。

就在这时，她遇到了生命中的第三个男人——李唯建，一个乐天派的青年诗人，他们相遇的时候，李唯建还是个清华大学的学生，比庐隐整整小了九岁。

李唯建就像是庐隐的救星，庐隐活得悲哀、特立独行，但是李唯建恰好与她相反，他是一个乐观派，长得挺帅气，还很有才华，对生活和未来充满了信心。

庐隐没有轻易地接受李唯建，她自己陷在绝望和痛苦之中，已经没有了那种为爱情义无反顾的心情了，况且李唯建年纪太小，这样的姐弟恋，庐隐怕自己承受不来。她违心地拒绝了李唯建的追求，她有点害怕爱情的到来，不是不爱，而是不敢爱，怕伤害自己，更怕伤害那么优秀的李唯建。

李唯建是个很有责任心的小伙子，他敢爱敢恨，相对于庐隐对爱情的退缩，他显得更加勇敢。他直白地向庐隐发出爱的誓言："我愿你把你心灵的一切都交给我，我虽是弱者，但担负你的一切我敢自夸是有余的！"

他是了解庐隐的，他知道庐隐早已对他动心，只是生活的磨难让她不敢勇敢地去爱。他向庐隐勇敢地表白，告诉她："你的一切我都可以承担，不要再有什么顾虑。"

不得不承认，庐隐被这样大胆的表白感动到了，她甚至想要冲去找李唯建，告诉他，她也爱他，她愿意和他在一起，但是理智告诉她，不可以，她是一个被生活捆绑的女人，她不能去拖累他，未来是怎样，没有人知道。更没有人知道，她和李唯建在一起后，会不会再次被命运击倒？她还是不能挣脱内心封闭的枷锁。

李唯建没有气馁，大有一番不能抱得美人归誓不罢休的势头，怀着这样的心思，继续对庐隐展开攻势："你是我的宗教，我信任你，崇拜你，你是我的寄托。"

庐隐终于再也受不住了，她本来就是爱他的，拒绝只是一点点的理智在强撑着她，现在最后一点的理智也被爱情的火花吞灭了，她回应他说："我爱你太深，便疑你也深。"

李唯建像是一个不知疲倦的奔跑者，冲进了庐隐的生活中。庐隐不再像以前那样整日整日的忧虑和悲痛，李唯建的出现，就像是一盏明灯，照亮了庐隐未来的路，驱走了庐隐心中的阴暗，把她变成一只快乐的鸟儿、一朵五彩斑斓的花朵、一阵无忧无虑的清风、一颗耀眼的明星。

庐隐曾经这样评价李唯建:“在我的生命中，我是第一次看见这样锐利的人物，而我呢，满灵魂的阴翳，都被他的灵光，一扫而空。”李唯建大概是适合她的，庐隐对待爱情，不追求所谓的金钱、地位和外貌，但她对待爱情的态度也绝不是没有条件的，精神高度的一致是在爱情中最重要的，只有上升到精神高度的交流，爱情里才是平等和快活的，这才是两个人相爱的基础。

那个为了爱情不顾一切的庐隐又回来了，纵然没有人看好他们之间的姐弟恋也没有关系。他们沉浸在属于他们俩的爱河中，别人越是不看好，他们就越是高调，互相传递表达爱意的情书，更是浓情蜜意。1930 年，她毅然决然的同李唯建完婚，向世人宣告这段姐弟恋终成正果。

婚后，他们东渡日本，在日本郊外艰难生活，但生活过得倒是怡然自乐，他们还把他们之间的 68 封情书集合，取名《云鸥情书集》出版。那个时候敢于把情信公开出版的人不多，他们这样做就是在向世人宣告，他们有多幸福，姐弟恋不该受到指责。

随着日元升值，他们在东京的日子开始过不下去，只好去了杭州。在这个美景迷死人的城市，庐隐那被压迫了许久的灵感，终于爆发了。在这里她写成了十万字的长篇《象牙戒指》和短篇集《玫瑰的刺》。

杭州再美，他们也没能待得太久，1931 年，他们回到了上海，庐隐又开始了一面教书、一面写作的生活，她在《申江日报 · 海潮》《女声》等杂志上发表了一系列作品，创作了优秀的中篇小说《地上的乐园》和《火焰》。

天妒英才

有一个亲密的爱人，有一份稳定的工作，写作事业也蒸蒸日上，这样的庐隐大概是幸福的，她和小她九岁的李唯建高调地恋爱，高调地宣告结婚，他们勇敢地向世人秀恩爱，但是有一句话怎么说?“秀恩爱，死得快。”这句话虽然是现代的单身人士对秀恩爱的情侣发出的一句调侃，但是它却真实的发生在庐隐的身上。

1934年夏天，庐隐怀孕待产，可是家里日子过得很拮据，无奈之下，只好花了几十元钱，找了一个助产士到家中接生，本来全家人迎接的将是一个鲜活的小生命，本来是一件值得高兴的喜事。可是小家伙的出生，却也带走了庐隐鲜活的生命。

由于助产士操作不当，手术刀划伤了庐隐的子宫，导致血流不止，当时庐隐还伴随着持续的高烧，最终支撑不下，逝于上海大华医院冷冰冰的病床上。

庐隐的悲剧是庸医所致，李唯建咽不下这口气，在庐隐生命垂危的时候，李唯建曾要一纸状书控告医生，但是被庐隐劝阻了，她大概不愿意看到李唯建冤冤相报的样子，冤冤相报何时了，只有真正放下，他才能活得快乐。

纵有百般的不舍，庐隐还是永远地闭上了眼睛，死前她匆匆交代葬礼要用基督教的礼仪，她在最后一刻想的是她的信仰。或许她是真的解脱了，幸福的滋味已经尝过，她很满足。

庐隐的一生充斥着各种不公和痛苦，遇到了李唯建，她才变得真正快乐起来，他们的爱情没有维持很久，四年而已，但是这四年，是庐隐人生中最快乐的四年。

连她自己也承认，她已经从苦海中解脱出来，不再是从前那个只有悲哀的庐隐，这段时间是她的开拓期，她开始学会用心去感受周围的一切，包括幸福。

她曾说："我现在写文章，很少想到我的自身，换句话说，我的眼光转了方向，我不单以个人的安危为安危，我是注意到我四周的人了。最近我所写的《女人的心》，我大胆的叫出打破藩篱的口号，我大胆的反对旧势力，我大胆的否认女子片面的贞操……但这些还不够，我正努力着，我不只为我自己一阶级的人做喉舌，今后我要更深沉的生活，我要为一切阶级的人鸣不平。我开始建筑我整个的理想。"

她开始真正改变和进步了，虽然李唯建并不是其中单一的原因，但是不可否认，他给了她不可估量的勇气和幸福。受到了爱情滋润的庐隐，这几年间也在创作上突飞猛进，短短几年，她创作了几十部长篇小说、短篇小说和许多散文、随笔等。这是她创作生涯的大丰收，照这样的势头发展下去，庐隐势必会有所成就，前途无可限量。

可就在她势头正旺的时候，她的生命却戛然而止了，她才36岁，她有的是无限量的发展。

庐隐走后，李唯建几近崩溃，他无法接受与自己恩爱的妻子就这样永远地离开了他。留给他的是两个尚未成年的女儿，他还年轻，可是贫穷的生活注定了他抚养不了两个孩子。庐隐的生前好友与她的哥哥黄勤一起约着李唯建，探讨了两个孩子的抚养问题，最终决定大女儿归舅舅黄勤抚养，小女儿由父亲李唯建抚养，庐隐的著作权归大女儿所有。

庐隐既是一个受时代虐待的女性，又是一个叛逆时代的女性。

“我想游戏人间，反被人间游戏了我！”

“我就是喜欢玩火，我愿让火把我烧成灰烬。”

这是庐隐对自己的评价。

从此，人间再无庐隐。

吕碧城

做一个风华绝代的剩女

一个凤毛麟角的才女，从小就才华毕露，被人称为足以和李清照相媲美，这样一个奇女子，本应该是父母捧在手心的掌上明珠，却因为家庭的变故，小小年纪就知道为家庭承担一份责任，正是这样的经历，让她立志做一个独立自主的女子。

事实上她做到了，成为中国第一位女编辑，她把自己的人生活得很漂亮，美丽、知性、有才华，又懂得包装自己，这样的她，成为了社交场上的明星，男人们争相追求的对象。连袁世凯的儿子袁克文和李鸿章的侄子李经羲都想得到她的芳心。

可惜在爱情的选择上她始终持有“宁为玉碎不为瓦全”的态度。宁可做一个风华绝代的剩女，也绝不将就。她，就是吕碧城。

走独立自主之路

吕碧城身为书香门户家的大小姐，同其他官宦人家的公子小姐一样，早早地就订下了婚约。有多早?

大约在吕碧城10岁的时候，家里就和同乡的汪氏定下婚约。那个时候吕碧城还完全是个没长开的小女孩，搁在现代，充其量是个小学生。可是在封建落后习俗的荼毒下，她小小的年纪就懂得一件事：婚姻大事自己不能做主。这到底是怎样的悲哀?

后来在吕碧城十二三岁的时候，吕家突发意外，吕碧城的父亲去世，母亲留下她回到家乡处理父亲的身后事，所谓的身后事大概就是家产祖业之类的，但似乎问题有些棘手。

原来吕家四个孩子全是女儿，没有儿子，吕氏族人欺负吕家母女软弱，便以其没有儿子继承财产为由，巧取豪夺，想要霸占吕家的财产，甚至还指使绑匪劫持了吕碧城的母亲。

母亲的处境很不好，这件事情很快就传到了京城吕碧城的家里，家里的姐妹们从没遇到过这种事，整个人属于干着急帮不上忙的状态。只有小碧城不同，她从小就聪明，遇事冷静，她清楚地知道这次的事情很棘手，仅靠她们母女的力量是解决不了的。她想到了向人求助，父亲生前有很多好友和学生，吕碧城四处打听，写信向他们求助。

虽然吕碧城很弱小，但是她找来的这些人力量都比她大而且靠谱，事情很快就圆满解决了。中间经历了不少波折，但是吕碧城都没有退缩过，她的名声也很快在乡间流传开来。

这件事也引起了与吕碧城有婚约的汪家的注意，一方面。他们看到吕家的顶梁柱没有了，只剩下母女几个，认为吕家必定会败落了。再加上这样棘手的事情，却被小小年纪的吕碧城解决了，汪家不禁对她起了戒心，认为她年纪轻轻就有兴风作浪的本事不是什么好事，就提出解除婚约的要求。

也是，像汪家这样的封建大家族，想要娶进门的只是一个三从四德、勤俭持家的旧式女人，吕碧城太过聪明，在他们眼中女人家太有本事不是什么好事。

既然汪家这样提出来了，吕家孤儿寡母的也没有能力跟他们理论，只好应了下来，汪家和吕家正式解除了婚约。

这件事对吕碧城产生了不小的影响，在那个年代，被退婚的女子会被邻里乡亲嫌弃的，好像女孩子真的做了什么奇耻大辱的事情一样，这其实就是落后的封建鄙俗。因为生为女孩，所以吕碧城成了最没有发言权的那一个，从小就被不平等的定下婚约，现在恢复了自由身，却要忍受乡人们的指指点点。

这让还是小女孩的吕碧城有了一些心理阴影，十二三岁，正是思想观念形成的关键时期，可是流言蜚语没有对这个年纪尚小的小女孩手下留情，人们的冷漠无情，让吕碧城对婚姻产生了一些不一样的看法，也激起了她对封建制度的极度痛恨。

吕父去世后，家庭逐渐开始败落，再加上吕碧城被解除婚约，让母亲不得不下定决心，带着女儿们远走去投奔娘家。

好在吕碧城有一个在天津塘沽当盐运使的舅舅，虽说不是什么大官，且要过着寄人篱下的生活，但好歹吕碧城能到一个更大的环境里去历练了，对她来说也是一件好事。

早在1860年的《北京条约》中，天津就被辟为通商口岸。天津开埠以后，西方的教育模式和学术思想渐渐传入中国，随着西方思想的深入，中国的女性开始觉醒，她们开始主张维护女权，有了男女平等的意识，开始要争取受教育的权利。

中国的女性被封建制度压抑得太久了，在乱世之中，她们开始接受新思想，并重新审视女性的社会地位，她们渴望学习，渴望被尊重，女性解放的潮流轰轰烈烈地开始了，天津作为较为开放的城市，这种风潮更是激烈。

吕碧城正是处于这样一个大风潮、大环境之下，心中渐渐有了求学的念头。1903年，袁世凯在天津兴办女子学堂，吕碧城听说了这件事，心中求学的念头越发被激动，便要跟着舅舅官署里方秘书的太太去天津城里探访学校。

舅舅知道这件事后，自然不饶她，舅舅是一个从封建王朝中走出的旧人，思想仍然十分守旧，他认为女孩子就应该在家本本分分的，恪守本分。他严厉的批评了吕碧城，还说她这是不守妇道，还不许她出去。

吕碧城正是20岁的年纪，心里藏着一股叛逆的小脾气，探学的事情被舅舅骂阻了之后，吕碧城越想越生气。决定不再逆来顺受，她下定决心，一定要过真正属于自己的人生。

第二天，她就跑出了家门。只身一人逃上了火车，她身上没有钱，只好靠逃票到了天津，出来得匆忙，她甚至连行李都没带。这是何其大的勇气，没有钱，没有行装，没有认识的人，她只是怀着强烈的求学意念，就只身一人出发了，这在当时也是个惊世骇俗的大新闻了。

好在吕碧城是幸运的，她在车上认识了她的贵人，天津一个旅馆的老板娘，老板娘第一眼见到吕碧城，便觉得她很亲切，忍不住想要帮助这个小女孩。好心的老板娘不仅帮吕碧城付了车票钱，到了天津后，还把她安排到自己家的小旅馆。

一安顿好，她就迫不及待地打听方太太（即前文提到的舅舅官署中方秘书的太太）的下落，她知道见多识广的方太太一定能帮到她。几经打听，吕碧城终于得知方太太住在《大公报》社的消息，事不宜迟，她连夜写了一封长信向方太太求助。

好巧不巧，这封信恰好被《大公报》的创始人英敛之看到，吕碧城写得一手好字，这让英敛之惊叹不已，她在信中神采奕奕的文笔，让英敛之对吕碧城更加好奇。为此，英敛之甚至携妻亲自前往吕碧城的住处拜访。

吕碧城见到英敛之夫妇甚是激动，就把自己来这里的缘由和盘托出，夫妻俩见她干劲十足，更加欣赏，就邀请吕碧城住到报馆，并聘用吕碧城为《大公报》第一个女编辑。自此，吕碧城成为中国史上第一名女编辑，中国第一位女性撰稿人，打开了女性编辑的风气。

这也是吕碧城没有想到的，她只是遵从自己的本心来到天津，没想到会遇上好心的老板娘收留，没想到自己能见到《大公报》的创始人，更没想到自己竟成了一名女编辑。如果当初没有勇敢迈出那一步，这一切都不会发生，她何其幸运。

逃离家门，遇到贵人，成为女编辑，她知道，她终于走上了独立自主的人生道路。从此以后，她可以为自己而活，活出精彩。这次出走，成为了她登上文坛的开始，也是她与各界名人志士交往的开始。

女权高唱

吕碧城注定会是不俗之人，在这样的社会大环境之下，吕碧城清楚地认识到了女性解放的重要性，她找到了自己人生中更有意义的事情。

她不算是个娇滴滴的富家女，小时候的遭遇让她比普通女孩更加能吃苦。逃离家门的那一刻，她就做好了准备，自力更生、适应环境是她要学的第一门功课。

她有写作的天赋，加上在《大公报》几个月的历练，她在报上发表的几部诗词作品，格律严谨，受到诗词界前辈的一致好评。

这个时期，正是我国女权运动方兴未艾的时期，小时候被退婚的经历，就像一块石头压在她的心底，她早已对女性被压制的现状产生不满了。不在沉默中爆发，就在沉默中灭亡，吕碧城忍不住写了一首《满江红·感怀》：

“晦暗神州，欣曙光一线遥射，问何人女权高唱？若安达克。雪浪千寻悲业海，风潮廿纪看东亚，听青闺挥涕发狂言，君休讶。

幽与闲，如长夜。羁与绊，无休歇。叩帝阍不见，愤怀难泻，遍地离魂招未得，一腔热血无从洒，叹蛙居井底愿频违，情空惹。”

英敛之看到这首词，大为赞叹，把它发表在《大公报》上，并用夫人的名字写了评语：“极淋漓慷慨之致，夫女中豪杰也。”《满江红·感怀》发表后，在社会上一石激起千层浪，产生了很大的社会反响，吕碧城这个名字在一夜之间爆红。

这个时候吕碧城才是个 20 岁的姑娘，突然的成名也是她没想到的，她几乎成为了当时新式女性心目中的偶像，她的率直刚正和勇敢的形象被争相效仿。甚至出现了“绛帷独拥人争羡，到处咸推吕碧城”的盛况。

一篇文章，一个女编辑而已，竟然引起如此之大的轩然大波，这不是偶然，也不是属于当时那个时代的浮夸。吕碧城造成的社会效应，是各种原因碰撞的结果。

来到吕碧城所处的时代，就不难发现其中缘由。那个时候，社会处于一种不安定的状态，清王朝已经到了晚期即将衰败的阶段，国家衰弱，硝烟四起，任何一个事件都会让本就不堪一击的社会更加动荡。中国未来的命运一片迷茫，国家形势风云变幻，整个社会处于一片黑暗之中。

在这片黑暗中，中国更需要明事理的人站出来为社会带来光明。当时以梁启超、康有为等有志之士发起了女性思想解放的运动，包括废缠足、兴女学等。他们相当于在黑暗的牢笼上打开了一道缺口，透露出一丝丝曙光，而吕碧城就像是这道曙光，打开了中国沉睡已久的女性权利。

然而这道曙光还很微弱，需要做的努力还很多。趁热打铁效果最佳，趁着舆论的热潮还没有退去，吕碧城开始积极地宣扬女权，提出女性解放的重要性。她不是演说家，这些言论她无法通过高谈阔论的演讲表达。作为一个小有名气的女编辑，最好的办法就是发表文章。在这期间，她写出了很多倡导女性解放和女子教育的文章，如《论提倡女学之宗旨》《敬告中国女同胞》《兴女权贵有坚忍之志》，等等。

在这些文章中，她大胆地提出了自己对女性解放的理解和兴办女学的重要性。她提出，人民是一个国家的根本，而每个家庭就是一个小国，女人是一个家庭的根本。这样的言论在“重男轻女”的封建王朝，谁敢提出来，哪个人敢说女人是一个家的根本？说出来还不立马被口水淹死。吕碧城才不怕，她知道这是一个时机，中国女性被压制的太久了，现在的社会需要做出改变，而她愿意做这种改变的带头人。

她的思想深入独特，用不同的角度阐述女子受教育的重要性。她认为，母亲的教育在家庭中尤为重要，要想改变国家的命运，就要重视儿童教育，要想从儿童教育入手，必须立足母教的根本。她说：“有贤母而后有贤子，古之魁儒俊彦受赐于母教。”这样的理论不无道理，古代就有母教得宜的案例，这样的论述方式会更容易让人们接受。

提倡女权，是不是就要踩扁中国的男人，会不会男人们的社会地位不保，当然不是，吕碧城用一段话就完美打消了一些男人心中的疑虑：“殊不知女权之兴，归宿爱国，非释放于礼法之范围，实欲释放其幽囚束缚之虐奴；且非欲其势力胜过男子，实欲使平等自由，得与男子同趋文明教化之途；同习有用之学，同具刚毅之气……合完全之人，以成完全之家，合完全之家以成完全之国。”

吕碧城是聪明的，她知道如何抓住舆论的焦点，成功地把人们的注意力转移到女权上。她把兴办女学的举动上升到了国家的高度，强有力地冲击了“女子无才便是德”的旧观念。

“夫以二万万之生灵，五千年之冤狱，虽必待彼苍降一绝世伟人，大声疾呼，特立独行，为之倡率；终须我女子痛除旧习，各自维新，人人有独立之思想，人人有自主之魄力，然后可以众志成城，虽无尺寸之柄，自能奏奇功于无形，获最后之战胜。”吕碧城高声疾呼女权的重要性，字里行间透着光亮。她的这些观点引起了很多人的反思，一时间成了人们街头巷尾、茶余饭后最受欢迎的话题。

事实证明，在女权运动这条路上，吕碧城不是一个人，她依靠《大公报》这个平台，结识了很多倡导妇女解放的领头军人物，尤其和秋瑾最为亲密。吕碧城的名气打开后，秋瑾被她的勇敢和独到的见解深深吸引，终于在1904年，慕名从北京来到天津拜访吕碧城。两个人相见恨晚，一打开话匣子就关不住了，这次见面没有持续太长时间，仅仅四天，两人就不得不分别了，两个人虽然只相识几天，却已经像姐妹一样亲了，临走时依依惜别的定下了文字之交。

当时吕碧城大胆直率的性格深入人心，而秋瑾常常一身男人装出行，两人侠女范十足的派头，成就一段“女子双侠”的传奇佳话，她们的会面也被称为“双侠会”。

吕碧城和秋瑾之间绝不是仅有的那种肤浅的感情，她们相互欣赏，相互支持，一起宣传女权思想，宣扬民主，秋瑾还在她创办的《中国女报》上刊登了吕碧城的文章。可惜的是，两个人的友情没能持续太久，1907年，秋瑾留下了“秋风秋雨愁煞人”的遗言英勇就义在绍兴轩亭口，由于风声太紧，没有人敢去为秋瑾收尸，吕碧城听说后，冒着风险派人收敛了秋瑾的尸体，葬在了风景优美的西湖边上。

两人志趣相投，才情相依，本来是可以成为一辈子的好友的，无奈造化弄人，秋瑾的离去就像是秋天的落叶，让人心生无限伤感。秋瑾的离世让她更加坚定自己所做的事是正确的，更加放胆去做，当然，这已经是后话了。

当下的吕碧城，文章、名气散播在外，赢得了不少的粉丝，袁世凯的儿子袁克文和李鸿章的侄子李经羲也是其中之一，他们纷纷投诗迎合吕碧城。一时间，京津文坛上，吕碧城成了众人推崇的小明星。她虽然是女儿之身，但丝毫没有小女人的扭捏之态，她大方的出入男人们的社交场所，与他们一起谈诗论词，完全一副自由自在、无拘无束的侠女风范，成为了清朝末年社会上一道亮丽的风景线。

这就是吕碧城的魅力，也是她文字的魅力。

光有文字的魅力还是不够的，吕碧城被自己的思想言论搞得热血沸腾，一心要办女学，以实现自己的言论目标。

英敛之为了帮她，在《大公报》上大肆为她鼓吹，以达到宣传笼络人心的效果。兴办女学，只有宣传没有人脉资源是不行的，英敛之想得倒也周全，把她推入社会名流之中，以获取更多的支持。还介绍著名思想家严复、直隶提学使傅增湘等人与她认识。

严复当时担任天津水师学堂的校长，和英敛之的关系甚好，他早就听说过吕碧城，对她的勇敢十分赞赏。这次英敛之把吕碧城介绍给他认识，他就顺势收吕碧城为他的女弟子，还向时任直隶总督的袁世凯大力举荐吕碧城，夸赞吕碧城是兴办女学的不二人选。

袁世凯觉得严复的提议甚好，便下令让吕碧城同傅增湘一起筹办女学。在政治活动家唐绍仪的赞助下，筹办女学的事进行得十分顺利。

1904 年，北洋女子公学终于向世人拉开了帷幕，傅增湘为校长，吕碧城任教务长。她的梦想终于成真，怀着一份热爱，一份最初的纯真，她一干就是八年，她接手学校的行政工作，又亲自给学生上课，行政授课两把抓。

在学校这片最纯净的土地上，吕碧城不遗余力的付出，使得这所学校成为中国现代女性的成长之地。功夫不负有心人，学校培养出了一批又一批的优秀学员，如邓颖超、许广平、刘清扬等，而且她们都曾经听过吕碧城的课。

可以说她的影响是很大的，不仅影响了那个时代的人，也影响了自己的家人。有了吕碧城这个第一个吃螃蟹的人，吕家的姐妹纷纷尝试女性教育，也取得了不小的成就，大姐吕惠如是南京两江女子师范学校的校长，二姐吕美荪是奉天女子师范学校校长，小妹吕坤秀是著名的教育家，在厦门女子师范学校担任教员。吕家的四姐妹个个争光，被称为“旌德一门四才女”，一时间广为流传。

没有爱情也可以

吕碧城性格勇敢、直率，不仅是个风华绝代的大美人，还是女学运动的倡导者，才貌双全。在那个年代，智慧与容貌并存的大才女，最不乏的就是异性的追求。

吕碧城生下来就是一副美人胚子，长大后，更多了一份绰约多姿，多了一份知性美。在她成功找到自己的人生目标后，她开始勇敢做自己，她美丽大方，浑身上下充斥着知识女性的魅力；她个性时尚，尤其喜欢把自己打扮得华丽新潮，这些种种使得吕碧城在当时的社会成为一类稀有女性。

这样的吕碧城成为了名流阶层青年才俊争相追求的对象，其中有文人界的著名诗人樊增祥和易实甫，也有名人阶层袁世凯的儿子袁克文和李鸿章的侄子李经羲等等。

其中对吕碧城影响最大的当属英敛之，初到天津时，吕碧城身无分文也没有可以投奔的亲友，是英敛之收留她，并给她提供了《大公报》的平台，正是因为这个平台，吕碧城的才华才能得到最大程度的实现，她如愿成为一名女编辑，如愿过上了独立自主的生活，这一切都是英敛之给她提供的机会赚得的。

在吕碧城宣扬女权思想高涨的时候，她萌生了办女学的念头，可是她只是一个手无缚鸡之力的小姑娘，无权无势又没有钱，顶多有点小名气，可是名声又不能成为办学校的敲门砖。在吕碧城焦头烂额，不知所以的时候，又是英敛之出马帮她。

带她结识名流人士，为她在《大公报》上宣扬鼓吹，是英敛之一点一点为吕碧城打通了通向天津文化圈、名流圈和教育界的路。人生得一知己不过如此，更何况这个知己还是英敛之，他是《大公报》的创始人，是相貌堂堂的实业出版家，也是吕碧城走向人生制高点的幕后推手。

英敛之与夫人的感情一向甚好，可不知什么时候，他竟然对小自己二十几岁的吕碧城产生了不一样的感觉，他在日记中写道“怨艾颠倒，心猿意马”，他有才情、有事业，是个事业家庭双丰收的成功人士，却爱上了一个一无所有的小姑娘，连他自己都觉得不可思议，但是他没办法控制在心中已然扎根的情愫。

他为吕碧城做了很多事情，为她打名气、拉人脉、找资源，这样的情景发生在她身上就像现在的电视剧情一样梦幻。

英敛之在他的日记中写下一首诗：

稽首慈云，洗心法水，乞发慈悲一声。秋水伊人，春风香草，悱恻风情惯写，但无限悃款意，总托诗篇泻。

莫娱作浪蝶狂蜂相游冶，叹千载一时，人乎天也，旷世秀群，姿期有德，传闻名下，罗袂琅琅剩愁怀，清泪盈把空一般。

这首诗写得就是吕碧城，可见英敛之的确被吕碧城所倾倒，但是他心里清楚他是一个有家室的人，他不能毁了自己更不能毁了吕碧城，终究理智大于感情，只好聊借日记诗词来表达内心的情感。

这个时候最敏感的当属英敛之的妻子了，英敛之在日记中写下“内人连日作字、观书，颇欲发奋力学”“内人犹未眠，因种种感情，颇悲痛，慰之良久始好”的内容。

看来英敛之的夫人已经察觉出异样了，以为是丈夫嫌弃她没有吕碧城的文才学识高，所以开始发奋学习，因为这件事还生出许多烦恼，甚至和英敛之生出了嫌隙，她大概后悔当初收留吕碧城的举动，或许吕碧城在她眼中已然是一个忘恩负义的女子了，本来她是十分欣赏喜欢吕碧城的，就把她当小妹妹一样看待，现在再看来，横竖都不顺眼，渐渐地也不再那么亲近了。

外界也开始有关于英敛之和吕碧城的流言蜚语，英敛之爱慕是真，可是吕碧城究竟是怎样的态度呢?

事实上，他们之间只有英敛之的一厢情愿，英敛之爱慕她，因为她漂亮、知性、身上有着许多吸引人的魅力存在。可是在吕碧城眼中，英敛之就像是个恩师，是个帮助她、扶持她的人，她是个新时代的女性，思想里灌输的是新时期的观念，她不会爱上一个有家室的男人，更何况英敛之的夫人还有恩于她。

或者换一种说法，吕碧城是没有看上英敛之，虽然他是个风度翩翩的成功人士，但是吕碧城骨子里是个清高孤傲的姑娘，她需要的不是这样的丈夫。

她曾经和自己的闺蜜谈过自己的感情，她说:“我生平可称心的男人实在不多。梁启超早有家室，汪精卫太年轻；汪荣宝人不错，也已结婚；张謇曾给我介绍过褚宗元，但年届不惑，须眉皆白，也太不般配。我的目的，不在钱多少和门第如何，而在于文学上的地位，因此难得合适的伴侣。”

吕碧城很清楚自己想要的是什么，她不会和那些追求她的男人在不清不楚的感情上周旋，保持着自身的一份清高。

即使大家都知道她是个清高的姑娘，但追求仰慕的人还是接连不断，毕竟吕碧城这样才貌双全的女子很稀有，梦想还是要有的，万一实现了呢。

如此抢手的盛况，绝不是大家的一时兴起。吕碧城确实是个大美人，苏雪林曾赞叹她为“美艳有如仙子”，能被一个女人赞叹为仙子，可见是真美人。从现在流传下来她的照片可以看出，她喜欢穿欧式的衣裙，胸绣孔雀翎、头戴翠羽，婀娜多姿，容貌动人，难怪有人会写下这样的诗句来赞美她：“天然眉目含英气，到处湖山养性灵”和“冰雪聪明芙蓉色”等。

吕碧城自己是个十分拎得清的人，她有才华，写了很多诗词，她从小就写得一手好诗词，竟还被赞为可以和才女李清照相媲美，从小就被人夸赞着长大，这样的孩子心气高，她不愿意委屈自己。

她说自己：“难得相当伴侣！东不成，西不合，有失机缘。幸而手边略有积蓄，不愁衣食，只有以文学自娱耳！”她不愿意将就，没有合适的结婚对象，她宁可独身一人终身不嫁。

有人认为她终身不嫁和小时候被退婚的经历有关，那个时候留下的心理阴影，让她产生了对男人的不信任感，她相信自己想要的生活只有自己能给，在她的思想里对婚姻产生了不可遏制的失望。所以她在得知袁世凯称帝的野心后，愤然辞职到上海去做生意，那几年她凭借自己的商业头脑，跟外商合作挣了不少钱，有了钱，她的生活变得越来越奢华，有喜欢的衣服都会毫不犹豫的入手，换言之，她完全有能力给自己想要的生活。

事业、才华、容貌、财富，她通通都拥有了，当时的时代女性结婚很大程度上的原因是要找一个依靠，一个愿意养她们一辈子的人，但是吕碧城不需要，她自己可以做到，再加上身边的单身男人她实在没有一个能看上的，看上的却已经有了家室。

正如她自己说的，东不成，西不就，她渐渐成为了民国时期的黄金剩女。在她看来，剩女不剩女无所谓，爱情不是生活的全部，如果没有遇到，没有爱情也可以。

青灯古佛了此生

这个与爱无缘的女子，一生中做了很多事情，做编辑、办女学、经商、留学，没有一件不是有意义的，这些经历都是吕碧城最宝贵的财富。

她提倡女权，希望广大的女性同胞能站起来为国家贡献一份力量。在袁世凯登上民国总统的大位时，吕碧城凭借和袁世凯的旧交，成为了民国总统府的机要秘书，后来又担任了参政一职，她一心想要在政治上闯出一番天地来，但是很快她就发现了理想与现实的差距，官场上的黑暗面让她深感失望。

当她得知袁世凯有称帝的动向时，她毅然决然的辞职，她真是失望透顶，不再对官场上的事情抱有任何希望，转而带着母亲移居去了上海。在上海，她开始了经商的道路，不出三年，就赚得盆满钵满，不仅筑起了洋楼别墅，生活穿衣也十分奢侈，富甲一方，可见吕碧城不仅会写文章，还有非凡的经济头脑。

五四运动前夕，她去了美国哥伦比亚大学留学，主攻文学和美术，美术和文学是她从小的爱好，她不能放弃。她也没有放弃为国家出一份力的愿望，在留学期间，她还兼任上海《时报》的特约记者，她以她的亲身经历告诉国人美国的情形，希望通过世界的变化能唤起国人沉睡的觉悟。

美国的学习旅程让吕碧城见识更广，学到了很多她没有接触过的事物。她并没有因此而停滞不前，而是在游学的路上越走越远。美国归来后，她再次只身出发游历欧美，这次离开的时间足有七年之久，见过了更广阔的天地，她及时地把这些经历编纂成《欧美漫游录》，在北京和上海的报纸杂志上连载。

事业有了，学业也有了，经历过了这两次游学，让她看透了世事。她终身未嫁，觉得人生不过如此，前路漫漫，她却感到一丝迷茫和困惑。在一次会见天台宗高僧谛闲后，她开始对宗教产生兴趣。

1930 年，她正式皈依佛教，开始在家修行，起法号为“曼智”。吕碧城信佛后，就开始努力做一个虔诚的女弟子，守戒，成为了一个素食主义者。她还在维也纳的动物保护会的会议上，用佛教的理念提倡素食，保护动物。

没有爱情的生活确实孤单了些，也许吕碧城是在宗教上找到了她的人生依托，也许是她身不由己的选择，每个人都有选择人生的权利，选择什么样的路，最后的果子都要由自己来承担。吕碧城选择了遁入空门这条路。七七事变之后，吕碧城再次出国，在欧美大力宣传佛教思想，试图阻止战争对人们的残害。可惜世界的大环境不是她所能左右的，战争不但没有停止脚步，还愈演愈烈。

第二次世界大战爆发后，欧洲战火的硝烟弥漫，吕碧城归国，却在香港受阻，只好在香港住下。

曾经她的诗词打动了许多人，她本人也被称为“近三百年来最后一位女词人”。晚年的她不再和诗词打交道，她整日素服缟衣，不着装饰，烧香拜佛，不复以往华贵妩媚的模样。停止创作后，她开始了译经的道路，大概是想要从这些经书中找到一丝生命的依托。

直到走到人生的最后一刻，她都没有找到真正的归宿。1943年1月24日，吕碧城在香港孤独的与世长辞。

“骨灰和面粉为小丸，抛入海中，供鱼吞食。”这是吕碧城在世界上留下的最后一个愿望。

按照遗愿，她的骨灰被洒进茫茫无边的大海，不留一点痕迹。就像她的人生一样，风光一时，最终也逃不过渐渐被世人淡忘的命运。

凌淑华

用细腻的心刻画一个传奇

在信息爆炸的现在，很少有人听过凌淑华的名字，人们对林徽因、冰心知之甚多，却独不知她。

在20世纪20年代，凌淑华是与冰心、林徽因齐名的“文坛三才女”之一，印度诗人泰戈尔认为其才华与林徽因相比有过之而无不及，徐志摩更是称赞她为中国的曼殊菲尔（新西兰著名作家）。

凌淑华娴静、温婉的气质，就像是从高宅大户里走出来的古典女子。她的文字没有矫揉造作也没有无病呻吟，她以女性的视角，用女性特有的细腻刻画出一个又一个或新或旧的女子形象。

她对于女性心理的刻画极为细致，内敛而节制，展示的大多是旧式女子的生活，她们的感情像很薄的刀片，曲折而温柔，似乎不带杀伤力。

写出如此细腻作品的凌淑华，在生活中也是个细腻的女子，写作和画画是她毕生的追求，她从不曾想过放弃她的梦想。

在创作上，她是一个不折不扣的野心家。在生活中，她为自己刻画出了一个传奇的人生。

小姐家的大书房

凌淑华出生在高门巨族，是凌家的小姐，她的父亲凌福彭与康有为是同榜题名，成为袁世凯的得力干将，因此家境显赫。凌福彭没有逃脱有钱男人的套路，就是花心，他本人三妻四妾，儿女成群，所以凌家是典型的封建大家庭。

凌淑华的母亲也是众多姨太太之一，母凭子贵，偏偏她却生了四个女儿，她常常在女儿凌淑华面前念叨她的命苦。凌淑华心疼母亲，小小年纪就在心底暗暗起誓一定要出人头地，得到父亲的关注。

想要在一群孩子中间脱颖而出，不是那么容易的事，需要的是加倍的努力，小淑华深谙这个道理。

凌福彭可不是好糊弄的，他能金榜题名自然有他的道理，他不是一个简单的人物。凌福彭精于辞章，尤其喜欢画画，他和很多著名的画家都交往甚密，还参与组织了“北京画会”，这使得凌家常常有文人墨客的拜访。

大概是受父亲以及家庭环境的影响，凌淑华从小就绘画天分惊人，她经常自己在花园里写写画画。有一次，她父亲的朋友看到了她的画，赞赏不已，并对她说："你的画很有个性，你有这方面的天赋，你一定会成为一个画家的。我要告诉你的父亲，让他给你找一位绘画老师。"

这项天赋终于让凌淑华在父亲面前得到了垂注。

凌淑华成功引起了父亲的注意，并且得到了相较于其他孩子更多的宠爱。父亲为了不让凌淑华的这项才能被埋没，专程请来了宫廷的名画师教她画画，她还得到过齐白石、陈师曾等名画家的指点。有著名画师为师，又有大师级人物的指点，这为她的绘画创作打下了坚实的基础。

再加上凌淑华后天的勤奋努力，她的绘画技艺自然是节节高升。绘画修养不仅有利于她的人格塑造，对她后来的文风也产生了一定的影响，以致她的文学作品颇有静态工笔画的意境。

更难得的是，她不仅涉猎艺术，她写小说也是精彩得无与伦比。我们常常被教育一生只专注于一件事，人的一辈子很短，能专注做好一件事就很不容易了。但是凌淑华却做到了，她日后的画名和文名不相上下。

艺术和文学的完美结合，她能做到这点，就已经在告诉人们她不是一个普通的女子。她不像自己小说里塑造的那些女人们，传统，逆来顺受，傻傻的等待命运的安排。

她不是这样的女子，在她温婉的外表下，藏着一颗热情、勇敢的心。纵观她的一生，有她的努力，还有她勇敢追求梦想的决心。

在她还是一个大学生时，就有很独到的思想见解和异于普通女孩的勇气。她想要拜师周作人，学习写作，就大胆的写信给周作人。

她在信中大谈现在的女性作家太少了，并说周作人收不收她做学生这个问题事关重大，事关女权和中国女子为人类做贡献的问题。本来挺简单的一个事情，让凌淑华这么一写，立马就上升到了思想道德的高度，周作人哪敢不答应？

她果真是个极聪明的女子，为了自己的梦想，勇敢大胆地去追求。成为周作人的学生对她的文学影响很大，她的处女作就是经周作人介绍发表在《晨报副刊》上的。

凌淑华产生想当作家的念头是在参加五四运动时，在五四运动之前，中国历史上鲜少出现女作家的身影，无风不起浪，五四浪潮之后，女作家的发展时代到来了，凌淑华就是这些女作家的先行者。

“物以稀为贵”的道理在任何时候都适用，那个时候有才华的女作家并不多，所以她们的出名就更加容易，女作家常常是人们追捧的对象，那种程度绝不亚于现在被捧上天的名流巨星。

她爱画画，但文学就像是一只紧紧抓住她不放的手，让她渐渐沉陷，创作的火花一旦被激发出来，就很难扑灭。对于自己喜欢的事物，她一定会执著的去追求。

正是这种执著，这股拼劲，让她走上了文学创作的道路。她开始走出“女子无才便是德”的魔咒里，接受新思想，然后她用全新的眼光去审视这个世界，用独特细腻的笔锋，俘获了一大批女性读者。

大概是从小就懂母亲的苦楚，在她笔下成功诞生了一批传统女人的角色。有体会才会出真知，正因为了解，所以她笔下的角色才会栩栩如生。这些成功的人物形象和作品，让她的才华在文人圈中更加亮眼。

1924 年，对于中国的知识分子而言，是很特别的一年，这一年，印度诗人泰戈尔访华。泰戈尔访华一事，几乎震撼了整个知识界，一场文学大狂欢即将开幕。

泰戈尔年幼时就十分向往中国这个美丽而古老的国家，终于在这一年实现愿望，殊不知，他向往的国家的知识分子同样欢迎他。

泰戈尔的到来，让中国整个知识界沸腾了，人人都想接待这个享有诺贝尔文学奖的印度诗人，从梁启超、徐志摩、林长民等文学大腕，到逊位皇帝溥仪，都积极热情参与到这场大接待中。

凌淑华自然在这些人之列，她如此痴迷文学，一定不会错过这场文化盛宴。她代表燕京大学向泰戈尔写了邀请函，而且还在家里接见了泰戈尔。其实是齐白石、陈半丁等著名的画家想要招待泰戈尔，而他们又和凌父的交情匪浅，就借了凌府作为招待地。

为什么会选中凌府呢？事情还要从泰戈尔访华的前一年说起。1923年，凌淑华在凌府以女主人的身份举办了一场空前绝后的沙龙聚会。

这场沙龙聚会汇集了京华书画名家，女主人的身份再加上凌淑华非凡的绘画才能，很快就让刚20出头的凌淑华成为了聚会的焦点人物。

凌淑华因为受到父亲的宠爱，所以能经常接触到这些书画名流，凌府也是这些书画文化名流经常聚会的场所之一。纵使这次的女主人只是年轻的凌淑华，依然吸引了不少名人欣然参加。齐白石、陈衡恪、陈半丁、王梦白等著名画家都参加了，凌淑华甚至还邀请到了美国著名的女画家。

这一场文化沙龙聚会被称为“小姐家的大书房”，凌淑华本人更是迎来好评无数。“小姐家的大书房”逐渐名动京华，迎来了一批又一批文化名人的光顾。

这样看来，这些名流画家借凌府来招待泰戈尔就不足为奇了。

借着招待泰戈尔的这个机会，凌淑华展示了她不凡的才女形象，成功地给泰戈尔留下了深刻的印象。用泰戈尔的话来讲，就是那天的一切都很美好，精美的点心、香醇的现磨杏仁茶和才华横溢的凌家小姐都令他心动。

第二年，凌淑华还送给了泰戈尔一顶她亲手缝制的镶白玉便帽，作为生日礼物。这个举动让泰戈尔对凌淑华的好感度再次升级，还做出了“凌淑华比林徽因有过之而无不及”的高度评价。

凌淑华在这次泰戈尔访华中成功引起了这位伟大诗人的注意。殊不知，她的才华与热情，也引起了另一个人的注意力，他就是陈西滢。

相敬又相爱的婚姻

在欢迎泰戈尔的茶话会上，陈西滢深深地被凌淑华的身影所吸引。在他的默默注视下，她有条不紊地穿梭于名流之中，谈吐得体，落落大方。看着凌淑华穿梭忙碌的身影，陈西滢的心也跟着慢慢沦陷了。

直觉告诉他，这个女人不一般，他想要认识她。

陈西滢十几岁的时候就到英国留学，先后进入爱丁堡大学和伦敦大学修政治经济学，获得了博士学位。1922 年回国以后，在北京大学执教。他和凌淑华的初次相识就在泰戈尔访华的茶话会上。

北大教授兼系主任的陈西滢和负责翻译的徐志摩接待了泰戈尔，身为燕京大学女子学院的优秀学生代表凌淑华也在迎接之列。这是他们的第一次相见，可以说，凌淑华和陈西滢是因为泰戈尔而结缘。

虽说泰戈尔并没有做什么，但在一定程度上，泰戈尔也算是间接为他们牵线的红娘了。在这之后，他们算是真正结识了，二人经常书信往来，讨论文学艺术等问题。

文人之间的书信来往，本是很司空见惯的事情。但是只要有一方有情，这种落落大方的君子之交就很容易发展成惺惺相惜，进而升级为爱情。

陈西滢对凌淑华绝对是欣赏的，或许不仅仅是欣赏，还有点别的什么。陈西滢是个有什么说什么的人，他是一个评论家，对自己的观点向来是不善于隐藏的，所以在爱情里，他似乎是更主动的一方。

初识时，陈西滢并不知道凌淑华的家世，直到后来拜访凌府时，才真正了解到凌淑华凌家小姐的身份。当时凌府的豪华、阵容强大的丫鬟下人，以及老妈子对凌淑华一声声“小姐”的呼唤，都让陈西滢印象深刻。凌淑华是大户人家的小姐，但身上却没有平常小姐身上的娇气。相反的，她温婉勤奋，才华横溢，这大概就是她身上吸引陈西滢的地方吧！

凌淑华虽然是凌府受宠的小姐，但也别因此而觉得陈西滢高攀了她。凌淑华在当时的社会也算是个小有名气的才女，模样动人，家世又好，追她的人一定不会少，但她偏偏选中了陈西滢，这绝对不是没有道理的，凌家小姐的眼光一定不会差。

说起来，陈西滢在当时也算是个社会名人，不过他的出名史略显心酸，人们知道陈西滢这个名字，大多是因为他曾被鲁迅骂过。在人们的潜意识里，与好人相对立的人就是坏人。当时鲁迅是新文化运动的主心骨，在人们心目中的地位很高，他理所应当就是“好人”的角色，那么与之对立的陈西滢自然成了那个“坏人”。

先入为主的道理大家都懂，但是“坏人”这个判定对陈西滢来说太委屈了。凌淑华看上的也并不是他的“坏”。

在此，我们有必要来还原一个真实的陈西滢，他其实是一个很有骨气的人，理智、敏捷、有洞察力，他是一个评论家，理智让他勇敢说出自己的真实想法，正是因为他太理智，所以才会有和鲁迅的一段“混战”。

同时他又是从英国回来的留学博士，接受的思想也是国外的新式思想，对事物有自己独到的见解。报纸上一些翻译的错误或是失误，陈西滢也总是毫不客气的指出，为此他被人说成是一个缺乏善意的人。可仔细想来，这难道不是一种对知识的严谨态度吗?

在别人眼中他大概就是一个冷冰冰的评论家的形象，但是熟悉他的人都知道，陈西滢是一个外冷内热的人。他虽然出国留过学，但骨子里却是一个传统的人。像中国的传统男人一样，他十分孝顺，对朋友绝对是两肋插刀型的，朋友的事情都很上心，一旦决定要帮忙就会一帮到底。

在他对待家人和朋友的态度上就可以看出，这个人的人品绝对过硬。除了人品好，他还是个才华横溢的有为青年。梁实秋曾说过:“西滢笔下如行云流水，有意态从容的趣味。”就连大才女苏雪林也对他的文章赞叹不已。

有才华、有人品，又戴着北大教授的头衔，这也难怪凌淑华会被他攻陷。

1926 年，凌淑华从燕京大学外文系毕业后，就火速与陈西滢完婚了，婚礼是在史家胡同 24 号举行的，这里曾是凌府的后花园，凌父把它作为凌淑华的陪嫁，而后也成了凌淑华真正的家，一个只属于凌淑华和陈西滢的家。

著名女画家兼小说家嫁给了北大教授，才子配佳人，这场婚礼不知艳羡了多少人，一时被轰轰烈烈的传为佳话。

婚后，陈凌夫妇二人像其他的新婚小夫妻一样，去了一趟蜜月旅行，在日本短期旅游之后，二人开始了相敬如宾的婚姻生活。

他们两个人有共同的爱好，所以在精神高度上很容易达成默契。根据一个记者的记载，他们两个人对待写作十分严谨，平时两个人从不在一个房间里写作。

凌淑华创作时，其写作内容是绝对对陈西滢保密的，陈西滢是个“铁面无私”的评论家，她大概是怕丈夫批评自己未完成的文章，会打击她的创作热情吧！

在这个问题上，夫妻二人的态度惊人的一致，陈西滢写好的文章同样是密不示妻。直到作品见报后，才会彼此交换文章和意见。

这样的相处之道在夫妻之间并不多见，很有乐趣。别人不理解，说不定夫妻二人倒是乐在其中呢！

忘了说，这段相敬相爱羡煞众人的婚姻也是有故事的。在成婚前，凌淑华和陈西滢谈了两三年的恋爱，但都是秘密进行，相当于“地下恋情”。

他们因为泰戈尔的访华而相识，又因为有共同的爱好而相交，陈西滢是北大教授又留过学，所以他懂英文，凌淑华在燕京大学又是外文系的，所以她经常向陈西滢请教问题，久而久之就熟络起来。

一个是教授，一个是学生。老师对学生有着一股特殊的怜爱和疼惜，学生对老师又含有崇拜和仰慕，这样特殊的身份，让他们之间越走越近，学术研究之间悄悄掺杂了一丝情愫。

两个人默契地选择了秘而不宣，凌淑华的父亲是个传统的封建大家长形象，父母之命媒妁之言，在当时仍然没有退出历史舞台，凌淑华不想因此而违抗父亲。

她聪明的选择了智斗，他们找了凌父的一个世交好友去凌家说媒。这位凌父的世交是个好成人之美的君子，他找到凌父之后，七绕八绕竟把这桩亲事说得有些眉目了。好在陈西滢顶着一个北大教授的好头衔，凌父虽然对陈西滢有一肚子的洋墨水有些不满意，但经老友的一番唇舌，竟觉得自己不怎么讨厌这个年轻有为的年轻人。

一番周折下来，凌淑华终于如愿以偿地嫁给了陈西滢。凌父高兴地把女儿嫁了出去，还大方出手了一座后花园作为陪嫁，他哪里想得到，自己中了女儿女婿精心设计的“套”，无意中成全了二人的自由恋爱。

有情人终成眷属，凌淑华的好友胡适做了他们的证婚人，在婚宴上，他感慨地说道:“中国夫妇只知相敬而不言相爱，外国夫妇只言相爱而不知相敬，陈西滢与凌淑华如能相敬又能相爱，则婚姻目的始得完成。”

这段“爱情哲学”伴随着亲友的祝福进入了他们的婚姻，婚后二人生活过得相敬相爱，他们的生活独立自由又相互依赖。

有人说过势均力敌的爱情才会长久。那么凌淑华和陈西滢这段势均力敌的婚姻能够长久的进行下去吗?

身陷婚外情

凌淑华一直是一个有魅力的女人，不仅有像陈西滢这样的男人迷她，就连大才女苏雪林都忍不住赞美她:

“淑华固容貌清秀，难得的她居然‘驻颜有术’……淑华的眼睛很清澈，但她同人说话时，眼光常带着一点‘迷离’，一点儿‘恍惚’，总在深思着什么问题，心不在焉似的，我顶爱她这个神气，常戏说她是一个生活于梦幻的诗人。”

苏雪林用情人的口吻夸赞着凌淑华，对她的痴迷和喜欢溢于言表。到底是个怎样的女子，能让男人女人都醉倒在她的温柔乡。

终于明白，陈西滢和凌淑华的结合为什么会羡煞众人了。在那个思想还未完全解放的年代，他们能够自由恋爱结为连理实在难得，郎才女貌，二人在文学界都小有名气，几乎成了人人羡慕的神仙眷侣，“只羡鸳鸯不羡仙”的神话，大抵就是如此。

可惜的是，这段艳羡众人的神话并没有维持太久，就出现了问题。他们的婚姻走过了七年之痒，却跌在了十年之约。

1929年，陈西滢到武汉大学任教授兼文学院院长，凌淑华随夫前往，主编《武汉文艺》。武汉大学新校区落成珞珈山之后，夫妻二人欢欢喜喜的乔迁珞珈山新居，并给他们的爱巢取名为“双佳楼”。新居环境优雅，风光秀丽，每天工作归来面对的都是诗情画意的景象，对于他们二人来说，是个好居所。看得出来，这个时候二人的感情还是很不错的。

直到1935年，一个叫朱利安·贝尔的英国诗人应邀来到武汉大学任教，他是英国著名的小作家弗吉尼亚·伍尔芙的侄子，他的母亲是个著名的画家，在家庭环境的影响下，朱利安成为了一个浪漫多情的青年诗人。

朱利安是个年轻且很有激情的小伙子，而凌淑华知性又有才华，他们结识后，发现彼此都有共同的爱好，喜欢文学、酷爱画画，私下的接触也就多了起来。久而久之，朱利安就发现自己爱上了这个大自己8岁的女人。

朱利安很喜欢和他的妈妈通信，每周都会写上一两封信才罢休，在写给妈妈的信中，他坦诚了他与凌淑华的事情，他在信中用K这个字母来代指凌淑华的名字，他称K为他的女朋友。

朱利安倒是坦坦荡荡的向家里坦白了，丝毫没有觉得这场感情在外人眼中有多么的不妥当，大方的在信中称凌淑华为他的女朋友。反观凌淑华，她一向是个不爱透露隐私的人，所以并没有留下一丝一毫的书面证据，无法从双方同时证明他们二人的关系，使得这段关系变得扑朔迷离起来。

这段剪不断理还乱的感情终于还是东窗事发了，纸是包不住火的，一开始他们就应该想到的。

世界上从来不缺的就是风言风语，这件事情在武汉大学闹得沸沸扬扬，朱利安成了一个丢尽面子的洋教授，第三者是最难以让人接受的，最后朱利安只好从武汉大学辞职，回到了英国。

那么事情后续的发展如何了呢？凌淑华和陈西滢的命运又会如何呢？难道这段羡煞旁人的感情就这样无疾而终了？

凌淑华没有机会再跟朱利安联络了。朱利安回国后，不顾母亲的反对，坚决的去西班牙参战了。战争中的子弹是不长眼睛的，既然参与到了战争当中，朱利安就该有这样的觉悟。

不幸的是，在一次战役中法西斯的轰炸飞机炸中了他所在的救护车，朱利安中弹身亡。这一年，他才 29 岁，战争是残酷的，夺去了朱利安年轻的生命。

死亡成了朱利安和凌淑华爱情的终点。朱利安曾说过，他这一生最想做的两件事，一件事是拥有一个美丽的情人，另一个就是上战场，现在这两个愿望都实现了。他用战争成全了爱情，但愿这真是朱利安想要的。

那么凌淑华呢？她大概永远也忘不了朱利安了，死亡使朱利安在凌淑华的回忆里化身为完美情人。朱利安死后，凌淑华保持了和他姨母弗吉尼亚•伍尔芙的通信，并在她的鼓励下，相继写下了一些回忆录。

凌淑华十分注重隐藏自己的隐私，她能在书信中写下童年的回忆，大概是下了很大的决心。据凌淑华和陈西滢的女儿陈小滢介绍，母亲去世时，在她的房间里什么都没有留下，也许是提前处理掉了。由此可见，凌淑华是个多么注重隐私的人，她就像是给自己镀了一层保护膜，不让别人看透她的真面目。

这一点，陈小滢做出了解释，她说父母的婚姻从刚开始就逐渐暴露出了很多问题，母亲显然不愿意扮演相夫教子的女性角色，所以母亲对她说得最多的一句话就是：“一个女人绝对不要结婚！”

人们常说“婚姻是爱情的坟墓”，结婚后，爱情的甜蜜逐渐褪去，少了恋爱时的激情和浪漫，多了许多生活的琐事，这让凌淑华的内心有了一丝悔意。或许当初就不该那么冲动的结婚，家庭成了她现在最大的包袱，如果没有结婚，也许自己的成就会更大。

凌淑华这样想，显然是爱事业更过于家庭了。形成这样的性格，应该与她从小的生活环境有关。她生活在一个拥有豪华府邸的大家庭里，表面上风光无限，背地里的辛酸只有自己能体会。凌淑华的母亲是家里的三房姨太太，所谓的姨太太不过是家中的小妾，实际上没有什么地位，一定是受欺压的对象。

都说母凭子贵，可凌淑华的母亲偏偏生了四个女儿，在四姐妹中凌淑华排老三，母亲能指望的只有她们四姐妹，切切盼望着她们能出人头地，为自己争口气。可哪有那么容易，在家中的众多孩子中，凌淑华排行老十，上有哥哥姐姐下有弟弟妹妹，不是老大也不是老幺，处于一个最容易被忽略的地位。

从小她就想着怎样的争得父亲的宠爱？怎样帮母亲出人头地？虽然她最后成功的引起了父亲的注意，但是努力争取来的亲情总是有点心酸，这样的成长环境其实是不正常的。让凌淑华从小就有了一颗防备的心，很难信任别人，也很难真正向人打开心扉。

这一点，从陈小滢那里得到了证实，她说：“在这种复杂的家庭环境下长大的母亲，防备心比较重，不相信任何人，包括我和我父亲。”

这样长大的凌淑华，没有安全感，对丈夫不信任，甚至背叛了他们的婚姻。幸运的是。即使事情发展到了这个地步，陈西滢也没有和凌淑华离婚。

陈小滢曾问过她的父亲，当时为什么没有和母亲离婚，陈西滢说："当时女性离婚是很不光彩的。你母亲很有才华……"后面的话，他没有说出口。陈西滢还是爱她的，即使遭受了背叛，他仍然为她考虑，担心离婚会影响她的生活。

"我相信他们在走向婚姻的时候还是有感情的。那个时代的女作家并不多，父亲对母亲有一种爱才的心理；从另一方面讲，父亲是留英博士，26岁就当北大教授，母亲自然也会被这些光环所吸引。"他们的女儿陈小滢这样评价父母的婚姻。

徐志摩的红颜知己

凌淑华爱自由，就像她说的，她不愿意被婚姻所连累，她似乎更愿意把时间花费在创作和文学工作上。

凌淑华是大家公认的才女，但是在感情问题上，她却处理得不尽如人意，除了和朱利安之间的越轨，她还曾和潇洒浪漫的徐志摩传过绯闻。

不过当事人已经出来澄清了这个绯闻，凌淑华曾经在给胡适的书信中写道：“其实我们被人冤枉得真可气，我自始至今都想，志摩是一个文友，他至今也只当我是一个容纳并了解他苦闷的朋友。”

凌淑华、徐志摩和陈西滢三个人的关系也是很微妙的。凌淑华与他们二人同时结识，徐志摩和陈西滢也是朋友。

当年三人因为泰戈尔访华而结缘，然后，凌淑华和陈西滢结婚，而徐志摩成了她的圈内好友。

徐志摩生性浪漫，这样的男人身边从来都不缺女人，而凌淑华与她的关系是特别的。友达以上，恋人未满？似乎用红颜知己来解释更为妥当。

他们在精神上独立、灵魂上平等，并能够达成深刻共鸣，这样的关系才是最难得的。其实有的时候，民国时期的人物情感，处于现代的我们是很难理解的。

在民国那样一个乱世之中，他们之间的情感变得更加弥足珍贵。那个时候，人们的思想渐渐开明，社交也就成为了一种主要活动。

社交的场合可以很多，宅院、书店、歌厅或是诗社。风头正劲的新月社成了林徽因、陆小曼和凌淑华这三大才女的常驻地。

徐志摩身为新月社的主创人员，当然有更多的机会接触到这三位大才女。徐志摩曾轰轰烈烈的追求过林徽因，还因此与他的发妻张幼仪离婚，可是林徽因最终却选择与梁思成一同赴美留学，终成眷侣。

徐志摩对林徽因以礼相待，而凌淑华就不一样了，她和陆小曼被徐志摩身上的才气深深地吸引，从而三人的关系越走越近。

有两个美女相伴，徐志摩自然是求之不得。于是徐志摩和陆凌二人的交往多了起来，还经常书信来往。但是碍于当时陆小曼已经是王赓的妻子，所以稍有收敛，凌淑华是单身，又十分有才气，一来二去，二人的关系变得越来越亲密。

徐志摩很欣赏凌淑华的才华，破例为凌淑华的第一部小说作序，这是徐志摩唯一一次为别人作序，相互欣赏加上交往甚密，不仅平时常有书信往来，还经常在聚会中相见，徐凌二人的感情早已超出了一般人的友谊。

这点从徐志摩写给凌淑华的信中就能看出来，徐写道：“说也怪，我的话匣子，对你是开定的了，管您有兴致听没有，我从没有说话像对你这样流利……我给旁人信也会写得顶长的，但总不自然，笔下不顺，心里也不自由，不是怕形容词太粗就是提防那话引人多心，这一来说话或写信就不是纯粹的快乐。对你不同，我不怕你，因为你懂得，你懂得因为你目力能穿过字面，这一来我的舌头就享受了真的解放……”

常言道：“君子之交淡如水。”一个是才貌双全的小姐，一个是热情横溢的诗人，他们之间互为知己简直是顺理成章的事情。

凌淑华豁达，与徐志摩交往的同时与陈西滢也音问相继。徐志摩生性多情，渐渐被陆小曼的热情所融化，开始了在两个女人之间的周旋。

饶是如此，他们之间的关系没有受到丝毫影响，凌和徐对于彼此来说是特殊的存在。他们之间的感情不是爱情，爱情是相互占有，而他们的感情是相互欣赏又互不干涉的自由情感。

徐志摩在外留学时结识了许多著名的作家，他最喜欢的是新西兰的文学奠基人曼殊菲尔，徐志摩与她有一面之缘，他也是曼殊菲尔生前见过的唯一一位中国诗人。虽然只是短短20分钟的会面，徐志摩却深深地被她的才貌所吸引。

徐志摩对她是怀着一种特殊情感的，崇拜抑或是欣赏。徐志摩曾经评价她“像夏夜榆林中的鹃鸟，呕出缕缕的心血制成无双的情曲，即便唱到血枯音嘶，也不忘她的责任是牺牲自己有限的精力，替自然界多增几分的美，给苦闷的人间几分艺术化精神的安慰”。

曼殊菲尔不仅文章了得，还生得一副好面孔，徐志摩被她深深地吸引，大概她的容貌也是加分选项，徐志摩说她“眉目口鼻子清之秀之明净，我其实不能传神于万一；仿佛你对着自然界的杰作，不论是秋水洗净的湖山，霞彩纷披的夕照，或是南洋莹彻的星空，你只觉得它们整体的美，纯粹的美，完全的美，不能分析的美，可感不可说的美”。

这样一个在徐志摩心中惊为天人的女人，在徐心中的地位自然不用明说。徐志摩称凌淑华为“中国的曼殊菲尔”，为什么不是与他有着康桥之恋的林徽因，也不是旷世才女陆小曼。莫大的殊荣他却给了凌淑华。

凌淑华在徐志摩心目中的地位不容小觑，但是故事却没有按照众人预想的那样发展，红颜知己没有红着红着就绿了，他们的友谊也没能更进一步。徐志摩从王赓手中娶了陆小曼，凌淑华嫁给了陈西滢。

这样的剧情差强人意，但是结果并不坏。凌淑华说过，她是不会和徐志摩发生什么的，第一是她那时已经决定与陈西滢结婚，而陆小曼又是她的好姐妹。所以她一开始便和徐志摩保持着这样的纯洁而又特殊的感情。

凌淑华在徐志摩眼里的确是可信的朋友，在他遇难前，曾把“八宝箱”交给凌淑华保管，里面有个人日记和文稿，也有一些其他私密的信件，他把如此重要的“八宝箱”托付于凌淑华，是一种绝对的信任，因为他觉得凌淑华“是唯一有益的真朋友”。

徐志摩遇难的消息如同一道惊雷，响彻在文学界的上空，对他的朋友来说更是一场沉重的打击，谁也不能相信，那样活泼的一个人就这样没了。

除了要处理徐志摩的后事，徐志摩的遗物也变得弥足珍贵，凌淑华手中有这么重要的“八宝箱”，自然成了众人瞩目的焦点。

很多人都想得到“八宝箱”，当然，最想得到的还是林徽因和陆小曼了，凌淑华是偏向于陆小曼的，毕竟陆小曼是徐志摩的妻子，于情于理，她都该拥有“八宝箱”。

可是事情却没有她想象中的那样简单，“八宝箱”惹起了一场纷争。陆小曼想得到“八宝箱”大抵是因为这里面有她和徐志摩的回忆，作为徐志摩的妻子，她得到徐志摩的遗物合情合理。

不知是何原因，林徽因比陆小曼还急切的想要得到“八宝箱”，为此，她还专门登门拜访凌淑华，希望她把箱子交给她，凌淑华拒绝了，大概是因为觉得林徽因得到这个箱子没有立场吧！她还是一心想要把箱子交给陆小曼，毕竟那是他的正牌妻子。

果然就像徐志摩说的，凌淑华是值得信任的。为什么这么说呢？因为徐志摩死后，他的很多朋友都和陆小曼断绝了关系，比如胡适、林徽因等。他们不能接受徐志摩永远地离开了他们，而且认为徐志摩的死和陆小曼脱不开关系，如果不是陆小曼花钱大手大脚还吸食了鸦片，徐志摩就不用这么拼命地赚钱养家，也不用在北京和上海两地奔波，这样就不会发生飞机失事这样的事情了。

徐志摩走后，陆小曼成了众矢之的，大概朋友们认为最没资格得到“八宝箱”的就是陆小曼了。这里面的来龙去脉凌淑华不是不知道，但她还是愿意把箱子交给陆小曼，确是怀着一颗实实在在为志摩着想的心。

然而事情并没有像凌淑华预期的那样发展。林徽因在凌淑华这碰了壁之后，只好辗转去请胡适帮忙，她告诉胡适，里面有徐志摩写的《康桥日记》，内容提到了她，所以她想得到箱子，胡适答应了林徽因的请求。

胡适本来与凌淑华的关系十分密切，两人常常通信互诉衷肠，但是这次他却选择帮助林徽因得到“八宝箱”。他知道凌淑华有自己的原则，所以一定不会轻易妥协。他就用编辑委员会的名义郑重其事地写信给凌淑华，让她交出“八宝箱”。

凌淑华没想到胡适会用这样的方式向她索要，自然是不高兴，只好不情不愿地把箱子交给了胡适，并嘱托他一定要把箱子转交给陆小曼。

他怎么可能会把箱子给陆小曼，这本来就是为了帮助林徽因想的法子，所以“八宝箱”到了林徽因的手上。

纸是包不住火的，凌淑华最后还是知道了这件事，她很着急，觉得自己对不起徐志摩，因为“八宝箱”里面有陆小曼的两本日记，里面有林徽因不宜看的内容。

据说最后胡适把其中陆小曼的日记还给了她，康桥日记归林徽因，但是“八宝箱”最终的去处，却是众说纷纭。

“八宝箱”事件成了一个再也无法解开的谜案，事情虽然过去很久了，但是给徐志摩身边的人带来的创伤是无法磨灭的。

陆小曼后来提起这件事，仍会幽怨不已：“他日记倒还有几本，可惜不在我处，别人不肯拿出来，我也没有办法，不然倒可以比这几本精彩得多。”这个“别人”指的是谁，大家也都心知肚明。

因为这件事，一向交好的凌淑华和胡适，关系也出现了裂痕。还算亲切的林徽因也和凌淑华交恶，从此不相往来。

这大概是徐志摩最不想看到的局面吧！如果他知道这个箱子会带来这样的纷争，恐怕他倒是宁愿这个“八宝箱”随自己而去。

落叶归根

“八宝箱”虽然告一段落了，但是对于凌淑华来说，只能更难过。原本能说上话的朋友都离她而去了，徐志摩不会再回来了，与胡适似乎也不再像从前那样亲密，林徽因怨恨她。

你看，就是这样，她在感情的事情上总是拎不清，不管是爱情还是友情。但是有一点，她很拎得清，对于创作，她是近乎执著的，断不可能停滞不前。与陈西滢结婚后，她经常跟随丈夫辗转各地，纵然如此，她也从没停止过创作。

朋友离去后，她心灵的创伤就只能通过创作来缓解了，陈西滢总是那么忙，婚后的生活也不如她想象中的那么美好，她总是在想，是不是一开始就走错了，不应该结婚，或者说不应该那么早就结婚，这样自己的生活也许会好过一些。

婚姻生活的不如意，再加上挚友的相继离开，让凌淑华不愿意敞开自己，她把自己密封起来，不让别人了解更不愿别人触碰，家人也不行。

和朱利安的婚外恋就是她对这段婚姻表达不满的最好佐证，

朱利安年轻、狂热，根本给不了她安全感，但似乎是她烦恼心事最好的听众，朱利安的青春也能让她沾染一些活力。朱利安死后，凌淑华又把自己封闭起来，她的生活并不幸福。

在武汉经历了出轨风波后，抗日战争爆发了，日寇侵略的步伐逐渐威胁到了武汉，凌淑华不得不随校前往四川，而后又到了燕京大学任职，战乱使她的生活一团糟，她很痛苦，情绪也不稳定。

后来她写信向朱利安的姨妈著名的女作家弗吉尼娅·伍尔芙诉说自己的痛苦，她鼓励凌淑华把自己的生活和亲身经历的事情写进文章中，凌淑华本是个极为注重个人隐私的人，但她还是听从了夫人的建议。

她很喜欢俄国作家契科夫和英国女权作家曼殊菲尔，所以她的作品深受他们二人的影响，这段时间她的创作虽然不多，但是对东方的艺术和喜剧产生了深刻影响，并沉迷其中，这让她暂时忘却了痛苦。

1946 年，陈西滢收到国民党政府的委派，到巴黎出任常驻联合国教科文组织代表，随后凌淑华带着女儿陈小滢与丈夫会合，从此定居在欧洲。

这期间的生活过得并不好，陈西滢的工资待遇不高，时尚之都巴黎的生活压力大，高昂的生活费，让他们无法在巴黎继续生活下去，只好搬到了伦敦。

凌淑华虽是大户人家的小姐出身，但是本身并没有那些小姐们身上的娇气，在异国他乡，生活条件不好，凌淑华也一样能吃苦。她没有娇滴滴的哭喊着要摆脱这样的生活，为了家庭，她真的付出了很多。

作为一个妻子、一个母亲，她需要操持日常的家务活。为了补贴家用，她不得不为人撰稿和卖画。

她的画对改善生活起了很大的作用，除了作家这个身份，她还是个闻名中外的画家，侨居他国期间，她曾不止一次的办个人画展，在巴黎、伦敦、波士顿、新加坡等地。

最轰动的一次是在巴黎，那是1962年的冬天，为了纪念博物院院长和著名汉学家逝世十周年，凌淑华应邀到法国巴黎举办画展。这次盛大的画展，她不仅展示了自己的几十幅作品，还展出了她收藏的国内著名画家的名作和文物古董，法国电视台和电台为这次画展广为宣传。

凌淑华在作画方面的成就很高，她既善工笔，又善写意，墨迹雅致，秀韵入木，一度被国内外的名家所称道。法国著名的传记作家莫洛亚曾称赞她是一个才华横溢、心灵剔透的中国女性。

凌淑华对自己的画作很有自信，她作的画大多属于文人画，这种画是画家很好的思想表达，真正表现出了“诗中有画，画中有诗”的韵味。

对于这一点，莫洛亚有很深刻的体会，他是这样理解的：“在这种富于诗情的绘画中，山、川、花、竹等，既是固有物体，又表现思想。其中的静与空白和线条，所表现的并无不同，即所谓‘诗中有画，画中有诗’。中国人常把书法、绘画、诗歌融为三位一体的艺术，文人画便是恰到好处地控制了这三种要素而成的。中国艺术家虽受传统熏陶，但并不抄袭古人作品，而是努力摆脱窠臼，显示出自己的境界。他们并不呆板地以模仿自然为能事，而认为重要的是能创造一种诗的意境，所以凌淑华的工夫并不在表现面上的努力。她画的那些雾气溟傲的山峦，两岸线条模糊得几乎与光相混的一抹淡淡的河流，用淡灰色轻轻衬托的白云，构成她独特的，像在朦胧的梦境里涌现出来的世界。她的艺术的另一特色，则是她知道怎样运用她的魅力，寥寥数笔，便活生生地画出一株幽兰、一茎木兰花，或一串苹果花的蓓蕾。她用中国墨，在洁白的画面上，单纯、简捷得几乎无以复加，几乎可以说这是一种抽象的笔法。但看她描绘自然的曲线，又能令人忆起这些花枝和花朵的实体，其实，这是由真实的存在发生和传出来的。”

莫洛亚的理解很精准，不论是对凌淑华，还是她的画作。这样深层次的理解，绝非想当然而说，一定是经过深刻的研究和探索，能引起一个优秀的外国艺术大师的注意，只能说凌淑华值得。

凌淑华是一个文人，无论她走到哪里，都不会放弃绘画和写作，这俨然已经成为她生命中的一部分了。

不放弃是因为热爱，或许也是为了填补她内心孤独的缺憾，虽然客居他国，但是凌淑华一刻也没有忘记自己的祖国，她想念中国，想念史家胡同的家，想念国内的挚友。

1964 年，实力渐强的中华人民共和国和法国建立友好外交关系，陈西滢被法国政府责令离开巴黎的住所，从这之后，陈西滢的身体垮了下来，精神状况一日不如一日。

1970 年，陈西滢在英国去世，留下了与他相伴四十多年的妻子凌淑华。丈夫去世后，凌淑华感到更加的孤独，她常常给国内的好友冰心、巴金等人写信，告诉他们自己想要回国的愿望。

也许是人到了晚年，都会尤为念旧，就像凌淑华这样，想家想朋友想回国。1985 年冰心的丈夫吴文藻先生去世，这件事情更加剧了凌淑华想要回国的心情，世事无常，眼看着身边的朋友一个一个的离世，她再也不愿在国外待下去了。

她在给冰心的信中伤感的写道：“天道是无情的，还说什么？以前，我每次回国，总是一次比一次朋友少了，好比秋风落叶，一回相见一回稀了。好了，你已经够难过，我不应再招惹你了！我现定十月二十左右回国，回到北京后，第一个要见的朋友是你，希望你可以拨冗见我。”

可直到四年后，1989 年 12 月，凌淑华才终于回到了梦寐以求的地方——北京，回京后她就因为腰伤而住院，第二年的 90 岁生日是由亲朋好友和文艺界人士在医院陪同度过的。

回国的喜悦还没过去，凌淑华曾患的乳腺癌却复发了，她的情况越来越糟了。这个时候的凌淑华是最敏感的，虽然一连昏迷了数日，但她自己的身体情况，心里像明镜似的，知道自己时日不多了。

她不想在自己生命的最后一刻留下遗憾，就请求家人和医生，说她最后的愿望是看一看北京城。为了满足凌淑华的愿望，家人和医院同意她躺在担架上，由救护车护送游览。

在逛到童年时光印象最深的北海公园时，凌淑华终于再也忍不住潸然泪下，不住的夸赞北海公园的风景依旧那么美。最后，她来到了生养她的地方——史家胡同，随着岁月的变迁，这里已经变成了一所幼儿园，知道她要来，孩子们个个手捧鲜花列队欢迎她。看着这些天真无邪的孩子们，凌淑华就像是看到了自己的童年，不禁感慨万分。

突然，她想到自己《古韵》中的一处结尾：“我多想拥有四季。能回到北京，是多么幸运啊！”现在她终于拥有了这份“幸运”。

这次北京游之后的第六天，凌淑华在北京与世长辞。生在北京，死在北京，她的离去平静得像一摊水，正如她所愿。

落叶归根，就是凌淑华最好的归宿。